이번 청춘은 망했다

1980년 우리는 이렇게 살아남았다

1980년 우리는 이렇게 살아남았다

이번 청춘은 망했다

강기희 장편소설

달아실

차례

1979년 10월 26일	06
11월 3일 통곡의 시간	16
라라를 닮은 국어 선생	32
12월 12일 총격과 휴가	59
송희	75
겨울 여행	84
봄이 오는 소리	113
사북, 나흘간의 저항	123
민식이 형	133
연행 또 연행	138
고문의 계절	145
일기장	162
또 다른 사북, 광주	172
수상한 광주	194
송희의 눈물	200
죽음의 행렬	210
화절령	218
끌려가는 사람들	229
광주여, 우리나라의 십자가여!	245
꿈속의 사랑	267
기계가 만든 대통령	272
작가 후기	297

1979년 10월 26일

마당가에 핀 산국에 서리가 하얗게 내려앉았다. 고작 시월 하순인데 바깥은 손이 시릴 정도로 추웠다. 산자락으론 안개가 자욱하게 걸려 있고, 제사製絲 공장 굴뚝에선 연기가 쿨럭쿨럭 쏟아지고 있었다. 여공들의 근무 교대가 끝났는지 공장 정문은 굳게 닫혀 있었다. 그 시간 약초 가게를 운영하는 민철 아버지는 건조장 문을 열어두곤 연탄을 갈고 있었다. 연탄가스 냄새와 고추 말라가는 냄새가 주변으로 퍼졌다. 매일 아침 같은 시간에 펼쳐지는 풍경으로 겨울까지 이어질 일이기도 했다.

흙으로 만들어진 건조장은 단층이지만 2층 높이만큼 키가 컸다. 건조장 안에는 대추나 약재 등을 말리는 잠박이 이백여 개나 되었고, 연탄 화덕은 스무 개에 달했다. 연탄을 세 장씩 넣는 화덕이라 화력이 오르면 그 열기는 대단했다. 문을 열어두고 연탄불을 간다지만 연탄가스에 중독되는 일도 가끔 벌어졌다. 민철도 언젠가 연탄 가는 일을 돕다가 연탄가스에 중독되어 동치밋국을 몇 대접이나 마신 적이 있었다.

민철이 건조장 안으로 얼굴을 들이밀었다. 열기와 가스 냄새가 얼굴로 훅 날아들었다. 연탄을 들고 나오던 민철 아버지가 무표정한 얼굴로 한마디 했다.

"또 돈 달라고?"

"아버지도 참, 공부하는 학생이 무슨 돈. 연탄가스 냄새가 많이 나서 들여다본 거지."

"말은 잘한다. 아니면 얼러 학교나 가."

민철 아버지는 허옇게 탄 연탄을 부삽으로 자르며 말했다. 두 장의 연탄이 분리되자 민철 아버지는 불씨가 남은 연탄을 집게로 집어 건조장 안으로 들고 들어갔다. 연탄을 갈고 있는 아버지를 물끄러미 바라보던 민철은 가방을 옆구리에 끼곤 집을 나섰다.

민철네 동네는 한때 막걸릿집이 즐비하여 예비군 훈련이 있는 날이면 개구리복장을 한 사내들이 술 취한 개처럼 아무 곳에나 오줌을 갈기며 쌈질을 하던 곳이었다. 가끔은 술집 여자들이 팬티와 브래지어만 입고 건방진 취객의 멱살을 잡았고, 함께 술을 마시던 술패들은 여자의 강단에 의리 없이 줄행랑을 치기도 했다. 옆집에서 싸움을 하건 말건 어느 집에선 젓가락 장단에 맞춰 「눈물 젖은 두만강」이 흘러나왔다. 그 옆집에선 이에 질세라 「님과 함께」 노래를 떼창으로 부르기도 했으니 속이 타는 건 집에 있는 아내와 자식들이었다. 밤은 깊어 아비를 찾으러 온 아이들은 술집 주인이 건네주는 십 원짜리 동전 하나에 목적을 잃고 만화방으로 직행을 했다. 사내들은 얼큰하게 취한 걸음으로 집으로 돌아갔는데, 밤늦은 시간 동네에선 양재기 던지는 소리가 이집 저집에서 났다.

시간은 흘러 신식 맥줏집이 생기면서 막걸리를 팔던 술집은 하나둘 문을 닫더니 그 자리에 구멍가게가 들어서거나 다방이 들어섰다. 그중 하나인 '원 다방'은 젊고 예쁜 아가씨가 많기로 소문이 나서 아침 시간이면 아비들이 몰렸고, 저녁엔 그 자식들이 몰려들었다. 원 다방에는 오늘도 아버지들로 가득했는데, 레지들은 아버지뻘 되는 손님에게 "오빠, 나도 쌍화차!" 하고 응석을 부리며 하루를 시작했다.

레지들의 콧소리는 오늘도 싱그러웠다. 원 다방 모퉁이를 돌아 사거리로 나가자 검은색 교복을 입은 학생들이 줄을 지어 이동했다. 민철의 집이 있는 역전 마을에서 학교와 관청이 모여 있는 시내까진 국민학생이든 중학생이든 고등학생이든 누구나 다리 하나를 건너야 했고, 여학생들은 다리 하나를 더 건너 군부대가 있는 마을까지 가야 여학교가 나왔다. 여름엔 그늘 하나 없는 더운 길이었고, 겨울이면 칼바람을 맞으며 건너야 하는 다리였다.

가을바람이 찼던지 학생들의 걸음은 전날보다 더 빨랐다. 몇몇 학생들이 단어장을 한 손에 들고 영어 단어를 외우며 걸어가고 있고, 그 뒤로 늦었다며 종종걸음으로 걷는 갈래머리 여고생의 검은 교복 치마가 펄럭였고, 나팔바지에 흰 운동화를 신은 날라리 선배들의 행렬도 보였다. 선배들은 횡대로 걸어가며 앞서가던 여학생을 향해 허리가 굵다느니 발목이 가늘어 좋겠다느니 하며 저들끼리 낄낄거렸다.

다리를 건너던 민철은 걸음을 멈추고 다리 난간에 걸터앉았다. 교과서는 교실 책상 서랍에 있으니 옆구리에 끼고 있는 가방은 빈 가방과 다름없었다. 고작 소설책 한 권과 시집 두어 권이 들어 있는 가방을 들고 학교는 가서 뭐하나 싶었다. 안개가 걷히면 청명한 가을날이 펼쳐질 텐데, 기차나 탈까? 순간 그런 생각이 들었다. 더구나 오늘은 오전 수업만 있는 토요일이고 정선 장날이었다.

국민학생 때부터 학교에 가기 싫은 날이면 가끔 기차를 타고 대처 구경을 했던 민철이었다. 기차를 타고 제천이나 원주까지 갔다가 저녁 시간에 맞춰 돌아오면 집에서도 모를 것이었다. 내일은 일요일이니 더 멀리 서울까지 다녀와도 무리는 없었다. 청량리역에서 밤 열 시에 출발하는 기차를 타면 정선역에 새벽 두 시 반에 도착할 것이고, 그 시간이라면 친구 집에서 한숨 자고 왔다고 해도 넘어갈 일이었다.

민철에게 학교는 심심한 데다 따분하고 재미없는 공간이었다. 더구나 폭력이 일상인 곳이라 학교를 간다는 것은 맞으러 간다는 것을 의미했고, 그것은 도살장에 끌려가는 소의 심정과 다르지 않았다. 학교란 곳이 선배가 후배를 패고 친구가 친구를 패고 선생이 학생을 무시로 패는 그런 곳인데, 학생들이 기를 쓰고 가는 것을 보면서 민철은 도무지 이해가 되지 않았다. 그렇게 기를 쓰고 고등학교를 졸업한들 별 뾰족한 수가 있는 동네도 아니었다. 공무원을 하거나 그도 싫으면 당구장 죽돌이로 지내다가 군대 다녀오고 만화방이라도 열면 성공인 생이었다. 더구나 민철이 다니는 학교는 시골 종합고등학교라 인문계인 보통과, 상업계인 상과, 공업계인 토목과가 각각 한 반으로 총 3개 과에 3개 반 학생이 전부였다. 그중에 민철은 일주일에 이틀은 교복 대신 실습복을 입고 학교에 가는 토목과 1학년 학생이었다. 대통령은 공업계 학생들을 '조국 근대화의 기수'라며 추켜세웠지만 민철은 적성에도 맞지 않았고, 졸업한 후 동네 업체에 측량 조수로 취직하는 것은 더욱이나 싫었다.

도시락을 든 방위병 몇이 지나가고 나전에서 기차를 타고 온 남녀 통학생들이 행군하듯 열을 지어 다리를 건너고 자전거를 탄 학생 몇이 텅 빈 다리를 질주하듯 지나간 후였다. 또 한 무리의 선배들을 만났을 때 민철은 그들을 향해 "멸공!" 하며 거수경례를 했다. 모자를 가방에 구겨 넣은 3학년 선배들은 밤송이 같은 머리를 손으로 쓸어 올리며 걷고 있었다. 그중 한 선배가 걸음을 멈추었다.

"너 민식이 동생이지?"

"예."

"학교 안 가?"

"가야죠. 친구 기다리고 있었어요."

민철은 그렇게 둘러댔다.

"학교는 땡겨야지. 형처럼 짤리면 되겠냐."

민철은 대답 대신 기우산을 바라보았다. 그러자 선배는 머쓱한 듯 친구들을 따라 다시 걸음을 옮겼다. 그들은 중학교 2학년 때 선배들과 싸우다 퇴학당한 민식이 형에 대해 이러쿵저러쿵 이야기하며 다리를 건넜다.

선배들이 모습을 감추자 군용 지프 한 대가 다리를 지나갔다. 조수석의 군인과 잠깐이지만 눈을 마주쳤는데, 무장한 군인의 눈초리가 매섭게 노려보는 듯하여 민철은 순간 움찔했다.

'무슨 일이지?'

정선에선 흔하게 볼 수 있는 풍경은 아니었다. 읍내에 군부대가 있긴 해도 현역병이 백여 명도 되지 않는 소규모 부대라 더욱 그랬다.

난간에 앉아 있는 것도 지루해진 민철은 정선역으로 갈까 학교로 갈까 잠시 고민하다가 학교 방향으로 걸음을 옮겼다. 늘 자식 걱정으로 하루를 보내는 엄마 얼굴이 떠오른 때문이었다. 친구 집에서 놀다 밤늦게 돌아가면 엄마는 한겨울에도 맨발로 뛰어나오곤 했다. 제발 신발 좀 신고 나오라고 짜증을 부려도 엄마의 습관은 고쳐지지 않았다.

다리를 건넌 민철은 지름길인 장터로 들어섰다. 장날이라 장터는 아침부터 분주했다. 민철이 전파사 앞을 지날 때였다. 출근하던 군청 직원 몇과 장터 사람들이 전파사의 티브이 앞에 모여 있었다. 무슨 일인가 싶어 민철이 사람들 틈을 비집고 들어가 보니 놀랍게도 대통령이 서거했다는 급보가 나오고 있었다. 서거 이유는 나오지 않았지만 사람들은 다들 믿기지 않는다는 듯 당혹스런 표정을 지었다.

티브이를 지켜보던 군청 직원은 비상 상황이라는 걸 짐작했는지 서둘러 군청으로 발을 옮겼고, 충격을 받은 한 동네 노인은 그 자리에 주저앉았다. 장터에서 옹기점을 운영하던 이는 허방을 짚은 사람처럼 비틀거리더니 옆 사람을 붙잡고 "아이고 아이고, 우리는 어떻게 살라고" 하며 울음을 터트렸다. 난전을 펴고 있던 장꾼은 "아닌 밤중에 홍두깨라더니. 어제만 해도 각하께서 삽교천 방조제 준공 기념식에서 테이프를 자르시는 모습을 테레비로 봤는데 이기 대체 뭔 일이래?" 하며 울먹이기도 했다.

민철도 충격을 받기는 마찬가지였다. 강한 이미지에 작지만 거인처럼 단단해 보이던 대통령의 죽음이라 더욱 믿어지지 않았다. 민철은 순간 '북한이 쳐내려오면 어떡하지?' 난데없는 나라 걱정까지 하며 학교로 갔다. 학교가 가까워지자 민철은 복장을 다시 한 번 점검하고는 옆구리에 끼고 있던 가방을 제대로 고쳐 들었다. 교문 앞엔 3학년 지도부원과 지도과 선생들이 매서운 눈초리로 등교하는 학생들을 지켜보고 있었고, 몇몇 학생은 엎드려뻗쳐를 한 상태에서 대걸레 자루로 맞고 있었다. 학교라는 곳이 마음 편하게 드나들어야 하는데, 동네 군부대 정문보다도 더 엄격하고 폭력적이었다. 지도부원들이 하는 일이라는 게 교복 호크는 채웠는지 바짓단 넓이가 규정에 벗어났는지 모자에 챙은 넣었는지 등의 복장 불량을 적발하거나 두발 상태를 검사하는 것이었다. 그들은 머리가 조금이라도 길면 가차 없이 바리깡을 들이댔다. 그 과정에서 조금이라도 반항하는 기미가 보이면 지도부원들은 집단으로 매질을 했다.

교문을 무사히 통과한 민철은 긴장을 풀며 교실로 갔다. 민철의 자리는 교실 맨 뒤 창가로 교단과 가장 먼 거리였다. 1학년 교실답게 교실 안은 아침부터 와글와글했다.

"야 새끼들아! 각하께서 죽었다는데 웃음이 나오냐?"

민철이 소리치자 실내는 순간 쥐 죽은 듯 고요해졌다. 뒷자리의 위력은 3학년 선배들보다 더 큰 것이라 다들 민철의 눈치만 봤다.

"아침부터 애들 기는 왜 죽이고 그래. 모하냐 한 대 하러 가자."

옆자리 친구 주기동이었다. 코미디언 이기동을 닮았다 해서 붙여진 별명인데, 하는 짓도 비슷했다. 주기동과 화장실 뒤로 가니 2학년 선배들이 모여 담배를 먹고 있었다. 다들 학교에서 한가닥 하는 선배들이었다. 선배에게 담배 한 대를 얻은 민철이 불을 붙일 때였다. 지도과 선생이 떴다는 외침이 들려왔다.

"에이 씨팔. 무슨 학교가 담배 필 시간도 안 주나?"

선배들이 급히 담배를 끄고는 후다닥 교실로 뛰었다. 담배 연기가 그들을 따라 여기저기로 흩어졌다.

"민철아, 튀어!"

주기동도 피우던 담배를 똥통에다 던지며 냅다 뛰었다. 하지만 도망갈 시간을 놓친 민철은 담배를 담 너머로 던지고는 재빨리 주머니에 있던 단어장을 꺼냈다.

"어라? 니가 어쩐 일이냐?"

지도과 선생인 영어 담당이 고개를 갸웃거리며 물었다.

"뭘요, 자고로 학생도 그 근본이 있어야 하니…….."

"화장실 뒤에서 단어 공부라, 어째 어울리지 않는데? 니가 생각하기에도 그렇지?"

영어 담당이 막대기로 민철의 어깨를 툭툭 쳤다.

"한 대 먹으러 왔다가 선생님께서 왕림하시니 어쩌겠습니까?"

영어 담당과는 사석에서 술은 물론 담배까지 나누는 사이라 민철은 농을 섞었다.

"근본이 있으니 예의는 차리신다, 이 말이로군."

"예, 바로 그겁니다."

"허허, 그놈하곤. 곧 애국조회가 열리니 이런 데서 어정거리지 말고 얼른 들어가라."

영어 담당의 말에 민철은 "그리하겠나이다" 하며 교실로 뛰었다.

잠시 후 애국조회가 열린다며 연병장으로 집합하라는 명이 떨어졌다. 애국조회는 월요일과 토요일 두 차례 열리는데, 민철의 학교가 중고등학교라 어린 중학생들도 함께했다. 밴드부의 연주에 맞춰 애국가를 4절까지 부르고 국기에 대한 맹세도 했다. 이어 교무부장이 몇 마디하고는 곧장 교장 선생이 사열대에 올라왔다. 학생 대대장이 '교장 선생님께 대하여 경례!'을 외치자 학생들은 "멸공!" 하며 거수경례를 올렸다. 학생들의 우렁찬 경례와 함께 교장의 훈화가 시작되었다.

"학생 여러분! 이 나라에 큰 별이 지셨습니다. 여러분도 신문과 뉴스를 통해 알고 있겠지만 어젯밤 우리 민족의 태양이자 위대한 영도자이신 박정희 대통령 각하께서 반역자의 흉탄을 맞고 급서하셨습니다. 대한민국의 한 국민으로 하늘이 무너지는 듯 바다가 갈라지는 듯한 충격이 아닐 수 없습니다. 각하께서 서거하셨다는 소식을 받은 이후 흐르는 눈물을 감출 수 없었으며 비통한 마음 또한 가눌 길이 없었습니다……."

교장은 잠시 말을 멈추더니 손수건을 꺼내 눈물을 훔쳤다. 울먹이는 교장을 바라보던 교사와 학생들의 눈시울도 붉게 물들었다. 몇몇 중학생은 교장을 따라 훌쩍훌쩍 울기도 했다. 교장은 황망한 듯 고개를 들어 하늘을 올려다보더니 마이크 앞에 다시 섰다.

"학생 여러분. 하지만 우리가 마냥 슬퍼할 수만은 없습니다. 휴전선

이북으로는 북한 괴뢰가 호시탐탐 남침할 기회만 엿보고 있고, 남한 내에도 고정간첩이 암약하고 있으며 좌경용공 세력들이 준동하고 있습니다. 지금 우리 학생들이 해야 할 일은 공부도 좋지만 주변에 체제를 전복하려는 좌경용공 불순 세력은 없는지 또는 고정간첩은 없는지 혹은 서울에서 생활하던 사람이 갑자기 내려와 수상한 행동을 하지는 않는지 등을 잘 살펴서 조금이라도 수상한 사람이 있으면 즉시 대공 관서나 군부대에 신고하는 일입니다. 더하여 각하께서 서거하신 틈을 타북한 괴뢰가 쳐내려올 수도 있으므로 반공정신과 멸공 태세 또한 군건하게 견지해야 하겠습니다. 만약의 사태를 막기 위해 정부에서는 제주를 제외한 전국에 비상계엄을 선포하였으며 대학교에도 휴교령을 내렸습니다. 학생 여러분은 그리 알고 군 당국의 조치에 적극 협력하여 급작스럽게 닥친 이 위기를 슬기롭게 극복해야 하겠습니다."

훈화를 마친 교장은 다시 손수건을 꺼내 눈물을 훔쳤다. 선생들은 그런 교장을 따라 눈물을 흘렸고 학생들은 선생들을 따라 훌쩍거렸다. 국기 게양대에는 조기가 걸렸고, 대통령이 죽었다는 사실을 공유한 학교는 수업 시간 내내 침울했다.

수업에 들어온 선생들의 말수가 부쩍 줄었다. 달리 전달 사항이 없는 선생들은 출석만 부르곤 등을 돌려 칠판에 수업 내용을 적기 시작했다. 선생들은 강의노트에 들어 있는 내용을 칠판에 옮겨 적느라 수업 시간의 반을 보냈다. 흰 백묵과 분홍색 백묵을 번갈아 쓰는 선생도 있었다. 그 시간 동안 학생들은 선생을 따라 노트에 필기를 했다. 하지만 민철은 따분하기 이를 데 없는 일이라 소설책을 꺼내 읽었다. 칠판을 가득 채운 선생은 학생들이 필기하기를 기다렸다가 자신이 써놓은 칠판 글씨를 따라 한 번 읽는 것으로 수업을 끝냈다. 쉬는 시간이 되면 민철은 화장실로 달려가 친구들과 담배를 피웠고, 수업 시간이면 소설책을 읽었다. 간혹 대통령의 죽음에 대해 말하는 학생들도 있었지만, 교장처럼 대통령의 죽음을 슬퍼하는 학생은 없었다.

11월 3일 통곡의 시간

11월이 되면서 국기 하강식 시간이 오후 다섯 시로 한 시간 앞당겨졌다. 하강식은 하교 시간과 맞물리는 경우가 많아 길에서 국기에 대한 경례를 하는 일이 빈번했다. 길을 가다 스피커에서 애국가가 나온다 싶으면 미친소는 길가의 아무 집이고 처마 밑으로 뛰었다. 길에서 가슴에 손을 얹고 서 있는 게 여간 쪽팔린 게 아니라는 거였다. 그땐 민철도 따라 뛰었고, 주기동만 혼자 남아 부동자세로 서서는 애국을 했다.

"우리나란 뭔 애국심을 이리 강요하는지 미치겠다 정말!"

"우리는 민족중흥의 역사적 사명을 띠고 태어났는데 애국은 당연한 거지. 뭘 그래"

미친소가 투덜거릴 때마다 주기동은 애국을 강조하며 너스레를 떨곤 했다.

대통령의 죽음은 많은 것을 변화시켰다. 정승화 계엄사령관은 계엄 포고 1호로 옥내외 집회를 금지시켰으며 언론 검열을 실시하고 야간 통행금지 시간을 연장했다. 그로 인해 자정부터 실시하던 통행금지 시

16

간이 밤 열 시로 앞당겨졌으며 무장한 군인들이 수시로 순찰을 돌았다. 계엄령이 선포되자 경찰들도 전에 없이 강경한 태도로 돌변했다. 취객이 작은 소리만 내도 경찰이 달려왔으며, 별 일 아닌 데도 파출소로 연행해 갔다. 군인들은 가방을 옆구리에 낀 채 횡대로 활보하는 학생들에게 총구를 들이대며 종대로 걸으라고 위협하고, 길에서 소리 내어 웃는다며 쪼그려 뛰기를 시키기도 했다. 티브이에선 광고가 사라졌고, 연속극이나 〈웃으면 복이 와요〉 같은 코미디 프로도 방송되지 않았다. 티브이는 장송곡 같은 추모 음악과 박정희 대통령의 생전 모습이 담긴 화면만 보여주었다. 뉴스 시간에는 박정희 대통령 시해 사건을 수사하는 전두환 합동수사본부장의 모습이 연일 나왔다. 머리가 벗겨진 그는 경상도 사투리로 "본인은……" 하고 말을 시작했고, 대통령을 시해한 중앙정보부장 김재규는 만고의 역적이 되어 사람들의 입에 오르내렸다.

사람들은 대통령의 죽음을 왕의 죽음과 동일시했다. 티브이를 보다가도 밥을 먹다가도 울음을 터뜨렸다. 국민학교 학생들은 단체로 군청에 마련된 분향소를 찾았고, 어린 학생들은 울며 절을 했다. 공무원 아버지를 둔 민철 친구들 몇몇도 분향소를 다녀왔지만, 사는 일에 바쁜 민철네 집은 아무도 분향소를 찾지 않았다.

하지만 민철은 나름대로 대통령을 추모했다. 기타 둥당거리기를 즐겨하던 민철은 이태 전 대학가요제에서 대상을 받은 샌드 페블즈의 노래 「나 어떡해」를 부르며 추모 분위기에 동참한 것인데, 민철 아버지는 '저누므 새끼가 대통령이 죽었는데 뭐가 좋아서 저 지랄'이라며 핀잔을 주었다. 그럼에도 민철은 나름대로의 추모를 멈추지 않고 틈만 나면 기타를 둥당거렸다.

나 어떡해 너 갑자기 가버리면

나 어떡해 너를 잃고 살아갈까
나 어떡해 나를 두고 떠나가면
그건 안돼 정말 안돼 가지 말아
누구 몰래 다짐했던 비밀이 있었나
다정했던 네가 상냥했던 네가 그럴 수 있나
못 믿겠어 떠난다는 그 말을
안 듣겠어 안녕이란 그 말을
나 어떡해 나 어떡해 나 어떡해……

    하지만 지루한 날들의 연속이었다. 기타를 쳐도 여자 친구들과 비싼 브라보콘을 먹어도 민철의 지루함은 달래지지 않았다. 친구들과 극장 담을 넘어 영화를 봐도 심드렁했고, 친구 자취방에 모여 깡술을 마셔도 재미가 없었다. 하도 심심하여 근처 롤러스케이트장을 찾았지만 지루 하기는 마찬가지였다. 평소 떠들썩했던 롤러스케이트장은 개점휴업 상 태와 다름없었다. 신명나게 울려 퍼지던 보니엠(Boney M)의 「Sunny」 나 레이프 가렛(Leif Garrett)의 「I Was Made For Dancing」 같은 노래가 나오지 않으니, 뒤로 가도 옆으로 가도 영 타는 재미가 없었다.

    어른들은 여전히 티브이에 비친 대통령의 생전 모습을 보며 울었고, 아이들은 영문도 없이 어른들을 따라 울었다. 흘러나오는 음악이 사람 들을 울렸고, 아나운서의 비장한 어투만 들려도 사람들은 괜히 눈물을 글썽였다. 그렇게 무료한 날이 이어졌지만 학교는 여전했다. 3학년 선 배들은 걸핏하면 1학년 교실을 급습하여 군기가 빠졌느니 어쩌니 하면 서 공포 분위기를 조성했고, 교정에서 본드를 흡입하던 몇몇 학생은 유 기 정학에 처해지기도 했다. 그렇게 일주일이 흘렀고, 대통령 국장 하루 전 교장은 애국조회를 열었다. 사열대에 오른 교장은 손수건으로 눈물을 찍어내더니 훈화를 시작했다.

"각하의 급작스런 유고로 인해 혼돈에 빠졌던 나라가 빠르게 수습되고 있습니다. 하지만 사회 곳곳에는 국가를 전복하려는 좌경용공 불순 세력이 암약하고 있으니 학생 여러분은 불순한 언동이나 수상한 행동을 하는 자를 발견하면 그 즉시 군부대나 경찰 관서에 신고하여주길 바랍니다. 그리고 내일은 대통령 각하께서 우리의 곁을 영원히 떠나시는 날입니다. 각하께서 남기신 업적과 유지를 잘 받드는 것이 학생 여러분의 몫임을 명심하고, 각하께서 비록 우리 곁을 떠나신다고 해도 학생 여러분께선 우리의 어버이이신 각하를 한순간도 잊지 말아줄 것을 당부드립니다. 각하의 국장이 치러지는 내일은 임시 공휴일로 지정되었으니 학생 여러분은 어느 때보다 경건한 마음으로 각하께서 가시는 마지막 모습을 지켜보길 바랍니다."

대통령의 국장일인 토요일이 임시 공휴일로 지정되었다는 교장의 말에 학생들은 모처럼 신이 났다. 답답했던 속이 뻥 뚫리는 기분이 들 정도였다. 학생들은 훈화를 마친 교장에게 전에 없이 큰 소리로 '멸공!'을 외쳐주었다.

이후 이어진 수업은 생기로 넘쳤다. 교련 선생에게 목총으로 엉덩이를 맞아도 신이 났고 음악 선생이 자신의 슬리퍼로 학생들의 뺨을 때려도 학생들은 분노하지 않았다. 종례가 끝나자 학생들은 다음 날 학교를 오지 않아도 된다는 사실을 상기하며 만세를 불렀다.

"민철아, 우리 낼 사북 갈래?"

'미친소'가 별명인 광우였다.

"사북엔 왜?"

"사북고등학교 왕창이 회포나 한번 풀자고 하던데, 하룻밤 놀고 오지 뭐."

"답답했던 참인데 바람이나 쐬러 갈까?"

민철의 말에 옆에 있던 주기동이 나도 굿, 하며 하이파이브를 날렸다.

대통령 국장이 있는 날 아침 일찍 미친소와 주기동이 민철의 방에 모였다. 아버지의 중절모를 쓰고 온 미친소는 노란 맞춤 양복 차림이었다. 스웨터에 배꼽바지를 입은 주기동은 구두를 신었는데, 얼마나 닦았던지 반짝반짝 빛이 났다.

"야, 느네 사북에 패션쇼 하러 가나?"

민철이 두 사람을 번갈아 보며 웃었다.

"뭔 소리! 이 정도는 하고 가야 먹히지 않겠어?"

미친소가 모델처럼 포즈를 취하며 말했다.

"그럼, 사북 까이들 홈방 보내려면 이 정도는 입고 가야지."

주기동이 주름을 세우며 맞장구쳤다.

민철은 어이가 없다는 듯 피식 웃고는 기타를 잡았다.

국장 시간이 다가오자 사람들은 티브이가 있는 민철네 집으로 몰려왔다. 민철 아버지는 여러 사람이 볼 수 있도록 티브이를 가게로 내놓았다. 주기동과 미친소도 티브이 앞에 앉았다.

대통령의 장례식은 부인 육영수 여사의 장례식 때와 같이 생방송으로 보여주었다. 화면에 잡힌 서울 사람들은 오 년 전 대통령 영부인을 보낼 때보다 더 서럽게 울었다. 티브이를 보던 사람들도 하나둘 눈물을 찍어냈다.

청와대에서 발인을 끝낸 대통령의 유해는 영구차에 실려 중앙청 앞으로 나왔다. 중앙청 광장에 마련된 영결식장엔 검은 옷을 입은 조문단으로 가득했다. 열 시가 되자 티브이와 정선 읍내에서 동시에 사이렌이 울렸다. 사이렌이 울리자 티브이를 보러온 마을 사람들도 그 자리에서 일어나 묵념을 했다. 장의위원장인 최규하 대통령 권한대행은 "우리는 고 박정희 대통령의 유지를 받들어 그 어떤 어려움을 당해도 애국심과 지혜와 단합된 힘으로 이를 극복하면서 위대한 통일 조국과 민족중흥을 향한 줄기찬 전진을 계속하자"라며 조사를 읽었다.

티브이를 보고 있던 마을 사람들은 최규하 대통령 권한대행이 강원도 원주 사람이라면서 반가워했다.

영결식을 마치자 영구차는 삼군 사관생도들의 선도로 광화문으로 나왔다. 광화문 거리에는 대통령을 추모하려는 사람들로 출렁거렸다. 갈래머리를 곱게 딴 여고생과 교복을 입은 남학생이 손수건으로 눈물을 훔쳤고, 한복을 곱게 차려입은 여인네와 곰방대를 든 노인이 땅을 치며 통곡했다. 양장 차림의 여성들과 양복을 입은 남성들이 발을 동동 구르며 울었다. 국장 모습을 중계하던 아나운서는 박정희 대통령의 국장 기간 전국에서 1,700만 명이 분향소를 찾아 조문을 했다고 말했다. 그 말을 들은 주기동이 "우리나라 인구가 얼만데 1,700만 명이 조문을 해? 미쳤군 미쳤어" 하며 고개를 흔들었다. 티브이에선 통곡 소리가 더욱 커졌고, 민철네 집에서 티브이를 보던 마을 사람들도 너나 할 것 없이 훌쩍거렸다. 영구차가 광화문을 빠져나가자 민철은 기타를 치며 「나 어떡해」를 불렀다. 주기동과 미친소까지 가세하자 민철 아버지는 마을 사람들에게 민망한 듯 민철을 향해 소리를 버럭 질렀다.

"야이, 이누므 새끼들아. 먼 지랄이야! 당장 나가!"

민철 아버지의 고함에 셋은 후닥닥 짐을 꾸려 집을 나왔다. 임시 휴일을 맞은 거리에는 아이들뿐이었다. 어른들은 대통령 장례식을 보기 위해 티브이가 있는 집마다 모여 중계를 보고 있었고, 아나운서의 비장한 음성이 거리까지 흘러나왔다. 역전 전파사 앞에서 티브이를 지켜보던 사람들은 "아이고 아이고" 하며 통곡했는데, 그 소리는 정선역 대합실에서도 이어졌다.

정선역으로 간 민철과 친구들은 뺑차를 타기로 했다. 기분도 꿀꿀한데 기차표 살 돈으로 대신 술이나 먹자고 했다. 역전 구멍가게에서 쥐포와 소주를 산 민철과 친구들은 역 건물을 돌아 플랫폼으로 갔다. 이틀에 걸친 황금 휴일이라 그런지 플랫폼엔 대처로 나가는 이들이 제법 많았다.

"야, 예전에 박정희가 정선역에 왔었던 거 아나?"

주기동이 갑자기 생각났다는 듯 물었다.

"박정희가 여길 왜?"

미친소가 놀랍다는 표정을 지었다.

"느인 아직 어려서 모르는 모양인데, 내가 여섯 살 땐가 정선선 철도 개통식 날 박정희가 검은 코트를 입고 이 자리에 서서 테이프를 잘랐단다. 어르신 말씀을 아시겠나?"

주기동은 사실 민철과 미친소보다 두 살 위였다. 집안 사정으로 이태 늦게 국민학교에 입학했고, 민철과는 그때부터 절친으로 지냈다.

"그런 일이 있었어?"

민철이 놀랍다는 듯 물었다.

"그럼, 그때 역 광장에 마련된 연단에서 박정희가 카랑카랑한 목소리로 연설을 하는데, 온 산이 쩡쩡 울렸어. 박정희를 보려고 사람은 또 얼마나 많이 모였는지 가슴이 다 벌렁거리더라. 지금까지 그렇게 많은 사람을 본 적이 없어. 지금이야 집들이 많아졌지만 그땐 역 주변에 집이라고는 두어 채밖에 없는 개바닥이었거든."

주기동이 당시를 떠올리며 말했다.

"그랬겠다. 당시 우리 이모가 정선선 철도를 만들기 위해 투입된 재

22

건대 사람들 밥해주며 먹고살았는데, 이모네 창고에 가면 지금도 당시에 썼던 양은 도시락이 가득하거든."

미친소도 정선선 철도가 만들어지는 과정을 어렴풋이 기억하고 있었다. 박정희 5·16 혁명 정부는 사회 정화를 내걸고 깡패 소탕에 들어갔는데, 깡패는 물론 넝마주이와 양아치, 구두닦이 등을 잡아들여 국토재건대를 만들었다. 재건대는 전국의 건설 현장에 투입되었는데, 증산에서 정선까지 이어지는 정선선 철도도 그들에 의해 4년 7개월 만에 완성되었다.

"그럼 우리가 지금 역사의 현장에 있는 거네. 박정희 장례식 날 박정희가 섰던 자리에 서니 감회가 새롭네."

민철이 철도 개통식 날 테이프를 커팅하던 박정희를 상상하며 말했다.

"그런 박정희가 심복인 김재규의 총에 맞아 비명에 갈 줄 누가 알았겠냐?"

미친소가 방아쇠 당기는 포즈를 취할 때 마침 기적 소리가 울렸다. 잠시 후 검붉은 얼굴을 한 기관차가 모습을 드러냈고, 미친소는 불을 켠 채 달려오는 기관차를 향해 방아쇠를 당겼다.

"빵!"

탄광이 있는 구절리역에서 출발한 기차는 아우라지가 있는 여량과 석탄공사 나전광업소가 있는 나전을 거치면서 다섯 량의 객차를 가득 채우고 정선역으로 들어왔다. 대부분 광산에서 일하는 사람들이라 입은 옷들은 검고 칙칙했다. 정선역 플랫폼에서 열차를 기다렸던 승객들까지 올라타자 객차는 만원버스를 탄 듯 서 있기도 힘들었다. 민철, 미친소, 주기동 세 사람은 객차와 객차 사이에 자리를 잡고 준비한 소주를 땄다.

"야, 학교 다니기도 싫은데 이대로 그냥 지긋지긋한 정선 영원히 떠났으면 좋겠다."

미친소가 창밖으로 펼쳐지는 마을을 보며 소리쳤다. 민철네 집이 보이고 뽕잎을 따러 나온 제사 공장 여공들도 보였다.

"미친소야, 이 년 만 참아라. 학교만 졸업하면 나도 이놈의 동네 영원히 떠날란다."

주기동이 맞장구치며 병나발을 불었다. 한 번뿐인 청춘을 정선 촌구석에서 허비하는 게 죽기보다 싫다는 미친소와 주기동이었다. 민철도 중학교 2년 때 민식이 형이 있는 서울로 전학 보내달라고 한 달이나 아버지를 졸랐던 적이 있었다. 매일 보는 얼굴들을 마주하며 매일 똑같은 하루를 사는 게 지겹고 징글징글했다. 하지만 아버지는 민철을 놔주지 않았다. 그때부터 민철은 날개 꺾인 새처럼 모든 걸 체념한 채 소설책이나 읽다가 그도 심심하면 극장 담을 넘어 영화를 봤고, 더 심심한 날은 술을 마시거나 기타를 둥당거렸다.

정선역을 떠난 기차가 선평역을 지나 별어곡역에 이르자 술이 떨어졌다. 미친소가 지나가는 홍익회 아저씨를 잡더니 손수레에서 소주 한 병을 또 샀다. 기차는 별어곡역에서 승객을 더 태우고서 증산역으로 달려갔다. 증산역은 정선선 종착역으로 제천이나 서울로 가려면 태백선 상행선을, 황지나 사북으로 가려면 하행선으로 갈아타야 했다.

기차에서 내린 셋은 플랫폼에 있는 가락국숫집으로 가 가락국수를 안주 삼아 술을 마셨다.

"증산역 가락국수가 전국에서 최고 맛있는 거 같다."

주기동이 국물을 들이키며 말했다.

"전국은 모르겠지만 제천역이나 원주역, 청량리역에 있는 가락국숫

집 중에선 최고로 맛있는 건 맞다."

누구보다 가락국수를 많이 먹어본 민철이 한마디 했다. 국민학생 시절부터 기차를 타고 무작정 떠나기를 즐겨했던 민철이었다. 학교를 가다가도 어디론가 떠나고 싶으면 기차를 탔다. 딱히 정해진 곳은 없었다. 정선 관내만 해도 기차역이 구절리역 여량역 나전역 송석역 정선역 선평역 별어곡역 증산역 사북역 고한역 자미원역 함백역 예미역 등 열세 곳이나 되었으니 갈 곳도 많았다. 기차가 닿는 곳은 어디나 탄광이 있었고, 탄광으로 인해 만들어진 마을엔 광부들의 사택이 성냥갑처럼 즐비했다.

기차를 탄 민철은 어느 날은 사북을 지나 황지까지 갔고, 어느 날은 영월이나 제천까지 갔고, 또 어느 날은 종착역인 청량리까지 가선 명동 거리를 걷거나 입장료가 오백 원이나 하는 롯데백화점 전망대에 올라 서울 야경을 바라보기도 했다. 그런 날은 서울 사는 사람들이 한없이 부러워 돌아오는 발걸음이 몹시 무거웠다.

청량리 방면으로 가는 상행선 기차가 먼저 도착했다. 도시로 가려는 설렘들이 우르르 기차에 올랐다. 도시로 떠나지 못하는 민철과 친구들은 잠시 후 도착한 하행선 기차로 갈아타곤 사북으로 갔다. 사북역에 도착하자 왕창이 친구들과 함께 마중을 나왔다. 사북에선 주먹질로 소문이 난 왕창이었다. 또래는 물론 선배들도 왕창만큼은 건드리지 못했다. 쌈질을 그렇게 해도 왕창은 늘 무사했다. 아버지가 동원탄좌 노동조합 간부라서 그렇다는 거였는데, 그 말이 맞는지 파출소에 끌려가도 왕창은 금방 풀려났다. 그 때문인지 모르겠지만 왕창은 사고를 쳐도 학교에서 잘리지 않았다.

"오, 친구들 어서 와!"

왕창이 두 팔을 활짝 들어 민철 일행을 맞이했다.

"어이, 왕창. 잘 지냈나?"

"그럼! 나 사북의 왕창이야. 미친소도 잘 지냈나?"

"야, 왕창! 내가 누구냐? 수틀리면 확 돌아버리는 미친소야."

미친소와 왕창이 주먹을 맞대며 큰 소리로 웃었다. 떠들썩하게 인사를 주고받은 미친소와 왕창은 서로 함께 온 친구들을 소개했다. 인사가 끝나자 왕창은 민철 일행을 데리고 개찰구로 갔다.

사북도 계엄이 내려진 곳이지만 군부대가 있는 정선처럼 무장한 군인이 순찰을 돌지는 않았다. 대신 정선경찰서 보안과 형사들이 사북역 개찰구를 지키는 걸로 보아 안심하고 술 마시긴 틀린 동네였다.

"광우야, 사북엔 왜 왔어?"

경찰서 보안과에 근무하는 삼촌 동료 최 형사였다. 개찰구 앞에서 불심검문을 하던 그는 개찰구를 빠져나오는 미친소를 발견하고 한쪽으로 잡아끌었다.

"놀러 왔어요."

미친소의 말에 최 형사가 건들거리며 개찰구를 나오는 친구들을 하나씩 살폈다.

"비상 상황이니 사고 치지 말고 놀아라. 까불다가 잡혀가면 병신되는 거 잠깐이니까. 알았어?"

최 형사가 다들 들으라는 듯 큰 소리로 말했다. 미친소가 알았어요, 하곤 역사를 빠져나왔다.

사북 거리는 검은 탄가루로 가득했다. 시내를 관통하는 개울은 먹물을 푼 듯 검정색이고 집들은 물론 사람들의 얼굴이나 손바닥엔 탄가루가 꺼멓게 묻어 있었다. 걸을 때마다 풀썩풀썩 탄가루가 피어올랐고,

차라도 지나가면 날린 탄가루가 거리를 뒤덮었다. 사북에 사는 사람들은 일상인 일이겠지만 정선에서 온 민철 일행은 숨을 쉬기도 걸음을 떼어놓기도 힘든 상황이었다.

"수천 미터 지하 막장에 들어가 탄 캐는 광부들도 있는데, 이 정도를 가지고 뭘 그래."

왕창이 별 일 아니라는 듯 말했다.

"아, 유난 떨어 미안! 새 옷을 입었거든."

미친소가 입고 있던 노란 양복을 가리키며 말했다. 왕창이 풀썩 웃으며 대꾸했다.

"지랄이다. 사북엔 그런 옷 안 어울려. 담에는 나처럼 추리닝이나 입고 와."

그렇게 말은 했지만 왕창도 정선에 올 때 갈아입을 옷과 신발을 따로 챙겨와 증산역에서 갈아입었다고 한 적 있었다. 마을에서 입는 일상복과 외출복이 철저하게 구분되는 곳이 사북이고, 대처로 갈 땐 너나 할 것 없이 그렇게 한다는 것이다.

왕창을 따라 충주집에 도착했을 땐 미친소의 노란 양복이 검게 변해 있었고, 반짝거리던 주기동의 구두는 광부들이 신는 장화처럼 변했다. 충주집도 검은 탄가루가 날리긴 마찬가지였다. 아가씨들의 한복 깃과 소매는 빨아도 지워지지 않을 정도로 검은 때가 묻어 있고, 화장을 한 얼굴에도 탄가루가 거뭇하게 내려앉아 있었다. 아가씨들은 낮술 중인 광부들 술상에 앉아 술을 따르고 있었고, 충주집 주모는 왕창을 예약한 뒷방으로 안내했다. 뒷방은 어른들과 만날 염려가 없는 데다 혹여 순찰을 도는 선생들과도 마주칠 일이 없는 공간이었다.

"인상을 보니 다들 혈기가 넘쳐 보이는데, 아가씨들 불려주랴?"

주모가 왕창의 옆구리를 찌르며 물었다.

"오늘은 여자 친구들과 놀기로 했으니 담에요."

왕창의 말에 주모가 무슨 뜻인 줄 알겠다는 듯 눈웃음을 쳤다.

"놀긴 빨간 루즈 바른 누님들이 더 좋은 거 아닌가?"

주기동이 가게로 눈짓을 하며 말했다. 가게에서는 누군가 이미자의 「동백아가씨」를 간드러지게 부르고 있었고, 느린 젓가락 장단이 뒷방까지 들려왔다.

"누님들 불러줘?"

왕창은 주기동과 민철을 번갈아 보며 물었다.

"됐어. 친구들끼리 놀지 뭐."

민철이 손을 저었다. 미친소도 그러는 게 좋다며 민철 편을 들었다. 왕창은 알았다며 주모에게 술과 안주를 들여달라고 했다. 잠시 후 사홉들이 소주 한 짝이 들어오고 돼지고기볶음과 닭발이 안주로 나왔다. 술상이 차려질 즈음 왕창이 말한 여자 친구들이 우르르 들어왔다.

"야, 우리 까이들 오늘 어쩐 일이나? 선보러 나왔나?"

왕창이 여자 친구들을 둘러보며 한마디 했다.

"귀한 손님들 왔다니 외출복으로 나왔지."

"오, 그럼 오늘 외박하기로 작정하고 나왔다는 거네?"

"남자들 노는 거 보고. 찌질하게 놀면 후딱 갈거니 알아서 해."

청바지에 빨간 스웨터를 입은 여자애가 입을 샐쭉하며 말했다.

"정님이 오늘 맘에 든다. 그럼 놀아보지 뭐."

여자 친구들은 저들끼리 눈짓을 주고받더니 민철과 주기동, 미친소 옆에 차례로 앉았다. 정님과 함께 온 친구들은 시골 아이들이라기보다 도시 아이들처럼 얼굴도 희고 착한 학생들처럼 보였다. 왕창이 정님에게 날라리들 말고 착한 아이들을 데리고 오라고 한 듯했다. 왕창이 민철 일행을 소개하자 정님이 함께 온 친구들을 소개했다. 미친소 옆에 앉은 여자애는 미연이고 주기동 옆에 앉은 여자애는 선영이, 민철 옆에 앉은 여자애는 송희라고 했다. 정님은 셋 다 전교 1, 2등을 다투는 사이이고 이런 자리는 처음이니 잘해주라는 말도 곁들였다.

정님과 날라리처럼 보이는 여자애 둘은 왕창과 사북 친구들 사이에 자리를 잡았고, 왕창은 술잔으로 나온 왜사기 잔을 돌리며 술을 그득 부었다. 여자 애들도 예외는 아니어서 잔 가득 술이 따라졌다.

"야, 이거 까이들과 함께 술 먹자니 대통령이 죽었다는 궁정동 안가에서 술 마시는 기분이다. 정님이 니가 심수봉이 하고 미연이가 여대생 해라."

왕창이 양팔을 뻗어 여자애들 허리를 감았다.

"니가 박정희 하면 차지철은 누가 하고 김재규는 누가 해?"

정님이 방을 둘러보며 물었다.

"차지철은 주기동이 하고 김재규는 반항아 민철이가 해라. 나랑 기동이는 학교 다니는 것도 지겨운데 이참에 같이 죽자."

왕창이 권총 라이터를 민철에게 건넸다. 민철이 권총 라이터를 받아 왕창과 주기동을 향해 번갈아 방아쇠를 당겼다. 딸깍하고 불이 켜지자 왕창과 주기동이 윽, 하며 옆 자리에 앉은 여자애들 품에 쓰러졌다. 그 모습이 우스워 다들 박수를 치며 웃고 있는데, 정님이 "땡큐!" 하며 켜진 라이터에 담뱃불을 붙였다.

"자자, 박정희 대통령 국장 기간이라 제대로 놀지도 못했는데, 장례도 끝났고 하니 오늘 제대로 마셔보자."

왕창이 술잔을 들며 "자, 우리들의 빛나는 청춘을 위하여!" 하고 외쳤다. 모두 왕창을 따라 건배를 했다.

술잔이 빠르게 비워지고 돌았다. 취기가 오르기 시작하자 누군가 기타를 가지고 왔다. 왕창이 기타를 잡더니 김만수의 노래 「영아」를 불렀다.

바람에 날리어 지는 낙엽은
새봄에 꽃피는 꿈을 꾸겠지
간밤에 보았던 영아의 꿈은
새봄에 온다는 기별이겠지
영아
나는 왜 어느새
나는 왜 어느새
기다려진다고 꿈에 젖나
영아 샘처럼
솟아나는 정 접어두고
영아 꿈속에
다시 꽃피는 날 기다려

　　왕창의 노래가 끝나자 정님이 심수봉의 「그때 그 사람」을 불렀다. 정님의 노래는 심수봉처럼 가녀리고 애잔했다. 민철은 박수 치는 것도 잊고 대통령 앞에서 기타를 치며 노래를 부른 심수봉은 어떤 기분이었을까 짐작해보았다. 어쩌면 그런 자리에서 주눅 들지 않고 노래를 부른 것만도 대단한 일이라는 생각이 들었다. 민철은 또 술자리에서 총 맞아 죽은 대통령을 생각했다. 일본 노래를 즐겨 불렀다던 대통령이었다. 그런 대통령이 심수봉의 노래를 들으며 어떤 표정을 지었을까, 그 순간 먼저 세상 떠난 육영수 여사를 잠깐이라도 그리워했을까, 모를 일이었다.

　　"왕창이 니는 아무리 생각해도 정님이가 그리워하는 그때 그 사람은 아닌 것 같다."

　　미친소가 고개를 흔들며 말했다.

"나도 안다."

왕창이 술잔을 비우며 낄낄 웃었다. 그 말에 다들 한바탕 웃으며 술잔을 들었다. 술잔이 비워지자 사북 친구가 기타를 넘겨받더니 「시골길」, 「눈이 큰 아이」같이 빠른 노래를 이어 불렀다. 흥에 겨운 서넛이 자리에서 일어나더니 고고 춤을 추었고, 방 안은 열기로 후끈했다.

"민철아, 니도 한 곡 해라."

주기동이 민철에게 기타를 넘겨주며 말했다. 기타를 받은 민철은 옆에 앉은 송희를 흘깃했다. 선홍빛 뺨이 고운 아이였다. 수줍은 듯 말이 없어 술자리 내내 민철은 그 아이와 말 한마디 나누지 못했다. 기타 줄을 조율한 민철은 「나 어떡해」를 불렀다. 친구들이 박수를 치며 노래를 따라 불렀다. 민철의 음성이 조금씩 젖어들었다.

대통령이 떠난 날이었다. 티브이 앞에 모인 마을 사람들이 그를 보내며 목놓아 운 날이었고, 부모를 보낼 때보다 더 슬프고 절망감에 가득 찬 울부짖음도 들었다. 가만히 고개를 숙인 채 노래를 듣고 있던 송희가 어느 순간부터 노래를 따라 부르기 시작했다.

나 어떡해 너 갑자기 가버리면
나 어떡해 너를 두고 살아갈까……

라라를 닮은 국어 선생

　대통령 국장이 끝난 지 사흘이 지났다. 오전 시간, 3학년 선배들이 대학 입학 예비고사를 치기 위해 고사장이 있는 원주로 떠났다. 학생들은 학교에 모였다가 선생들의 인솔로 정선역에서 기차를 타고 네 시간 거리인 원주로 갔다. 그들은 원주 시내 여관에서 하루를 묵은 후 다음 날 아침 고사장이 마련된 각 학교로 간다고 했다. 학교에 남아 있는 선생들과 1, 2학년 후배들은 장도에 오르는 3학년생들을 위해 엿을 선물했고, 격려의 박수도 쳐주었다. 3학년 선배 중엔 대학이나 시험이 목적이 아닌 학생도 따라갔다. 학교에 남아봤자 나머지 공부하듯 빈둥거리며 놀아야 하니 놀러 가는 셈 치고 간 것인데, 그런 부류는 원주 밤거리를 헤매며 밤새 술을 마시거나 여학생들을 꼬드기는 일에 매진한다고 했다.

　3학년 선배들이 학교를 비우니 살 것 같았다. 더구나 학생들 단속을 위해 교과를 맡은 선생들까지 따라간 탓에 빈 수업도 많이 생겼다. 그 시간 민철은 소설책을 읽으며 모처럼 한가로운 하루를 보냈다. 3학년 선배들이 다시 학교에 등교하는 이튿날까지 학교는 평화로웠다. 교문을 지키는 지도부 선배도 없었다. 학교에 남아 있던 지도과 선생 두엇이 형식상 교문에 서 있다가 수업 종이 울리기 전에 철수한 게 전부였다.

선배들이 예비고사를 치르는 날이었다. 박정희 대통령 시해 사건을 수사하던 전두환 합동수사본부장은 수사 결과를 발표했다. 머리가 시원하게 벗겨진 그는 별 두 개가 달린 군복 차림으로 나와 그동안 수사했던 결과를 경상도 억양으로 또박또박 읽어 내려갔다. 전두환은 '금번 사건은 대통령이 업무와 관련하여 중앙정보부장 김재규를 수차례 질책하였으며, 그에 따른 인책해임을 우려한 나머지 김재규가 박정희 대통령과 경호실장이던 차지철을 권총으로 사살하였고, 김재규 수하인 정보부 요원들은 현장에 대기 중인 대통령 경호원 전원을 사살한 사건으로 김재규가 은연중 계획하에 자행한 범행'이라고 결론지었다.

티브이를 지켜본 어른들은 대통령을 잃은 슬픔이 채 가시지 않은 듯 김재규에게 욕설을 퍼부었고, 대통령을 그리워하며 통곡하는 이도 있었다.

평화는 짧았다. 3학년 선배들이 등교하자 학교는 다시 험악해졌다. 시험이 끝난 선배들은 할 일이 없다는 듯 후배들을 괴롭히거나 당구장에 가거나 술집을 드나드는 일로 시간을 보냈다. 선생들도 특별한 사고를 치지 않는 한 3학년의 일탈만은 눈감아주었다. 예비고사를 쳤다고는 하나 본고사까지 통과하여 대학에 진학하는 학생이 전무한 학교였고, 그런 이유로 민철 주변엔 4년제 대학생은커녕 2년제 전문대학에 다니는 학생조차 없었다.

점심시간이 되자 교련복을 입은 지도부 선배들이 목총을 들곤 1학년 교실을 돌았다.

"목총 들고 연병장에 선착순 집합!"

학생들은 도시락을 먹다 말고 연병장으로 뛰었다. 민철은 "씨팔, 무슨 군대도 아니고 밥은 먹게 해줘야 할 것 아니야"라고 중얼거리며 도시락을 덮었다. 연병장으로 나가니 1학년 학생들이 목총을 든 채 엎드려뻗쳐를 하고 있었다. 민철도 학생들을 따라 엎드려뻗쳐를 했다.

"다들 눈 감아!"

목총을 든 선배들이 학생들 사이를 오가며 소리쳤다. 민철도 눈을 감았다. 학교가 점점 지겨워졌다. 목총에 의지한 채 엎드려뻗쳐를 하고 있는 자신이 바보 같았고, 한심스럽기도 했다. 벌떡 일어나 "여기가 학교지 군대냐!" 하며 선배들 뒤통수를 개머리판으로 갈겨주고 싶은 생각이 굴뚝같았지만 실행에 옮길 순 없었다.

학생 대대장이 군기가 빠졌느니 하며 일장 연설을 하더니 잠시 후 여기저기에서 목총 내리치는 소리와 맞는 소리가 동시에 들려왔다. 민철은 차라리 아침에 기차나 탈 걸, 후회를 하며 엉덩짝에 힘을 주었다. 땀이 얼굴에 맺힐 즈음 누군가 민철의 옆구리를 찔렀다. 눈을 떠보니 2학년 선배였다. 3학년도 그의 말이라면 꼼짝 못 하는 거물이었다. 그는 민철에게 자리에서 빠지라는 듯 눈짓을 쳤다. 선배는 민철뿐 아니라 주기동과 미친소 등 몇을 더 데리고는 화장실로 갔다. 화장실 뒤에는 2학년 선배들이 모여 담배를 피우고 있었다. 그들은 민철과 친구들에게 담배 한 대씩을 돌리며 말했다.

"앞으로 집합시키면 나가지 말고 이리로 와. 좆도 아닌 새끼들이 까불고 있어."

2학년 선배들이 연병장을 바라보며 한마디 했다. 다들 2학년 거물들이었다. 1학년생들은 알았다며 고개를 끄덕였다. 3학년 거물들이 이런저런 일로 다 퇴학당하자 그들은 3학년도 건들지 못하는 학교 거물이 되었다. 민철로서는 민식이 형 친구들이라 어릴 적부터 친하게 지낸 사이기도 했다. 그들은 또 민철이 1학년에 입학했을 때 밴드부에 뽑히지 않게 해준 형 친구들이기도 했다.

담임은 학년 번호를 만들어야 한다며 학생들을 키 순서로 서게 했다. 63명 중 민철의 키는 57번. 뒷번호 여섯 명은 재수생이거나 중학생 때부터 권투부, 테니스부, 태권도부 등으로 활동하고 있어 밴드부에 뽑힐 염려가 없는 순서였다. 키로 본다면 당연히 민철이 밴드부에 뽑혀야 할 것이었으나 민철은 밴드부에 가는 것을 죽기보다 싫어했다. 수업 후에 남아 연습을 하는 것도 맘에 들지 않았고, 규율이 엄격한 것도, 줄빠따가 일상인 것도 싫었다. 그럼에도 선배들이 "야, 너 나와!" 하고 찍으면 별 수 없이 끌려가야 하는 곳 또한 밴드부였으니 신입생에겐 공포의 순간이기도 했다. 담임이 앞에서부터 번호와 학생 이름을 적고 있을 때였다. 2, 3학년 선배들은 노예시장이라도 나온 듯 신입생들을 지켜보고 있었고, 3학년 밴드부 악장이 민철의 어깨에 손을 얹으며 말했다.

"콘덕하면 어울리겠다. 가자!"

가슴이 덜컥했다. 콘덕이라면 지휘자인데, 키워주겠다는 거였다.

"민철인 안 돼!"

2학년이자 민식이 형 친구가 나섰다.

"왜?"

밴드부 악장이 물었다.

"민철인 오늘부터 육체미부야."

"우리 학교에 육체미부가 어딨어?"

"어딨긴, 만들면 되는 거지!"

2학년 거물이 민철을 빼가며 말을 이었다.

"다들 들어! 민철인 오늘부터 육체미부니까 민철이 건드리는 새끼는 가만 안 둘 거야. 알았어!"

2학년 거물의 말에 3학년 악장은 꿈쩍도 하지 못했다. 졸지에 육체미부 부원이 된 민철은 복싱부와 역도부원들과 함께 체육관을 드나들었다. 하지만 체육관 생활도 규율이라는 게 있었고, 사사건건 간섭을 하는 역도부장과 한바탕한 민철은 반년 만에 일상으로 돌아왔다.

5교시 수업은 수학이었다. 민철은 국어와 사회, 역사 과목은 좋아하지만 수학은 질색이었다. 싫어하는 과목 중 하나인 수학 시간은 앉아 있는 것조차 고역이었다. 대학 졸업 후 갓 부임한 수학 담당은 키가 작고 통통한 몸을 하고 있어 학생들은 그를 '길태 성'이라 불렀다. 뒷줄에 앉아 있던 민철은 하품을 하며 잠을 청하다 문득 일어나 손을 들었다.

"성님, 대통령이 죽어 나라가 누란의 위기에 빠졌는데 공부가 머리에 들어오겠습니까. 새우깡이나 사다 먹으며 현 시국에 대해 논해보는 게 어떨는지요. 과자는 제가 사오겠습니다."

민철의 말에 학생들이 다들 웃었다. 길태 성도 멋쩍게 웃으며 "그럴수록 학생은 공부에 매진해야 합니다" 했다.

"공부는 언제든지 할 수 있으나 대통령 죽음은 자주 있는 일이 아니잖습니까. 점심 먹고 다들 나른해하는데 성님께서 한턱내시죠?"

민철이 교단으로 나가며 손을 벌렸다. 길태 성은 난감하다는 표정을 짓더니 하는 수 없다는 듯 지갑에서 돈을 꺼냈다.

"수업 시간이니 술은 사 오지 마라."

"성님, 걱정 마십쇼."

민철은 길태 성이 건네준 돈을 들고 후문으로 나갔다. 잠시 후 민철이 과자를 들고 나타나자 학생들은 와아, 하고 박수를 쳤다. 민철은 주번에게 과자를 건네며 아이들에게 나눠주라 했다. 자리로 돌아오자 뒷자리 건달들이 "민철아 술은?" 하고 물었다.

"이놈들아, 수업 시간에 그것도 학생이 술은 무슨 술이야."

"얌마, 그렇다고 안주만 사 오면 어떡해?"

"에이, 새끼들하곤. 여기가 술집이냐!"

민철이 한심하다는 듯 친구들을 바라보았다. 민철도 그렇지만 도무지 공부에는 관심이 없는 녀석들이었다. 학교에 와서 하는 일이란 게 작고 힘없는 아이들 주머니 뒤져 돈을 뺏거나 반장도 아니면서 수업 시간에 떠드는 아이들 이름 적어뒀다가 쉬는 시간에 학급 게시판 앞에 세워두고 패는 일이 전부였다. 그러다 수업이 끝나면 막걸리 골목으로 자리를 옮겨 막걸리나 마시다 쌈질을 했고, 그러다 파출소에 끌려가면 부모들이 출동하여 두 번 다시 그런 일이 없게 하겠노라 싹싹 빌어 꺼내 오곤 했다. 학생으로 보아줄 수 없는 일들이었지만 기대나 희망이 없는 삶들이라 누구도 그들에게 공부하라 마라 참견을 하지 않았다.

수업이 끝나자 주기동과 미친소를 비롯한 친구들은 2학년 선배들이 모이라는 장소로 갔다. 민철은 술 생각이 없었으므로 영화나 보겠다며 극장으로 갔다. 읍내에는 '정선극장'과 '평화극장' 두 곳이 있어 영화를 선택할 수 있는 폭은 넓었다. 정선극장에선 홍콩영화를, 평화극장에선 〈닥터 지바고〉를 상영하고 있었다. 중학생 때 본 영화인 데다 소설까지 읽었지만 여운을 다시 한 번 느껴보기 위해 평화극장으로 갔다.

국민학교 2학년 때부터 영화 보기를 즐겨했던 민철이었다. 국민학생일 땐 데이트하는 남녀나 젊은 부부 사이를 파고들며 그들의 동생이나 아들인 척 극장엘 들어갔다. 빡빡머리 중학생이 되면서는 그마저 할 수 없어 화장실 변기통으로 기어들었으나 고등학생이 되면서는 담을 넘었다. 이번에도 민철의 선택은 담치기였다. 제법 높은 담이었지만 쑥쑥 크는 키 덕분에 어렵지 않게 넘을 수 있었다. 단숨에 담을 넘은 민철은 극장 2층으로 올라갔다. 2층은 영사실을 중심으로 양쪽에 객석이 있어 숨어서 영화를 감상하긴 최적이었다. 하지만 너무 일찍 담을 넘었던지 손님이라고는 민철밖에 없었다. 잠이나 자야겠다고 생각하고 있을 때 누군가 머리를 툭 쳤다.

"너 또 담 넘었지?"

돌아보니 방구벌레 형이었다. 국민학교 졸업이 전부인 그는 짐자전거에 풀과 영화포스터를 신고 읍내를 돌며 포스터 붙이는 일을 했다. 민철 앞집에 사는 형인데, 보리밥이나 밀가루 음식이 그 집 주식인 터라 방구를 엉덩이에 달고 살았다. 사람들은 자전거 페달을 밟으면서도 방구를 뿡뿡거리는 그에게 방구벌레라는 별명을 붙여주었고, 어른 아이 할 것 없이 그만 나타나면 "방구벌레 온다!"라고 외쳤다.

"에이, 또 걸렸네."

민철이 멋쩍은 듯 머리를 긁적였다.

"니도 참 언간하다. 영화를 시작하려면 안즉도 한 시간이나 남았는데 벌써 들어오면 어떡하나?"

방구벌레 형은 어이가 없다는 듯 고개를 흔들었다.

"수업 끝났는데 갈 데는 없고 하니 들어왔지 뭐."

"학교 파했으면 집에 가서 아버지 일이나 돕지 극장엔 왜 오나?"

"에이, 형은 참. 내 꿈이 영화감독인 거 알면서 그래. 내 나중에 영화 만들면 형한테 다 갚을 테니 모른 척해."

"나야 그러고 싶지만 사장님이 아시면 나까지 혼나니 그렇지."

"사장님이야 내가 미애 친군 거 아니까 괜찮어."

평화극장은 친구 미애 아버지가 운영하는 극장이었다. 국민학교 졸업하고 서울로 전학을 간 미애는 똑똑한 데다 얼굴도 이쁘고 해서 남학생들에게 인기가 높았다. 가수 남진이나 코미디언 구봉서 쇼가 왔을 때 민철을 슬쩍 들여보내기도 하는 등 미애와는 제법 친했던 사이였다. 당시 영화는 입장료가 삼십 원이었는데 반해 쇼 입장료는 일백 원이나 해어린 학생이 감당할 수준은 아니었다.

"알았다. 영사기 기사가 담 넘은 거 알면 뭐라 그러니 잘 숨어 있어."

방구벌레 형이 그렇게 말하고는 1층으로 내려갔다. 누구에게라도 첫손님이 들어올 때까지만 들키지 않으면 될 것이었다. 민철은 의자 깊숙이 몸을 구겨 넣고 눈을 감았다.

시끄러워 눈을 뜨니 애국가가 울려 퍼지고 있었다. 객석을 채운 관객들이 자리에서 일어선 채 경건한 자세를 취하고 있었다. 2층 구석자리엔 민철밖에 없었으므로 자리에서 일어나지 않았다. 화면엔 가보지 못한 촛대바위와 동해의 푸른 물결이 애국가와 함께 펼쳐지고 있었다. 애국가가 끝나자 관객들은 자리에 앉아 이어지는 대한뉴스를 시청했다.

대한뉴스는 박정희 대통령 서거 소식과 시해 사건을 다루고 있었다. 티브이에서 보던 수사본부장 전두환이 나와 사건 수사를 신속하고 철저하게 하겠다고 했다. 전두환의 단호한 음성은 박정희 대통령과 닮은 듯하면서도 조금은 다른 맛이 있었다.

대통령 생전 모습이 나오자 객석에서 누군가 훌쩍거렸다. 그 소리는 2층 민철 자리까지 올라왔다. 민철은 눈물이 많은 사람이라고 이해하기로 했다. 부모가 죽어도 그러한데, 하물며 대통령이 비명에 간 초유의 일이었다. 대한뉴스가 끝나고 예고편이 이어졌다. 두 편의 예고편이 끝나고서야 본 영화를 상영한다는 벨이 울렸다.

영화 〈닥터 지바고〉 러닝 타임은 세 시간 이십 분에 달했다. 영화가 끝나고도 민철은 한참 자리를 뜨지 못했다. 이 년 전에 봤을 때보다 생각이 더 많아졌고, 울림도 더 컸다. 민철은 자신이 이 년 전보다 생각이 더 자랐으며 영화를 뜯어보는 폭도 넓어졌다고 생각했다. 노벨문학상 수상 작품인 보리스 파르테르나크의 원작 소설을 읽은 것도 영화를 이해하는 데 한몫했다. 영화와 소설은 등장인물과 내용을 풀어가는 데 있어 많은 차이를 보였지만 그것은 문제가 되지 않았다. 소설은 러시아 볼셰비키 혁명을 무대로 펼친 대서사극인데 반해 영화는 같은 시기를 배경으로 하지만 닥터 지바고와 라라의 사랑이야기에 초점이 더 맞춰져 있었다. 민철은 자신이 소설 『닥터 지바고』를 영화로 만든다면 소설에 더 충실하고 싶다는 생각을 하며 자리에서 일어났다.

민철이 극장을 나섰을 때 밖은 이미 어둠이 내린 후였다. 고작 11월 초순인데 밖은 영화의 한 장면처럼 춥고 을씨년스러웠다. 민철은 배도 출출한데 이대로 집으로 갈까, 아니면 친구 집이라도 가서 한잔할까 고민했다. 송희가 보고 싶었지만 그 아인 사북에 있으니 그마저도 할 수 없었다. 사북에 다녀온 후 송희는 이틀 연속으로 편지를 보냈다. 친구가 되어 반갑다는 내용으로 시작한 송희의 편지는 삶에 대한 고민으로 이어졌고, 어서 졸업해 탄가루 날리는 사북을 떠나고 싶다는 말로 끝을 맺곤 했다.

민철은 극장 앞에서 잠시 서성거렸다. 집으로 그냥 가기엔 뭔가 아쉬움이 컸다. 영화 이야기를 나눌 수 있는 사람을 찾던 민철은 국어 선생을 떠올렸다. 국어 선생이라면 적어도 〈닥터 지바고〉 소설과 영화 정도는 보았을 터였다. 구멍가게에서 이 홉들이 소주 한 병과 쥐포를 산 민철은 국어 선생 집으로 걸음을 옮겼다.

극장에서 선생 집까지 가는 동안 영화에서 나온 발랄라이카 연주가 따라왔다. 기타와는 연주 방식이 다른 3현으로 된 발랄라이카는 러시아 사람들의 애환을 표현하기에 적절한 악기라는 생각이 들었다. 민철은 영화 내내 흘러나오던 라라의 테마송을 흥얼거리며 걸었다. 야산 대 무리에 잡혀갔다 탈출한 닥터 지바고가 눈보라를 헤치며 유리아틴에 있는 라라의 집을 찾을 때와 비슷한 그림이라는 생각도 들었다. 밤 시간 골목 안에 있는 선생의 자취집은 고요했다. 녹색 페인트가 칠해진 철대문은 다행히 잠겨 있지 않았고, 선생의 자취방은 불이 켜져 있었다. 대문을 열고 들어간 민철은 방문을 두드렸다.

"선생님 계십니까!"

선생은 민철이 두어 번 문을 두드렸을 때 "누구세요?" 하고 조심스럽게 반응했다.

"선생님, 저 토목과 1학년 학생 민철입니다."

"민철이? 민철이가 이 밤에 어쩐 일이니?"

놀란 듯 선생의 음성이 흔들렸다. 한밤중 여선생의 자취방을 학생이 찾는 건 흔한 일은 아니기 때문이었다.

"영화 〈닥터 지바고〉를 보고 나오는 길인데요. 갑자기 선생님이 생각나서요."

민철이 그렇게 답했다.

"아, 그러니? 잠깐만!"

갑작스런 제자의 방문에 선생은 당황한 듯 어쩔 줄을 몰라 했다. 방에 널려 있는 것들을 치우는지 선생의 그림자가 방문에 어른거렸다. 방을 왔다 갔다 하던 선생이 잠시 후 방문을 열었다.

"들어와."

선생의 말에 민철은 "고맙습니다" 하며 방으로 들어갔다. 친구 누나 방을 훔쳐본 일은 있지만 여성이 혼자 쓰는 방에 들어오긴 처음이었다.

부엌이 따로 있는 선생의 방엔 살림살이가 오밀조밀 놓여 있고, 작은 화장대와 책꽂이가 벽 하나를 차지하고 있었다. 약초 냄새로 가득한 민철의 집에 비해 선생 방은 화장품 냄새가 은근하게 풍겨 머리가 다아득해질 지경이었다. 집안에 여자라곤 엄마와 어린 여동생뿐인데, 엄마는 화장품은커녕 브래지어도 하지 않고 살았다. 그런 일로 민철에게 '여성'의 공간은 비밀스럽기도 했지만 가슴을 두근거리게 만드는 마력이 있는 곳으로 여겨졌다.

민철이 어디에 앉아야 할지 몰라 우두커니 서 있자 선생이 깔려 있던 이불을 젖히며 "춥다. 아랫목으로 와" 했다.

"연탄을 금방 갈았으니 곧 따뜻해질 거야."

민철이 엉거주춤 아랫목에 앉자 선생이 거리를 두고 마주 앉았다.

"밤중에 누군가 하고 깜짝 놀랐다 얘."

"놀라게 해드려서 죄송해요."

민철이 머쓱한 표정을 지으며 가방에서 소주와 쥐포를 꺼냈다.

"웬 술이야?"

"선생님과 한잔하게요."

민철이 머리를 긁적거리며 말했다.

"어머, 이 녀석 좀 보게. 한밤중 여선생님 방에 술을 들고 찾아오는 학생이 어딨니?"

그러면서도 선생은 밥상으로 사용하는 작은 상을 끌어당겼다.

"예술을 논하려면 술이 있어야 할 듯해서요."

"말은······."

선생이 눈을 흘기며 피식 웃었다.

선생은 "잠시만" 하며 민철이 꺼낸 쥐포를 들고 부엌으로 나갔다. 선생이 술잔을 찾고 쥐포를 굽는 동안 민철은 선생의 책꽂이를 훑어보았다. 책꽂이엔 시집과 소설책 그리고 참고서와 역사에 관한 책들이 꽂혀 있었다. 책이라면 또래 중에서 많이 읽은 편에 속했지만, 선생의 방엔 민철이 읽은 책보다 읽지 않은 책이 더 많았다.

정선은 도시처럼 큰 도서관이 없는 동네라 책은 서점이나 가야 구경할 수 있었다. 다행히 읍내에는 세 개의 서점과 일곱 개의 만화방이 있어 민철의 지적 허기를 달래주는 데 있어 부족하지 않았다. 국민학생 때는 교과서를 가지고 가면 만화를 빌려주는 곳이 있어 교과서를 죄다 만화방에 판 적도 있었다. 공부야 관심이 없었으니 빈 가방으로 다녀도 되었다. 문제는 민식이 형 교과서까지 만화방에 판 후에 생겼다. 교과서가 한 권씩 없어지자 형은 민철을 의심했고, 민철은 교과서를 팔아 만화를 보았노라 실토했다. 그 사실을 안 아버지는 어이가 없다는 듯 웃으며 교과서를 찾아 왔고, 민철은 만화 보기를 멈추지 못해 자신의 교과서를 또 만화방에 팔곤 했다.

민철이 중학교 2학년 때 일인데, 학교 앞에 있던 서점이 폐업을 하며 종류에 관계없이 한 권에 오십 원씩 판 적이 있었다. 등교하는 길에 그 사실을 알게 된 민철은 학교 대신 서점으로 방향을 틀었다. 마침 가방엔 분기별로 학교에 내는 교납금도 있었다. 한 권에 오십 원이라니! 이런 기회가 어디 있을까 싶었다. 집에서 쫓겨나는 일이 있더라도 책은 사야 했다.

서점 안은 아침인데도 책을 고르는 사람들로 붐볐다. 그들은 2층으로 된 서점을 오르내리며 책을 골랐다. 뽑혀 나온 책들이 여기저기 뒹굴고 발에 밟혔다. 민철도 책을 고르기 시작했다.

시간이 흐르면서 민철이 고른 책이 쌓여갔다. 교복을 입은 학생은 민철뿐이었다. 사람들은 학교에 가지 않고 책을 고르고 있는 민철을 의아하게 생각했지만 그 이유를 묻지는 않았다. 점심시간이 가까워지자 지나가던 사람들도 들고났다. 그들은 몇 권의 책을 골라 몇 백 원씩 계산하고 사라졌다. 서점 안은 책 먼지가 뿌옇게 일어 멸망한 로마제국처럼 보였다. 사람들은 망한 제국에 있던 유물을 발굴하듯 책 더미를 뒤졌고, 마음에 드는 책을 발견했을 땐 미소를 짓기도 했다.

점심시간이 되자 책을 고르던 몇몇 사람이 짜장면을 배달시켰다. 오전부터 책을 고르던 이들이었다. 민철도 그들을 따라 짜장면을 시켰다. 교복을 입은 채 거리를 돌아다닐 수는 없는 일이었다. 잠시 후 짜장면이 배달되었고, 값은 이백 원이었다.

민철은 오후에도 서점을 오가며 책을 골랐다. 고른 책을 다시 한 번 정리하고 누가 손대지 못하게 한 곳에 쌓아두었다. 중학생이 읽기엔 어렵다 싶은 인문학 책도 골랐는데, 좀 더 커서 읽어도 될 책들이었다.

민철은 때때로 교납금을 확인하면서 딱 그 돈만큼 책을 골랐다. 탐이 나는 책은 많았지만 돈이 부족했다. 아쉬운 마음을 뒤로 하고 책값을 계산하는데, 주인이 놀랍다는 표정을 지었다.

"이 많은 책을 어떻게 가지고 가나?"

"리어카에 싣고 가면 돼요."

친구네 리어카를 빌릴 생각을 하고 있던 참이었다.

"그래? 그럼 몇 권 더 골라 가."

계산을 마친 주인이 선심을 썼다. 민철은 살까 말까 망설였던 책 몇 권을 더 골라놓고는 친구네 집으로 가 리어카를 빌려 왔다. 리어카에 책을 싣고 집으로 가자 엄마의 눈이 휘둥그레졌다.

"뭔 책을 이래 많이 싣고 오나?"

"학교에서 가지고 온 거여."

민철은 그렇게 둘러대곤 방으로 책을 옮겼다. 작은 책꽂이가 부족할 정도로 책은 많았다. 밥을 먹지 않아도 배가 부를 지경이었다. 책을 정리한 민철은 흐뭇한 표정으로 방을 바라보았다. 금은보화가 가득한 방 같았다.

"교납금은 냈나?"

마당으로 나오자 약초를 정리하던 아버지께서 물었다.

"냈어요."

대답은 그렇게 했지만 그 순간부터 걱정이 밀려왔다. 기한 내에 납부하지 않으면 종례 시간에 이름이 호명되면서 선생의 독촉은 이어질 것이고, 급기야 부모님 모시고 오라는 통보를 받을 것이라는 걸 알기 때문이었다. 민철이 스스로 생각해도 중학교 2학년생이 저지른 일치고는 엄청난 사건이었다. 일은 벌어졌고, 대책은 없었다. 납부 기한이 지나자 예상대로 선생의 독촉이 시작되었다. 그때부터 민철은 학교에 가지 않았다. 책 몇 권을 가방에 넣고 학교로 가는 대신 기차를 탔다. 하루는 아우라지 강변에 가서 책을 읽으며 도시락을 까먹었고, 또 하루는 비봉산에 올라 학교를 내려다보며 책을 읽었다. 하지만 그 일도 오래가진 못했다. 민철이 교납금도 내지 않고 학교에도 오지 않자 담임 선생이 민철의 집을 방문했기 때문이었다. 담임이 가정 방문한 목적을 충실하게 전하자 그 말을 들은 아버지는 "죄송합니다"라는 말만 반복했다. 그럼에도 아버지는 교납금을 민철에게 들려 보냈다는 말은 하지 않았다. 아버지는 내일 교납금을 틀림없이 납부하겠다고 다짐했고, 담임은 돌아갔다. 담임이 떠나자 아버지는 민철에게 교납금을 어디에 썼냐고 물었다. 단단히 화가 난 표정이었다. 몽둥이를 찾는지 주위를 두리번거리기도 했다. 민철도 이번에는 혼이 나도 크게 나겠다 싶었다. 민철이 기어들어가는 소리로 방에 있는 책을 샀다고 대답하자 아버지는 기가 찬지 하늘을 올려다보며 헛웃음만 지었다.

"아이, 이누므 자식아! 책이 필요하면 애비한테 돈을 달라고 하지 교납금을 쓰는 놈이 어디 있나!"

"서점이 문을 닫으며 싸게 판다기에……."

"그래도 그렇지. 두 번 다시 그런 짓 하지 마라. 응?"

아버지의 음성이 많이 부드러워졌다. 민철이 고개를 끄덕이자 아버지는 책이 쌓인 민철의 방을 횡하니 둘러보더니 헛기침을 두어 번 했다.

"민철이 책 좋아하는구나."

책꽂이를 기웃거리는 민철을 보고 선생이 물었다. 선생은 사과를 깎아 접시에 담아내는 중이었다. 느닷없는 제자의 방문이지만 선생은 상차림을 꽤나 신경 쓰는 눈치였다.

"여기에서 제가 읽은 책이 있는지 찾아보는 중이었어요."

"그래 있어?"

"예."

"그래? 그렇담 선생님 집에 술 사온 거 용서하지."

선생의 말에 민철이 머리를 긁적이며 웃었다.

"자, 앉아."

민철은 선생과 마주 앉았다. 교사로 임명되고 첫 번째 학교라고 하는 국어 선생은 영화 〈로미오와 줄리엣〉에 나온 올리비아 핫세처럼 긴 생머리를 하고 있었다. 하지만 스웨터와 체크무늬 치마를 입은 채 상을 차리는 선생의 이미지는 영화 〈닥터 지바고〉에 나오는 라라와 비슷했다.

"선생님은 라라를 닮았어요."

민철이 선생의 잔에 술을 따르며 말했다. 술병을 건네받은 선생이 민철의 잔에 술을 따르며 피식 웃었다. 그러곤 잔을 들며 말했다.

"영화 보고 선생님 집으로 온 게 그 이유였니?"

"예."

민철이 고개를 돌려 잔을 비우며 대답했다.

"하하, 난 그렇게 불행한 여인은 아니야. 아무리 혁명 중이라도 이 남자 저 남자에게 몸을 맡기진 않아. 내게 그런 일이 생긴다면 난 죽어버리고 말 걸."

민철은 "그런 뜻은 아닌데" 하며 "그렇게 들으셨다면 죄송해요"라고 말을 이었다.

선생은 영화에서 매춘부 취급을 받는 라라를 이야기하는 줄 아는 모양이었다. 영화 속에서 라라는 의사인 유리 지바고와 혁명가 파샤, 코마로프스키 사이를 오가며 사랑을 했던 부정한 여인이었다. 혁명가 파샤를 애인으로 둔 라라는 열일곱의 나이에 어머니의 정부 코마로프스키에게 정조를 빼앗긴 후 파샤와 결혼하지만 혁명 와중에 남편 파샤와 헤어지고 토냐라는 부인이 있는 유리 지바고와 운명적인 사랑에 빠지는데, 영화적으로 본다면 라라는 불행한 여인이 맞았다.

"아, 내가 오히려 과민 반응한 것 같아 미안하다 얘. 그러나 소설이나 영화 속 이야기이지만 우리가 살아가는 현실에도 그런 불행한 일은 많거든. 잡혀가고 강간당하고 고문당하고 죽고 어느 날 갑자기 사라지고……."

선생이 잔을 비우며 조금은 씁쓸한 표정을 지었다. 선생은 학교에서도 저러한 표정을 가끔씩 지을 때가 있었다. 비가 올 때나 붉은 단풍이 교정을 휩쓸고 지나가는 날이면 선생은 조금은 불안한 듯 조금은 초초한 듯 창밖을 내다보고는 했다. 민철은 그런 모습이 라라를 닮았다고 생각했다. 하지만 그 이야기는 하지 않았다.

"혹, 선생님도 학생운동 하셨어요?"

선생의 표정을 읽던 민철은 갑자기 궁금해졌다.

"얘는."

선생이 고개를 살짝 저었다. 긍정도 부정도 아닌 슬몃 웃음기를 띤 표정이었다.

"그럼 유리 지바고가 라라를 사랑하지 않을 수 없듯, 라라가 지바고를 받아들일 수밖에 없는 그런 운명 같은 사랑은 해보셨어요?"

예의가 아닌 줄 알면서도 질문이 툭 튀어나왔다.

"민철아."

술잔을 들던 선생이 나지막한 음성으로 불렀다. 그럴 때 선생은 소설 속 라라처럼 '아무도 탓하지 않은 채 불만이 있어도 말하지 않고, 수수께끼처럼 과묵하되 침묵을 지킬 줄 아는 여자' 같았다.

"예?"

"우리 그런 이야기 말고 술이나 마시자."

선생이 화제를 돌렸다. 술은 한 번에 마시지 않고 홀짝홀짝 몇 번에 걸쳐 한 잔을 비웠다.

"작가 보리스 파스테르나크가 소설에서 이야기하고자 한 건 사랑 이야기가 아니라 러시아에 불어닥친 혁명의 시대일 거라는 생각이 들어요. 남녀의 사랑 이야기는 시대를 이야기하기 위한 양념 같은 건 아닐까, 라는 생각도 들었고요."

사랑이 끼어들 틈이 없던 긴박한 시대, 작가 보리스 파스테르나크는 운명처럼 엮인 남녀의 사랑 이야기를 가미하여 혁명조차 아름답고 애절하게 노래했다. 혁명가 파샤는 "황제도 주인도 없는 노동자 세상이 왔다"라고 외쳤지만 영화 속 기회주의자 코마로프스키는 파티 장에서 음정도 맞지 않는 거리 시위대를 향해 "혁명이 성공하면 음정이 맞을 거요"라며 조롱했다. 그 말에 기득권을 가진 귀족들은 웃음을 터트리며 혁명이 실패로 돌아갈 것임을 자축하는 건배를 했다.

코마로프스키는 또 혁명가를 사랑하는 라라에게 세상엔 두 종류의 남자가 있다며 파샤를 비아냥거리기도 했다.

"첫 번째 남자는 고매하고 순결하여 세상의 존경을 받는 듯하지만 사실은 멸시를 받고 있는데, 여자의 불행을 잉태하는 남자이기도 하지. 두 번째 남자는 고매하지도 순결하지도 않지만 끝내 살아 있지. 나 같은 사람처럼."

영화 속 혁명가 파샤는 '동포애와 자유, 정의'라거나 '평등과 빵'이라는 구호를 앞세워 시위대를 이끌었다. 현실 속 혁명가 레닌은 '토지, 빵, 평화'를 내걸고 볼셰비키 10월 혁명을 성공적으로 이끌며 새로운 역사를 썼다.

그러나 혁명이 실패로 끝나든 성공으로 끝나든 살아남는 코마로프스키 같은 이들은 어느 집단에나 있었고, 혁명의 나라 소련에도 존재했다.

"양념 같지만 어느 시대나 남녀 사랑 이야기는 존재해. 동학혁명 때도 사랑은 있었고, 일제 때 해외를 떠돌아야 했던 독립운동가들 사이에도, 산으로 간 빨치산들 사이에도, 한국전쟁 때도 사랑은 있었지. 그것이 불륜이든 살아남기 위해서든 말야. 생과 사의 갈림길에서 인간이 찾는 마지막 감정이 이성간의 사랑, 즉 연애라는 거지. 연애가 없었다면 인류 역사 또한 이처럼 변화무쌍하진 않았을 거야."

선생은 차분한 음성으로 말했다. 민철은 선생의 외모가 금발에다 회색 눈만 지니고 있었어도 라라라고 착각할 정도였다. 말끝에 묻어나오는 어투는 혁명의 시대를 살아낸 라라의 강인함과도 닮았다는 생각을 했다.

이야기를 나누는 중에 소주병이 바닥을 보였다. 선생이 병을 들어 보더니 "어머, 술이 떨어졌네. 더 할 수 있겠니?" 하고 물었다. 민철이 "예" 하자 선생이 탁상시계를 힐끗하며 "잠깐만" 하곤 외투를 걸쳤다. 탁상시계는 밤 아홉 시를 가리키고 있었다. 통금은 다시 연장되었다지만 열시가 되면 청소년은 가정으로 돌아가라는 귀가 방송이 나올 것이었다.

"선생님, 밤길이 위험한데 같이 갈까요?"

"괜찮아. 학생 데리고 술이나 사러 다닌다고 소문이라도 나면 그게
더 위험한 일이다 애."

선생은 혼자 다녀오겠다며 방을 나섰다. 문을 열고 나가자 찬바람이
훅 들어왔다. 민철은 선생이 걱정되어 대문 밖으로 나갔다. 군인들이 총
을 들고 순찰을 돈다고 하지만 민철도 졸업한 선배들 때문에 밤거리는
잘 다니지 않는 편이었다. 밤 시간 길에서 만나는 선배들은 죄다 술에
취하거나 본드에 취해 있었다. 술에 취한 선배들은 밤거리를 돌아다니
는 후배들을 혼내기 일쑤였고, 본드에 취해 있는 선배들의 입에선 "야,
백 원만!"이라는 말이 버릇처럼 나왔다. 백 원을 건네주면 그 돈으로 돼
지표 본드를 사선 밤새 취기를 이어갔고, 그 일은 여자라고 봐주지 않
았다. 선생 같은 외지 처녀는 밤길이 더 위험해 여간해선 문밖출입을
하지 않는 게 상수였다.

민철이 담배 한 대를 다 피운 후에야 선생은 집으로 이르는 골목길
에 나타났다. 권총을 외투 안에 넣은 라라가 코마로프스키가 있는 크리
스마스 파티 장으로 갈 때의 비장함과 불안감이 선생의 걸음에도 느껴
졌다. 대문 밖에서 서성거리는 민철을 발견한 그녀가 활짝 웃으며 손을
흔들었다.

"추운데 방에 있지 왜 나와 있어. 들어가자."

선생이 민철을 들여보내고 대문을 살그머니 닫았다. 주인집 방은 잠
이 들었는지 고요했다. 어쩌면 민철과 선생이 술을 마시면서 나누는 소
리를 들었을 수도 있을 것이었다.

다시 술상이 차려졌다. 이번엔 소시지 볶음과 계란말이가 안주로 올
라왔다. 선생이 마주 앉으며 말했다.

"이 방에 남자는 니가 처음이다 애."

술 때문인지 밖에 다녀온 탓인지 선생의 볼이 발그레해져 있었다.

"선생님도 참. 제가 제자이지 남잡니까?"

민철이 피식 웃으며 말했다.

"제자라는 녀석이 이 시간에 선생님 앞에서 술 냄새와 담배 냄새를 풍기니? 천하에 둘도 없는 불량 학생 같으니라구."

"술 담배야 하지만 그렇다고 불량품은 아닙니다. 선생님께서 그렇게 낙인찍으시면 남자로 확, 돌변할 수도 있습니다."

민철이 덮치기라도 할 듯 두 손을 번쩍 들었다.

"어머어머, 이 녀석 좀 봐. 응큼하긴!"

선생이 몸을 움찔하며 눈을 흘겼다. 민철이 큭큭 웃으며 "장난친 건데 너무 놀라시네요" 했다.

"장난이라도 선생님 앞에선 그런 장난하지 마. 지금도 가슴이 벌렁거린다 얘."

선생이 가슴에 손을 얹으며 고개를 흔들었다. 영화 〈닥터 지바고〉에선 라라 어머니의 정부인 코마로프스키가 열일곱 살짜리 라라를 강제로 범하고는 "라라, 강간당했다고 생각하지 마라. 그냥 둘이 즐겼다고 생각해"라고 말했지만 라라를 닮은 선생은 어린 제자의 장난에도 소스라치게 놀랐다.

"예."

민철이 그렇게 대답하곤 선생의 잔을 채웠다. 고개를 돌려 술잔을 비우자 선생이 술을 채우며 물었다. 진정이 되었는지 차분한 음성이었다.

"민철인 어떤 책을 감명 깊게 읽었니?"

"감명이라기보다는 의미 있게 읽은 책은 여럿 돼요."

"무슨 책인데?"

"니코스 카잔차키스의 『희랍인 조르바』와 생텍쥐페리의 『어린 왕자』, 트리나 폴러스의 『꽃들에게 희망을』, 쉘 실버스타인의 『어디로 갔을까, 나의 한쪽은』 같은 책들인데, 사람으로서 어떻게 사랑하고 또는 어떻게 살아가야 하는지 같은 생각을 하게 만드는 책들이었어요."

민철은 헤르만 헤세의 『수레바퀴 아래서』를 읽은 날엔 정선을 더욱 떠나고 싶었다는 이야기는 하지 않았다. "왜?"라고 물으면 구구절절 답하기도 그렇고 하여 "정선, 답답하잖아요"라든가 "그냥요"라는 말밖에 할 수 없기 때문이었다.

"오, 책 읽는 수준이 제법인걸?"

선생이 술잔을 들며 빙긋 웃었다.

"『희랍인 조르바』는 제게 많은 고민을 하게 만든 책인데요. 자유를 꿈꾸는 사람이라면 그 누구라도 조르바를 사랑할 수밖에 없겠다는 생각이 들었어요. 솔직히 조르바 같은 삶이 부럽기도 했고요. 하긴 조르바를 탄생시킨 작가 카잔차키스 자신조차도 조르바를 부러워했다고 하니까요. 오죽하면 작가 자신이 자신의 묘비에 '나는 아무 것도 원하지 않는다. 나는 아무 것도 두려워하지 않는다. 나는 자유다!'라고 썼을까요. 소설 『닥터 지바고』가 지바고와 라라를 등장시켜 혁명의 시대를 노래했듯, 『희랍인 조르바』도 결국은 전쟁으로 피폐해진 그 시대가 만들어낸 인물이라는 생각이 들었어요. 그 시대라는 건 공간과 시간의 차이만 다를 뿐 우리가 살고 있는 이 시대와 다를 바 없다는 생각도 들었고요. 트리나 폴러스가 쓴 『꽃들에게 희망을』에 나오는 호랑 애벌레와 노랑 애벌레 이야기는 여운이 많아요. 애벌레들이 경쟁하듯 기둥을 오르는 모습이 꼭 우리 같아요. 애벌레들이 앞서 가는 애벌레를 따라 기둥을 오르듯 많은 아이들이 학교에 가야 하는 이유도 모른 채 가방을 들고 학교로 가고 있거든요. 그건 저도 마찬가지고요. 『어린 왕자』나 잃어버린 한쪽을 찾기 위한 동그라미의 여정을 그린 『어디로 갔을까, 나의 한쪽은』 같은 작품들도 삶에 대해 끊임없이 왜? 어떻게? 라는 질문을 하게 만드는 작품이라서 좋았어요."

민철은 자신이 그런 책들을 읽고 생각이 깊어졌으며 무작정 여행을 떠나는 병이 생겼다는 말은 하지 않았다. 지난 여름 방학 때는 배낭을 메고 동해안을 보름간 걸으면서 여행을 했던 이야기도 하지 않았다. 어린 왕자가 그러했듯 여행 중 만난 사람들과 나눈 이야기도 하지 않았다. 물론 가슴 깊은 곳에서 분출되는 삶에 대한 답을 찾기 위해 선생님뿐 아니라 다른 선생님 집을 불쑥 찾아간 일도 말하지 않았다.

"그러고 보니 민철인 꼭 호랑 애벌레나 한쪽을 잃어버린 동그라미 같구나."

"그럴지도요."

민철은 선생이 자신의 행동을 조금씩 이해하고 있다고 생각했다.

"그럼 이런 책은 어떨까?"

술잔을 들어 홀짝 입을 적신 선생이 책꽂이로 다가갔다. 선생은 책꽂이를 이리저리 오가며 책을 찾았다.

"선생님은 책이 정말 많아요. 부러울 정도로요."

민철이 보물창고 같은 선생의 책꽂이를 살피며 말했다.

"책 속으로 떠나는 여행만큼 울림을 주는 여정이 없다고 생각하거든."

어떤 책을 고를까 고민하던 선생은 문고본 책 한 권을 뽑았다.

"이 책이 좋겠어."

선생이 다시 자리로 돌아오며 책을 민철에게 건넸다.

"김구 선생께서 쓰신 『백범일지』네요?"

"응. 안 읽었지?"

국어 교과서에 실린 「나의 소원」 정도만 읽은 민철이었다. 민철이 그렇다고 하자 선생은 "조금 낡았지만 선물이야. 읽어 봐"라고 말했다.

"아, 정말요? 고맙습니다!"

민철이 활짝 웃으며 책을 만지작거렸다. 문고본인 『백범일지』는 손 안에 쏙 들어왔다. 낡아 겉표지가 너덜거렸지만 그런 건 문제가 되지 않았다. 살아오면서 선생님에게 책 선물을 받아본 게 처음인 민철은 가슴이 두근거리기까지 했다.

"책 속에 길이 있다 하잖니. 어쩌면 이 책이 민철이 느끼고 있는 갈증을 해소해주지 않을까 싶어. 민철이 찾고 있는 답이 들어 있을 수도 있고."

"잘 읽고 독후감 써서 제출하겠습니다."

민철의 고개가 절로 숙여졌다.

"좋아, 기대할게."

선생이 빙긋 웃으며 술잔을 들었다. 민철도 따라 들자 선생이 잔을 부딪쳤다.

"건강한 청년으로 성장하길!"

술잔이 비고 채워지고를 몇 차례 반복했다. 그 사이 책 이야기를 나누었고 선생은 문득 생각났다는 듯 말했다.

"아, 선생님이 민철이에게 하고 싶은 말이 생각났는데 해도 되겠니? 듣기 언짢을 수 있는 말이거든."

"전 괜찮으니 말씀하세요."

"왜 지난 6·25전쟁 기념식 할 때 말이야. 민철이 단상 위에 올라가 혈서 썼잖아. 선생님은 학생이 그런 일에 나서서 혈서 쓰고 하는 거 별로라고 생각하는데, 민철이 생각은 어때?"

선생이 술잔을 두 손으로 감싼 채 조심스럽게 말했다.

"아, 그거요. 침묵이 싫어서 그랬어요. 그 순간 누군가 나서야 다음 순서로 넘어갈 듯했거든요."

민철은 그 순간 자신이 왜 그런 행동을 했는지에 대하여 선생에게 설명했다.

지난여름인 6월 25일은 한 주가 시작되는 월요일이었다. 그날은 행군만 하는 날이라 교련복 차림으로 등교했다. 아침 시간 학교 연병장엔 읍내에 있는 남녀 고등학생 전부가 모였다. 교련복에 목총을 든 남학생이 오른편에 서고 간호병 복장을 한 여학생이 연병장 좌측에 섰다. 남녀 학생들은 학교 밴드부 연주에 맞춰 분열 연습만 한 시간이나 했는데, 학생들의 얼굴에 지친 기색이 묻어날 즈음 기념식이 시작되었다. 단상에는 군수를 비롯한 지역 유지들과 군부대장, 초등학교장, 우체국장이 서열 순서로 앉아 있었고, 북한 괴뢰를 무찔러야 한다는 내용의 교장 훈시가 있었다. 이후 혈서를 쓸 학생이 있으면 단상 위로 올라오라는 교무부장의 말이 스피커를 통해 흘러나왔다. 날은 덥고 열중쉬어 자세로 서 있는 것도 짜증이 날 시간이었다.

"혈서 쓸 학생은 단상 위로 올라와주세요!"

교무부장의 말이 또 한 번 연병장에 울려 퍼졌다. 단상 위 사람들과 단상 양쪽에 도열해 있던 선생들이 학생들을 응시하는 사이, 학생들 머리 위로는 뜨겁고 강렬한 햇볕이 내리쬐었다.

남산 직벽에 닿았던 교무부장의 말이 연병장으로 돌아오기까지 학생들은 누구 하나 움직이지 않았다. 그 순간은 학생들의 숨소리조차 들리지 않아 마치 느리게 넘어가는 영화 속 시계 초침처럼 시간이 째에깍 째에깍 하고 흘러갔다. 그렇게 4초 혹은 5초쯤 흘렀을까. 단상 위 사람들과 선생들이 당황한 표정을 지었다. 그들은 주변에서 작은 소리만 나도 그쪽으로 일제히 고개를 돌렸고, 그들이 고개를 돌리면 학생들의 고개도 그들을 따라 돌려졌다. 하지만 침묵이 만들어낸 그 순간의 정적을 깰 학생은 그때까지 나타나지 않았다. 민철은 느닷없는 '그 순간'이 얼마나 길게 느껴졌던지 숨이 다 막힐 지경이었다.

"저요! 제가 하겠습니다!"

민철이 손을 번쩍 들었다. 침묵이 깨지자 단상 위 사람들과 도열한 선생들은 물론이고 학생들의 입에서도 안도의 한숨이 토해졌다. 사열대 위로 뛰어올라간 민철은 준비된 연필깎이 칼로 오른손 검지 끝을 쓰윽, 그었다. 칼날이 지나가자 검붉은 피가 맺혔고, 민철은 피를 꾹꾹 짜내며 준비된 도화지에 '멸공통일!' 구호를 한 자씩 썼다. 사열대 아래에서 그 모습을 지켜보고 있던 교무부장이 잘한다, 잘한다 하면서 "다 썼으면 펼쳐봐"라고 작은 소리로 말했다. 민철이 피로 쓴 '멸공통일' 글씨를 학생들에게 펼쳐 보이자 교무부장이 용감한 학생에게 박수를 보내주자고 말했다. 박수가 쏟아지자 민철은 학생들을 향해 "멸공!" 하고 거수경례를 하곤 자리로 돌아왔다. 그렇게 '그 순간'이 넘어가자 분열이 시작되었고, 분열이 끝난 후 학생들은 읍내 거리를 지나 남평 솔밭까지 6·25 행군을 떠났다.

"엄습해오는 정적을 견디다 못해 그랬구나. 충분히 이해가 된다. 나도 그 순간이 무척 길게 느껴졌었거든."

선생이 고개를 끄덕이며 말했다.

"예. 누군가의 말처럼 파시즘적 애국심이나 멸공통일을 선동하기 위한 행동은 아니었어요. 그 순간, 단지 '그 순간'을 견디지 못해 그런 거뿐이었어요. 지금 생각해보니 어처구니없는 행동이기도 했네요."

민철이 피식 웃으며 술잔을 비웠다.

"학생에게 그런 짓을 강요한 교사들이 더 어처구니없는 사람들이지."

선생이 민철의 빈 잔을 채워주며 말했다.

"선생님, 근데요."

"응, 말해봐."

"선생님도 대학을 나오셨고, 여행 중에 만난 어떤 대학생 형도 사람

구실하려면 대학에 가야 한다고 하던데요. 대학이라는 데 꼭 가야 하는 곳인가요?"

민철이 지난여름 동해안에서 만나 하룻밤을 보낸 복학생 형을 떠올렸다. 당시 민철은 복학생 두 사람이 친 텐트 앞에 가지고 간 텐트를 쳤고, 늦은 밤까지 술을 나누며 이야기를 나누었다. 민철은 대학 생활에 대해 물었고, 그들은 사람으로 태어나 공부를 해야 하는 이유를 말해주었다.

"꼭이나 반드시는 아니지만 사람으로 태어났으면 한 번쯤 가볼 만한 곳은 분명해. 국민학교나 중학교, 고등학교에서는 해보지 못한 멋진 경험을 많이 할 수 있는 공간이거든. 어찌 보면 그것은 대학생만이 해볼 수 있는 값지고 소중한 경험인 셈이지."

선생도 민철이 지금껏 만났던 이들과 비슷한 말을 했다. 어떤 이는 가난하다고 해서 대학 가기를 포기하는 건 어리석은 짓이라고도 했고, 시골 출신이라고 대학 못 가란 법 없으니 공부 열심히 하면 된다고 했다. 하지만 민철은 아직 대학을 가야 하는 목적이나 이유를 찾지 못하고 있었다. 어릴 적부터 영화감독을 꿈꾸긴 했지만 그것은 그야 말로 꿈에 불과했고, 서울 아이들과 펜팔을 하면서 시를 끄적인 게 고작이니 시인이나 작가가 되는 것도 이유가 되지 못했다. 무엇보다 뉴스만 봐도 대학은 낭만이나 멋진 연애를 할 수 있는 곳은 아니었다. 대학생들은 걸핏하면 거리로 뛰어나와 반정부 데모를 했고, 학교 또한 툭하면 휴교령이 내려졌다. 친척이나 주변에 대학생이 없는 민철이라 대학 이야기는 먼 이야기였고, 그것에 대한 궁금증은 선생들을 찾아가 물어보거나 여행 중에 만난 이들에게 물어본 게 전부였다.

민철이 고개를 끄덕이며 "그렇군요" 하자 선생이 말을 이었다.

"대학에 가면 세상 보는 눈이 달라져. 꿈과 낭만도 있지만 정의가 뭔지 상식이 뭔지 불의가 뭔지도 알게 되지."

"선생님 말씀 들으니 대학이라는 데 가고 싶어지네요. 조르바처럼 춤은 추지 못해도 자유를 억압하는 모든 것들을 향해 소리쳐보는 일은 하고 싶었거든요."

"자유를 억압하는 모든 것들을 향해 소리친다…… 아주 멋진 생각인걸. 수많은 군중 앞에서 정의를 위해 목소리를 높이는 일은 매우 근사한 일인데, 민철인 목소리가 좋아 더 어울릴 거야."

"선생님 말씀 들으니 상상만 해도 가슴이 떨려오는걸요."

"넌 목소리가 아주 매력적이야. 성우를 해도 되겠어."

"정말요?"

"그럼. 선생님도 반할 정돈걸."

선생이 엄지를 치켜세우며 말했다. 지금껏 꾸중만 들으며 살았는데 칭찬을 듣긴 처음이었다.

"정말요?"

민철의 목소리가 날아갈 듯 튀어 올랐다. 이런 기쁨이라니! 선생이 다시 한 번 "그럼!" 했다. 민철이 싱글싱글 웃으며 술잔을 넙죽 비웠다. 한없이 가라앉던 생이라 생각했다. 무료한 나날이 이어졌고, 지긋지긋한 정선을 떠나야 한다는 생각뿐이었다. 그랬던 민철에게 희미하나마 빛이 보이기 시작했다. 뭔가를 하면 되겠다는 생각도 꿈틀거렸다.

통금이 시작되기 전 민철은 선생 집을 나섰다. 남자 선생이라면 함께 자고 학교로 가도 되었지만 여선생이라 그런 일은 생기지 않았다. 실제로 민철은 다른 선생 집을 찾아갔다가 함께 술 마시고 아침에 선생과 함께 학교에 등교한 일이 몇 번 있었다.

12·12 총격과 휴가

국어 선생 집에 다녀온 다음 날 대통령 권한대행을 맡았던 최규하 국무총리가 대통령에 당선되었다. 장충체육관에 모인 통일주체국민회의 대의원들은 단독 출마한 최규하 후보를 대통령으로 선출했다. 강원도 원주 출신인 최규하가 대통령이 되자 정선 사람들은 자신의 일인 양 좋아했고, 어떤 집에서는 떡을 만들어 돌리기도 했다.

어른들은 강원도 출신이 임금이 되었다며 좋아했지만 민철은 솔직히 뭐가 좋은지 알 수 없었다. 대통령이 교납금을 대신 내주는 것도 아니고, 가난한 아이들에게 용돈을 지급하는 것도 아니기 때문이었다.

대통령이 정해지자 사람들은 박정희에 대한 향수에서 조금씩 벗어나는 분위기였다. 김재규에 대한 뉴스가 가끔씩 나왔지만 사람들은 전두환 수사본부장이 알아서 잘하리라 믿는 눈치였다.

나라가 그렇게 돌아가고 있는 시간, 민철은 국어 선생 집을 찾아간 그날 밤 선생과 나누었던 대화를 곱씹고 있었다. 또 선생이 선물한 『백범일지』를 읽으며 어떻게 살아야 제대로 사는 건지에 대해서도 고민하기 시작했다. 생각이 꼬리에 꼬리를 물었고 뭔가 하면 될 것 같다는 느낌도 들었다. 그런 생각에 이르자 어느 순간 답답하던 가슴이 뻥 뚫리며 심장이 쿵쿵 뛰기 시작했다. 불현듯 대학이라는 곳을 미치도록 가고 싶었고, 꿈도 영화감독에서 성우로 슬쩍 바뀌었다. 막연하게 꿈만 꾸는 게 아니라 이번엔 이룰 수 있겠다는 생각도 들었다.

"넌 목소리가 아주 매력적이야."

지금까지 자신의 목소리에 대해 말해준 사람은 국어 선생이 처음이었다. 술에 취한 듯 말하는 선생의 목소리가 민철에겐 더 매력적으로 들렸지만 민철은 선생의 말을 믿기로 했다. 그날 이후 민철의 빈 가방엔 교과서와 참고서가 채워졌다. 또 평소에는 점심 도시락도 싸지 않던 민철이 저녁 도시락까지 싸서는 학교로 갔다.

청소를 끝낸 빈 교실은 조용하다 못해 적막했다. 발걸음을 옮겨 창밖을 내다보는 데도 소리가 따라다녔고, 책장을 넘기는 소리는 물론 볼펜이 또르르 굴러가는 소리까지 너무도 생생했다. 헛기침조차 스스로 놀랄 정도인 빈 교실에 남은 민철은 남은 도시락으로 저녁을 먹었다. 그 사이 연병장엔 어둠이 내렸고, 민철은 빈 교실에 혼자 남아 공부를 했다. 보통과 학생들이야 야간 자율 학습이 기본이었으나 토목과 학생은 야간 학습을 하진 않았다. 민철이 교실에 불을 켜고 있자 선생들이 달려왔다. 빈 교실인 줄 알고 전등을 끄러 왔던 선생들은 눈을 동그랗게 떴다.

"민철아…… 왜 그래……?"

선생들은 왜 그래? 라고 물었다. 민철은 그냥요, 하며 웃었다. 선생들은 민철이 펼쳐놓은 참고서를 들여다보더니 기가 막힌지 고개를 설레설레 흔들었다.

민철은 또 틈틈이 성우가 되기 위한 연습도 했다. 발음을 교정하는 것부터 시작한 민철은 입을 쩍쩍 벌리며 근육을 풀었고, 볼펜을 입에 물고 국기에 대한 맹세나 국민교육헌장을 외기도 했다. 쉬는 시간이면 선생이 선물한 『백범일지』를 소리 내어 읽었으며 학교를 오갈 때는 혼자 중얼거리며 배한성 같은 성우들을 흉내 냈다. 집에서조차 책 읽는 소리가 들려오자 엄마와 아버지가 놀랐고, 학교에서는 친구들이 어이없다는 표정을 지었다.

"야, 민철아! 갑자기 왜 그래?"

미친소가 검지를 빙빙 돌리며 혹, 미치지 않았냐고 했다. 민철 자신이 생각해도 정상은 아닌 것 같았다. 쉬는 시간이면 화장실로 달려가 담배를 한 대씩 먹거나 수업 중에 떠든 아이들을 불러다 몇 대씩 때려야 하는 게 정상인데, 민철은 그 시간에 공부를 하거나 소리 내어 책을 읽었다. 수업 후엔 친구들과 몰려다니며 술을 먹거나 후배들을 집합시켜 군기를 잡던 민철이었지만 학교에 남으면서 그 일마저 하지 않았다.

민철이 돌연 이상해졌다는 소문이 학교에 돌 즈음이었다. 김옥길 문교부장관은 국민학교와 중학교, 고등학교 등 모든 교과서에서 10월 유신과 관련된 내용을 삭제하겠다고 발표했다. 학생들은 그것이 어떤 의미를 가지고 있는지 몰랐지만 사회 선생은 달랐다. 사회 선생은 "박정희가 만든 유신헌법은 악법 중 악법이야. 장기 집권을 꿈꾸었던 박정희가 죽었으니 10월 유신은 당연히 폐기해야 할 유물이지. 길고 긴 박정희 군부 독재가 끝났으니 곧 민주주의 시대가 열릴 것 같다"라고 말했다. 사회 선생의 말에 주기동이 손을 들며 물었다.

"그럼 저희들도 미국 학생들처럼 머리를 기를 수 있게 되는 겁니까?"

"진정한 민주주의를 이룬다면 머리만 기르겠어? 일본식 교복도 사라지고 종내는 군사 교육인 교련 과목도 없어지겠지."

사회 선생의 말에 학생들은 책상을 두들기며 환호했다. 민철은 그렇게만 된다면 학교 다닐 맛이 나겠다고 생각했다. 교문에서 머리가 길다고 맞고 교복 호크나 단추를 풀었다고 맞고 나팔바지라서 맞고 당꼬바지라서 맞아야 한다는 건 아무리 생각해도 이해가 되지 않는 일이었다. 더구나 현역 군인에다 방위병, 예비군, 민방위까지 있는데, 전국의 학생이 '학도호국단'이라는 이름 아래 군사 훈련을 받는다는 건 더더욱 이해가 되지 않았다. 교련복을 갖춰 입지 않았다고 맞고 제식 훈련 중 발이 틀렸다고 맞고 우로 봣! 할 때 눈동자가 우측으로 돌아가지 않았다고 목총 개머리판으로 맞는 일은 곤욕이 아닐 수 없었다.

그날 밤 학교에서 나온 민철은 『백범일지』 독후감을 들고 국어 선생 집을 찾았다. 늦은 시간이라 선생의 방은 불이 꺼져 있었다. 대문을 밀어보니 잠긴 듯 열리지 않았다. 민철은 선생의 방과 가까운 담 밑으로 갔다. 담은 깨진 병 조각을 박아놓았지만 극장 담보다 낮아 마음만 먹으면 훌쩍 넘을 수 있는 정도였다.

'그냥 갈까, 아니면 선생님을 깨울까, 막 누웠다면 잠들지 않았을 수도 있을 거야.'

잠시 고민하던 민철은 기침을 두어 번 하면서 "선생님, 주무세요? 저 민철이에요" 하고 작은 소리를 냈다. 깊이 잠들었다면 들을 수 없는 소리였다. 민철은 숨을 죽이며 방을 살폈다. 아무런 인기척도 느껴지지 않았다. 갑자기 흠모하는 여인의 방을 애타게 바라보는 영화의 한 장면이 떠올라 괜히 숨이 가빠졌다. 민철은 애써 진정하며 한 번만 더 불러보기로 했다.

"선생님, 저 민철이에요. 독후감을 써가지고 왔어요."

이번에도 반응이 없으면 독후감을 방문 앞에 던져놓을 생각으로 목소리를 조금 더 키웠다. 지난 6·25날 혈서 쓸 학생을 찾던 교무부장의 말이 연병장을 휩쓸 때와 같이 시간은 더디게 흘렀다. 째에깍 째에깍.

민철은 숨을 멈추고 어둠을 응시했다. 민철이 가방에 든 원고지를 꺼내려는 순간이었다. 방 안에서 인기척이 느껴지더니 커튼 젖혀지는 소리가 촤르르 들렸다. 순간 방 안이 훤하게 밝아졌고, "잠깐만" 하는 소리가 들려왔다. 방에선 무언가 치우는 소리가 났고, 이어 방문이 열리면서 신발 끄는 소리가 들려왔다. 민철이 담을 돌아 대문 앞으로 가자 선생이 대문을 삐걱 열었다. 고개를 밖으로 내민 선생이 주변을 살피더니 "춥다, 들어가자"라며 민철을 마당으로 들였다. 선생은 다시 대문을 잠그더니 앞장서 걸었는데, 민철을 대하는 선생의 행동과 표정이 자못 심각해 보였다. 민철은 자신의 늦은 방문으로 인해 화가 난 것은 아닌지 하는 생각을 하며 선생을 따라갔다. 선생이 방문을 열자 먼저 온 손님이 있었던지 웬 남자가 자리에서 일어났다. 큰 키에 깡말라 보이는 남자는 뿔테 안경에 목덜미까지 덮는 긴 머리를 하고 있었다. 민철이 놀라며 무르춤하자 선생이 "괜찮아, 들어가" 했다.

"손님이 계신 줄 몰랐어요. 죄송해요."

민철이 머리를 긁적였다.

"괜찮다니까, 얘는. 어서 들어가."

선생이 웃으며 풀썩 민철의 등을 밀었다. 민철이 방으로 들어가자 남자가 손을 내밀며 인사를 했다.

"반갑네. 난 윤 선생 약혼자 막스야."

약혼자라는 말에 민철은 다행이라는 듯 가슴을 쓸어내리며 두 손을 내밀었다.

"선생님 제자 강민철이라고 합니다."

"자자, 인사를 했으니 그만 앉으셔."

선생이 막스와 민철을 번갈아보며 말했다. 두 사람이 앉자 선생은 부엌으로 나가 찻물을 끓였다.

"민철아, 괜찮으면 독후감, 막스에게 보여드려. 나보담은 잘 볼 거야."

선생의 말에 민철은 독후감이 든 원고지를 막스에게 건넸다. 막스는 뿔테 안경을 밀어 올리며 원고지를 넘겼다. 누군가가 자신이 쓴 글을 면전에서 읽는다고 생각하니 얼굴이 화끈거리기 시작했다. 민철은 고개를 돌려 선생의 책꽂이로 시선을 보냈다가 찻상을 보는 선생에게로 시선을 옮겼다. 선생의 표정은 온화했으나 어딘가 불안한 기색도 엿보였다. 방에는 막스의 가방이 손님처럼 놓여 있고 전에는 없던 책들이 꾸러미로 놓여 있었다. 민철은 자신이 둘만의 시간을 방해했다는 생각에 괜히 미안해졌다. 선생이 찻상을 들여오기까지 막스는 민철이 쓴 독후감을 두 번이나 읽어 내려갔다.

"어때요?"

선생이 찻물을 따르며 물었다.

"좋아, 제법인걸."

막스의 말에 민철은 쑥스러운 듯 목덜미를 긁적거렸다.

"그래요? 어디 봐요"

선생이 원고지를 건네받아 읽기 시작했다. 길지도 짧지도 않은 독후감이라 한 번 읽는 데 걸리는 시간은 오래 걸리지 않았다.

아름다운 나라를 꿈꾼 독립운동가 김구. 김구 선생의 삶이 어찌 이처럼 모질 수 있을까. 선생의 시대는 어찌 이처럼 부정의하고 불순했을까. 그 시대를 살아낸 선생의 발자취는 크고 깊기만 한데, 내 앞에 펼쳐진 생은 왜 이리 초라하고 또 암흑인가. 불순의 시대를 극복할 수 있는 용기가 내게도 내재되어 있다면 그 암흑을 걷어버리고 싶다.

"이 대목 좋다. 시대를 고민하는 청년 같아."

선생이 원고지를 펼치며 독후감 한 구절을 읽었다.

"나도 그 대목이 좋더만. 당신 멋진 제자를 두었어."

막스가 찻물을 홀짝이며 맞장구를 쳤다. 선생이 입가에 미소를 머금으며 "전 한 일이 없어요. 학교에서 선생이 하는 일이라는 게 어떤 건지 잘 아시잖아요" 했다. 민철은 더 부끄러워져서 고개를 숙인 채 찻잔만 만지작거렸다.

"난 『백범일지』를 선물했는데, 당신은 민철이에게 선물하고 싶은 책 없어요?"

선생이 막스에게 물었다. 솜털처럼 부드럽고도 편안함을 주는 음성이었다.

"아, 선물. 멋진 독후감을 읽었으니 나도 뭔가 보답은 해야겠지."

막스가 등 뒤에 쌓여 있던 책 꾸러미로 몸을 돌렸다. 끈도 풀지 않은 책 꾸러미를 이러저리 살피던 막스가 한 권의 책을 뽑았다.

"이 책이면 보답이 될까?"

막스가 찻상 위에 『解放前後史의 認識』이라는 제목의 책을 올려 놓았다.

"한 달 전쯤 출간된 책인데, 우리가 몰랐던 이야기들이 많아. 물론 학교에서는 이런 내용을 가르치지도 않지."

선생이 책을 펼쳐보더니 "가슴을 뜨겁게 만드는 책이네요" 했다. 막스가 말을 받았다.

"희망을 만드는 책이기도 하지."

"총이나 칼보다 위험한 책이기도 하고요."

선생의 말에 막스는 "그런 이유로 계엄사령부가 판매 금지 조치를 했겠지"라고 말했다.

"금서가 된 책인데, 민철이 읽어도 될까요?"

선생이 걱정스런 표정을 지었다.

"민철 학생 수준이면 이 정도는 충분히 소화할 수 있을 거야. 저들에겐 금서이지만 우리에겐 양서잖아."

막스는 그 이유에 대해 설명을 이어갔다.

"암흑을 걷어내기 위해선 단순 용기만으로는 힘들어. 저들이 두려워하는 건 우리가 똑똑해지는 거야. 저들이 감추고자 하는 역사를 알고 있을 때만이 우리를 짓누르고 있는 암흑과 싸워 이길 수 있거든. 민철 학생에게 필요한 건 시대를 올바르게 직시할 수 있는 진정한 용기이고 뜨거운 심장인데, 이 책이 민철 학생의 정신과 뼈를 튼튼하게 만드는 데 있어 큰 도움이 될 거야."

"그렇긴 해도 민철인 이제 겨우 고등학교 1학년인데, 걱정이 되는걸요."

"세상을 바꾸는 건 올바른 지식과 용기야. 모르면 늘 당하며 살아야 하는 건데, 민철 학생을 그렇게 살게 할 순 없잖아. 물론 그 모든 판단은 민철 학생이 해야 하겠지만."

막스의 목소리는 차분했지만 강한 어조였다. 태어나서 이토록 가슴 벅찬 이야기를 나누는 자리에 앉아 있는 건 처음이었다. 가슴이 뛰어야 할 순간이지만 민철은 거대한 산을 마주한 느낌이 들어 고개만 주억거렸다. 뭐라 한마디 하고 싶었지만 목이 메었다. 하지만 막스와 선생이 민철의 판단을 기다리고 있기에 마냥 침묵할 순 없었다. 민철이 찻상 위에 있던 책을 가슴에 품으며 말했다.

"선생님, 이 책 읽고 싶습니다!"

민철의 말에 막스는 빙긋이 웃으며 고개를 끄덕였고, 선생은 기쁜 듯하면서도 걱정스러운 표정을 지었다.

"다 읽으면 그 책보다 더 뜨겁고 멋진 책을 선물하지."

막스의 말에 민철은 "고맙습니다!" 했다.

통금이 가까워지는 시간 선생의 집을 나선 민철은 비밀문서라도 가진 듯 책이 든 가방을 품에 안고 집으로 향했다.

다음 날 아침부터 전파사 앞은 사람들로 붐볐다. 무슨 일인가 싶어 걸음을 멈추었더니 군인들끼리 총격이 있었다는 뉴스가 나오고 있었다. 12일 밤 서울 한복판에서 군인들끼리 총격이 있었다는 건데, 광화문 앞에 무장을 한 장갑차가 줄지어 서 있는 모습이 영상과 함께 나왔다.

뉴스에 등장한 전두환 합수본부장은 합수부 조사 중 계엄사령관 정승화가 박정희 대통령을 시해한 김재규로부터 돈을 받은 혐의가 있어 정승화를 체포·연행하는 과정에서 참모총장 공관을 지키던 공관원과 합수부 요원들과의 총격이 있었고, 그 와중에 병사 한 명이 사망하고 십여 명이 총상을 입었다고 했다.

거리에서 뉴스를 본 사람들은 급박하게 돌아가는 정국이 불안했던지 "요즘 같은 때는 국으로 조용히 있는 게 사는 길이군" 했고, 누군가는 "배신자 김재규에게 돈을 받았으면 대통령 할애비라도 잡아들여야지 암. 전두환 저 양반 일처리 하난 시원하게 잘하는구먼" 하며 박수를 치기도 했다. 다음 날 이희성 중장이 참모총장으로 진급하면서 계엄사령관에 임명되었고, 총격 이야기는 더 이상 보도되지 않았다.

하지만 아버지는 전두환이 계엄사령관 정승화를 체포한 뉴스보다는 티브이 시청료가 월 육백 원에서 팔백 원으로 인상되었다는 저녁 뉴스에 더 관심이 많았다.

"제길, 물가가 천정부지로 오르고 있는데 시청료까지 왜 저렇게 크게 오른다냐?"

아버지가 한숨 섞인 푸념을 쏟아냈다.

이튿날 저녁 광준이 형이 휴가를 나왔다. 미친소의 작은 형인데, 지난 봄 입대한 후 첫 휴가였다. 문제아인 미친소와 달리 광준이 형은 군에 입대할 때까지 술 담배도 하지 않던 순둥이였다. 오죽하면 학교 밴드부에 뽑혔을 때 미친소 아버지가 교장을 만나 "우리 광준이는 군기 센 밴드부를 견디지 못합니다. 어쩌면 학교를 그만둘지도 모르니 교장 선생님께서 제발 우리 광준이 좀 빼주세요"라고 부탁하여 밴드부에서 빠졌던 적도 있었다. 그랬던 광준이 형이 훈련소에서 공수부대에 차출되자 미친소는 "공수부대라니! 와우, 우리 형이 이제야 남자가 되려나보다" 하며 좋아하기도 했다.

미친소 말대로 광준이 형은 휴가 첫날부터 남자다움을 보여주었다. 형은 학교 다닐 때 자신을 때렸던 친구를 찾아가 앞차기 한 번으로 무릎을 꿇렸는가 하면 목조로 된 양지다방 탁자를 죄다 부셔놓았다. 다방 레지가 실수로 광준이 형 군복에 커피를 쏟은 거 때문이라는데, 그 이야기를 전해들은 미친소는 "광준이 형이 양지다방을 엎었대!" 하며 배꼽이 빠지도록 웃었다.

주말을 맞아 광준이 형은 미친소 친구들을 통닭집으로 불렀다. 얼룩무늬 군복에다 검은 베레모를 쓴 광준이 형은 딴 사람 같았다. 입대할 때만 해도 물렁하던 몸에 근육이 붙었고, 순하기만 하던 형의 눈빛도 매의 눈으로 변해 있었다. 무엇보다 연약하던 형의 목소리는 살의를 품은 사람처럼 날이 시퍼렇게 서 있었다.

"야, 이놈들 잘 있었나?"

광준이 형이 민철과 주기동 어깨를 툭툭 쳤다. 광준이 형이 미친소 친구들의 어깨를 치며 말을 건 것은 처음이었다. 군에 입대하기 전만 해도 광준이 형은 동생 친구들이 와도 "어, 왔어" 하곤 자리를 슬쩍 피하는 사람이었다. 그랬던 사람이 군에 가더니 딴 사람이 되어 나타났다.

"우와! 형, 공수부대 가더니 멋있어졌어요."

주기동이 엄지를 치켜들며 말했다.

"멋있긴, 느네도 군에 가면 나처럼 돼."

말을 마친 광준이 형이 주인을 불러 통닭과 생맥주를 시켰다. 광준이 형이 술을 사는 것도 처음 있는 일이었다.

"형, 몇 공수예요?"

민철이 물었다.

"나? 거여동에 있는 3공수여. 최세창 준장이 우리 여단장이지. 남한산성 일대는 우리 놀이터고."

광준이 형의 어깨에 힘이 잔뜩 들어가 있었다. 가슴엔 호랑이가 포효하는 모습의 부대 휘장과 태권도 휘장, 낙하산 휘장 등이 붙어 있어 그것을 보는 것만으로도 기가 죽을 정도였다.

"그럼 이번에 서울에서 군인들끼리 총격이 있었다는데 혹시 형도 거기 있었어요?"

민철이 또 물었다. 그때 통닭과 생맥주가 테이블에 놓여졌다. 광준이 형이 동생 친구들 잔에 맥주를 채우면서 물었다.

"있었지. 왜?"

"전쟁도 아닌데 서울 한복판에서 총격이 있었다는 게 이상하기도 하고 신기하기도 하고 그래서요."

"이런 얘기하면 안 되는데, 궁금하다니 말해주지. 지금 들은 이야긴 느이들만 알고 있어야 한다. 알았지?"

광준이 형이 다짐을 받듯 말했다. 다들 고개를 끄덕였다. 광준이 형이 주변을 의식해서인지 목소리를 낮추며 말을 시작했다.

"그날 출동 명령이 떨어져서 가보니 3공수 영내에 있는 특전사령관 공관 건물이더만. 박종규 대대장의 명에 우리는 사령관 공관 건물을 포위하기는 했는데, 무슨 일인가 싶어 기분이 묘해. 우리 같은 쫄병이야 까라면 까는 주제니 대대장이 사령부를 포위하라는 작전에 대해 이러 쿵저러쿵할 처지가 못 되거든. 날은 또 왜 그렇게 추운지 이래저래 몸이 절로 떨리더라. 한참을 기다려 자정을 넘기자 공관으로 진입하라는 대대장 명이 떨어졌어. 다들 안전장치를 풀어 언제든 총알이 발사될 수 있는 상황인데, 이건 전쟁이다 싶었지. 대대장이 앞장을 섰는데, 잠시 후 공관 2층 사령관 집무실에서 M16 소총 소리가 십여 발 넘게 탕탕탕 탕 나더만. 건물 안에서 나는 총소리라 그런지 그 소리가 얼마나 큰지 정신이 다 아득해. 상황은 그렇게 종료되었고, 시신 한 구가 들려 나오는데 사령관 비서실장인 김오랑 소령이야. 뒤 이어 특전사 정병주 사령관도 총을 맞았는지 피를 철철 흘리며 연행이 되더만. 나야 뭐 총 한 발도 못 쐈지만 실전을 눈앞에서 겪고 나니 군인이라는 게 비로소 실감 나더라. 사령관이면 별이 두 개, 투 스타야. 특전사 중에서 가장 높은 계급이지. 우리 같은 쫄병은 감히 얼굴도 마주 못 보는 하늘인데, 그런 사령관을 총으로 제압하는 게 말이 되나 싶었지. 처음엔 덜덜 떨려 말도 안 나오더라. 나중에야 알았지만 그날 밤 1공수 애들은 국방부를 쳐 노재현 국방부장관을 연행했고, 수경사 헌병대 애들은 정승화 계엄사령관 공관으로 가 육군참모총장을 보안사로 강제 연행했더만. 그날 정병주 사령관만 연행된 게 아니라 수경사 장태완 사령관과 삼군 사령관 등 많은 별들이 체포되었는데, 이게 뭔 일인가 싶었지. 그뿐 아니라. 그날 밤 대통령 권한대행을 맡고 있는 최규하 총리 공관에도 무장 병력이 출동했다는 거야. 출동 병력은 공관을 경비하고 있는 병력을 무장 해제시킨 후 곧장 공관을 포위했고, 전두환이 최규하 총리를 찾아가 위협했다는 이야기도 들었어. 그래서 우리가 한 일이 아군을 상대로 전쟁을 벌인 건가? 아니면 반란인가? 나라를 위한 구국인가? 난 지금도 헷갈려."

광준이 형은 목이 마른지 생맥주를 벌컥벌컥 들이켰다.

"뉴스엔 그런 얘기는 하나도 안 나오던데, 실제론 살벌했네요."

민철이 놀랍다는 듯 말했다.

"그럼. 살벌한 정도가 아니라 그날은 죽고 죽이는 전쟁이었어, 전쟁. 한밤중에 군인들끼리 총을 쏘고 죽고 그랬다니까."

"누가 왜 그런 일을 벌였대요?"

"누구겠어. 합동수사본부장을 맡고 있는 전두환 보안사령관과 그를 따르는 군인들이겠지. 우리 여단장이나 대대장도 그랬을 거고. 아무튼 그날 이후 이 나라 권력의 중심은 전두환과 보안사로 넘어갔어. 방송국이고 신문사고 간에 보안사 말을 듣지 않으면 다 붙잡혀 가고 말아. 우리 부대에도 보안부대가 있는데, 보안사 애들한테 조금이라도 밉보이면 그날 부로 작살나. 게슈타포 저리 가라야."

광준이 형의 목소리는 더욱 낮아졌다.

"근데, 공수부대는 의리로 똘똘 뭉친 부대라면서 모시는 사령관을 총으로 쏴서 체포한다는 게 말이 되나요? 사령관이 죄라도 있었나요?"

"죄가 있어 그랬나? 거사에 걸림돌이 되니 제거한 거겠지. 옛날 역사에도 그런 일이 많았잖아. 민철인 책을 많이 읽었으니까 잘 알 거야."

광준이 형의 말을 들으니 서울에서 총격이 있었다는 뉴스가 이해되었다. 권력 앞에서는 부모와 형제가 없다고 했으니 그깟 상관쯤이야 무슨 대수일까 싶었다.

광준이 형은 지난 10월 중순 부마사태 현장에도 투입되었다고 했다. 부산과 마산 일대에 대규모 시위가 벌어져 비상계엄이 선포되었고, 방송국과 파출소, 세무서 등이 시위대에 의해 파괴되었다는 뉴스가 연일 나오던 때였다. 광준이 형은 부산으로 출동해 거리에 나온 시민과 대학생 등을 무력으로 진압하였다는데, 그때만 생각하면 지금도 자신이 한 일이 옳은 것인지 혼란스럽다고 했다. 군대의 존재 이유는 나라를 지키는 것인데, 시위 진압은 시민과 대학생들을 상대로 전쟁을 벌인 것이나 다름없었다. 광준이 형은 부마사태 때 공수부대뿐 아니라 해병대도 진압에 나섰다고 했다. 해병대는 시민들이 던진 돌을 맞고도 비폭력으로 대응했지만, 공수부대는 진압 방식이 해병대와는 달리 폭력적이어서 괴로웠다고 말했다.

"내 개머리판에 머리통이 깨진 여학생도 있었는데, 지금도 그 장면이 선해."

말을 마친 광준이 형은 괴로운 듯 머리를 흔들었다. 미친소와 친구들은 말없이 술을 마시며 광준이 형 눈치만 봤다. 고개를 흔들던 광준이 형이 느닷없이 술잔을 벽으로 던지며 소리쳤다.

"개새끼들! 죽여버릴 테니까 다 나오라고 해!"

맥주와 유리 파편이 튀며 통닭집은 순간 아수라장이 되었다. 맥주를 뒤집어 쓴 옆 테이블의 손님이 "어, 이 새끼 봐라. 너 왜 그래!" 하며 광준이 형에게 다가왔다. 정선에서는 학교 다닐 때부터 나름 이름이 있는 선배였다. 미친소가 선배의 앞을 막아섰다.

"형님, 우리 형입니다. 군에 갔다가 첫 휴가 나왔는데 모른 척해주세요."

미친소의 말이 끝나기 무섭게 광준이 형이 테이블을 걷어찼다. 와장창, 소리가 나며 여기저기에서 비명이 들려왔다.

"너 이 새끼 잘 만났다! 학교 다닐 때 니한테 맞은 거 생각하면 지금도 이가 갈려 개새끼야!"

광준이 형이 미친소를 밀치며 깨진 생맥주 잔으로 선배의 머리를 내리쳤다. 선배가 비명을 지르며 머리통을 감쌌다. 이어 선배의 얼굴엔 피가 주룩 흘러내렸고, 잠시 후 정복을 입은 경찰이 달려왔다.

파출소로 끌려간 광준이 형은 경찰서 보안과 형사로 근무하는 삼촌 덕에 치료비만 물기로 하고 풀려났다.

"착한 광준이가 군에 가더니 배렸구나."

파출소를 나온 삼촌이 혼잣말로 중얼거렸다. 광준이 형은 그 이후에도 몇 번 더 사고를 쳤는데, 그때마다 삼촌이 나서서 무마를 해주곤 했다. 미친소는 그런 광준이 형이 재밌다며 연일 낄낄거렸고, 광준이 형은 며칠 사이에 일약 스타가 되었다.

광준이 형 이야기로 정선이 시끌시끌하던 때 서울로 수금 갔던 아버지가 돌아왔는데, 돈을 받지 못했는지 풀이 죽은 모습이었다. 어머니는 또 사기를 당했다며 아버지를 닦달했고, 며칠간 그 일로 집안은 날씨만큼이나 냉랭했다.

그러는 사이 계엄보통군법회의 검찰관은 결심 공판에서 김재규에게 내란목적살인 및 내란수괴미수죄로 사형을 구형했고, 농수산부 장관은 농민들에게 공급하는 비료 판매 가격을 일률적으로 20% 인상하겠다고 발표했다. 그러잖아도 빚뿐인 농민들에겐 청천벽력 같은 소식이었으나 시절이 수상하니 다들 속으로만 끙끙 앓을 뿐 겉으로 표현하지는 못했다. 다만 사립학교 공납금과 등록금 자율화 및 중·고교생 교복·교모·머리 모양을 자유화하겠다는 문교부 발표에는 학생들이 큰 반응을 보였는데, 공립인 민철네 학교 학생들은 "이거 뭐야, 데모라도 해야 하는 거 아냐?"라며 분통을 터트렸다.

광준이 형의 휴가가 끝났다. 광준이 형이 보름간의 휴가를 보내고 귀대를 한 이후에도 누가 광준이 형한테 걸려 얼마나 맞았고, 누가 무릎을 꿇고 싹싹 빌었다는 이야기가 후일담처럼 한참이나 이어졌는데, 그 이야기들은 모두 미친소의 입을 통해 나왔다.

며칠 후 통일주체국민회의 대의원들에 의해 대통령으로 선출된 최규하 전 국무총리가 대한민국 10대 대통령에 정식으로 취임했다. 그는 새 헌법을 마련하고 가급적 빠른 시일 안에 총선을 실시하겠다고 했지만 그 말을 믿는 사람은 드물었다.

새로운 대통령이 취임하자 민철도 더 이상 박정희 추모곡인 「나 어떻해」를 부르지 않았다. 대신 민철은 지난 8월 25일에 열린 제3회 대학가요제에서 대상을 받은 「내가」라는 노래를 부르기 시작했다.

송희

송희로부터 편지가 왔다. 송희는 이번에도 노트에 적었는데, 얼마나 긴지 단편 소설 한 편을 읽는 기분이었다. 민철은 송희에게 소설을 써도 되겠다는 평을 달아 답장을 보냈고, 송희의 답장은 또 노트 한 권이었다. 이번엔 눈 내린 사북 풍경을 묘사했는데, 어느 시인이 쓴 산문보다도 사실적이고 서정적이었으며 우울 또한 진하게 묻어 있었다.

사북에서 처음 만난 송희는 모범생에다 말수가 적은 아이였다. 광부의 딸들이 그러하듯 그녀의 손톱 밑엔 탄가루가 끼었고, 희디흰 그녀의 얼굴에도 탄가루가 거뭇했다. 그것은 지워도 지워도 지워지지 않는 무엇과 같아서 더 애잔했는데, 송희는 그런 마음을 아는 듯 자주 주먹을 쥐어 손톱 밑에 낀 탄가루를 감추곤 했다.

송희는 술도 마시지 못해 한 잔만 마셔도 얼굴엔 홍조가 내려앉았고, 유쾌하게 취해가는 날라리 친구들과는 달리 말수도 적어 고독한 심성을 지닌 아이처럼 보였다. 민철은 그날 송희가 자신과는 어울리지 않는 아이라고 생각해 술을 권하지도 않았고, 짝을 지어 놀이를 할 때도 어색한 시간만 보냈다. 그렇게 헤어지고 일주일 후 송희로부터 첫 편지가 왔고, 노트 한 권 분량의 편지는 민철에 대한 이야기로 가득했다. 송희는 그날 민철이 무슨 이야기를 했고, 무슨 노래를 불렀으며, 술은 몇 잔이나 마셨고, 담배는 몇 대나 먹었고, 민철이 취중에 영화감독이 꿈이라고 한 이야기까지 다 적어 보냈다.

국어 선생을 만난 이후 민철은 『백범일지』에 관한 이야기를 하며 성우가 되고 싶다고 써서 보냈고, 송희는 자신이 생각해도 성우는 썩 어울리는 꿈이라고 답장을 보내기도 했다.

다시 편지가 왔을 때 송희는 '멋진 민철이 목소리도 듣고 싶고 민철이 부르는 노래도 듣고 싶고 민철이 사는 마을도 보고 싶어'라며 이번 일요일 정선에 가고 싶다고 했다. 민철은 그날 눈이 내렸으면 좋겠고, 눈 내리는 정선역에 나가 송희를 기다리겠노라 답장을 보냈는데, 정말이지 송희가 정선으로 오는 날 폭설이 내렸다.

정선은 온통 눈 세상이었다. 새벽부터 내리기 시작한 눈은 아침이 되자 발목을 덮을 정도로 쌓였다. 송희가 탄 기차가 눈 덮인 플랫폼으로 들어왔고, 기차에서 내린 송희는 "아, 이곳에 내리는 눈은 정말 희다. 나 지금까지 이렇게 하얀 눈을 본 적이 없어" 하며 울먹거렸다. 송희는 편지에서 '검은 땅에 내리는 눈은 희다 검다 희다 하다가 금세 검은 진창을 만드는 저주의 눈이야'라고 했었기에 민철은 송희의 마음을 이해할 수 있었다.

"지금 내리는 눈은 아름다운 송희를 위해 준비한 눈입니다. 아름다운 당신, 사랑스런 당신, 마음껏 즐기셔도 됩니다."

민철이 성우 양지운의 목소리를 흉내 내며 두 손을 내밀었다.

"정말? 고마워!"

송희가 민철의 손을 잡으며 눈시울을 적셨다.

"고마워. 민철아, 나 지금 눈물이 다 나려고 해."

송희는 울다 웃다 했다. 민철이 뺨으로 흐르는 눈물을 닦아주며 "어, 송희 학생. 여기서 이러면 나 장가도 못 가는데?" 했다.

"치, 정 못 가면 내가 책임질 테니 걱정 마."

송희가 입술을 삐죽 내밀었다.

"어, 나 아직도 앞날이 창창한 사람이야. 여학생들한테 인기도 좋고."

여학교에서 인기투표를 가끔 하는데, 민철이 일 등 한다는 이야기를 친구들이 해주곤 했다. 게다가 그 인기는 오래 지속되고 있었는데, 민철은 자신에게 사귀는 여자 친구가 없어서 그런 가보다 하고 대수롭지 않게 넘겼다.

"좋겠어. 흥!"

송희가 뾰로통한 표정을 지으며 고개를 돌렸다. 민철은 그 모습이 귀엽기도 해 혼자 낄낄 웃었다.

민철은 송희를 데리고 집으로 가기로 했다. 도시처럼 디제이가 있는 분식집이나 음악다방이라도 있으면 그곳에서 시간을 보내면 되겠지만 정선엔 그런 공간이 없었다. 고등학교 1학년생이 갈 수 있는 곳이란 고작 찐빵집밖에 없었고, 그곳도 오래 앉아 있을 수 있는 장소는 아니었다. 그렇다고 단골 술집 골방을 찾아들기엔 시간이 너무 일렀다.

눈길을 걸어 집으로 온 민철은 부모님께 인사를 시켰다.

"첨 보는 얼굴이네?"

"송희라고 사북에서 왔어요."

남학생이고 여학생이고 친구들이 많이 찾는 집이라 민철도 인사를 시키는 데 있어 부담은 없었다.

"그래? 그럼 아버지가 광산 일 하시겠네?"

아버지가 묻자 송희는 기라도 죽은 듯 작은 소리로 "예" 하고 대답했다. 사북이나 고한에서야 만나는 사람이 다 광산에 몸담고 있으니 따로 직업이 뭐냐고 물을 일은 없었으나 지역을 벗어나면 광부는 '광산쟁이' 또는 '막장 인생'으로 통했다. 그런 이유로 송희도 아버지 직업을 말할라치면 늘 주눅이 들곤 했다.

"조카사위도 동원탄좌에서 일하는데, 이름 대면 알 수도 있겠구나."

"아빠는 아실 거예요."

송희의 목소리가 조금은 커졌다. 아버지가 고개를 끄덕이자 민철이 "큰집 매형이 사북에 사는데 광부거든" 하며 송희를 방으로 이끌었다. 방으로 들어서던 송희가 "와, 책 많다" 하고 탄성을 질렀다.

"이 책 다 읽었어?"

송희가 책장을 살피며 물었다.

"안 읽은 책도 많아. 읽고 싶을 때 천천히 읽는 거지 뭐."

그렇게 대답한 민철은 송희를 아랫목으로 앉게 했다. 방을 둘러보던 송희가 아랫목에 자리를 잡자 민철도 마주 앉았다. 방에 단 둘만 있다는 생각이 들면서 순간 야릇한 기분이 들었다. 손을 뻗어 송희의 손을 만질 수도 있고, 허리를 감아 당기며 안을 수도 있는 거리라 더욱 그랬다. 송희도 그런 생각이 들었는지 둘 사이엔 짧은 침묵이 흘렀다. 그 순간을 견디지 못한 민철이 벌떡 일어나며 기타를 집었다.

"노래해줄까?"

"응."

민철이 기타 줄을 이리저리 맞추더니 노래를 시작했다.

이 세상에 기쁜 꿈 있으니
가득한 사랑의 눈을 내리고

우리 사랑에 노래 있다면
아름다운 생 찾으리라

이 세상에 슬픈 꿈 있으니
외로운 마음의 비를 적시고
우리 그리움에 날개 있다면
상념의 방랑자 되리라

이 내 마음 다하도록 사랑한다면
슬픔과 이별뿐이네
이 내 온정 다하도록 사랑한다면
진실과 믿음뿐이네

내가 말 없는 방랑자라면
이 세상에 돌이 되겠소
내가 님 찾는 떠돌이라면
이 세상 끝까지 가겠소

민철은 "내가 말 없는 방랑자라면 이 세상에 돌이 되겠소, 내가 님 찾는 떠돌이라면 이 세상 끝까지 가겠소"라는 마지막 가사가 좋았다. 할 수만 있다면 그렇게 살아도 좋겠다는 생각도 들었다. 노래가 끝나자 송희는 "정선까지 온 걸 보면 나도 님 찾는 떠돌이인가봐" 하며 피식 웃었다.

"어, 나도 그런데."

민철이 맞장구를 치자 송희가 "떠돌이끼리 만나 또 떠돌면 어쩌지?"

하며 웃었다. 처음 사북에서 볼 때와 달리 송희는 말도 잘하고 자주 웃었다. 민철이 다음 노래를 시작하려고 할 때 밖에서 "안녕하세요. 민철이 있죠?" 하는 소리가 들려왔다. 미친소였다. 민철이 방문을 여니 옆에 주기동과 처남이라는 친구도 함께 있었다. 자리에서 일어난 송희가 세 사람에게 인사를 하자 미친소와 주기동은 어이가 없던지 동시에 "어? 뭐야 이거?" 했다.

"좀 전에 들어온 기차로 왔어."

민철은 송희가 집에 온 지 얼마 되지 않았다는 걸 강조했다.

"햐, 이거 정말 놀랄 노자네. 기동아, 두 사람 분위기 보니 우리 곧 국수 먹겠다야."

"그러게. 곧 아도 낳겠는걸 뭐."

미친소와 주기동이 말을 주고받았다.

"자자, 시끄럽고. 눈도 오는데 집에들 있지 뭐하러 왔냐?"

민철이 분위기 파악도 못 한다는 듯 말했다.

"허, 이거 왜 이러시나. 죽기보다 싫어하던 공부를 하지 않나, 성우 된다며 이상한 목소리 흉내를 내지 않나, 우리 몰래 여학생을 집으로 데리고 오질 않나, 우리 보고 왜 왔냐고 묻질 않나, 민철이 정말 많이 변했네. 미친소야 말 좀 해봐라. 우리 친구 민철이가 이래도 되나? 응?"

주기동이 고개를 설레설레 흔들었다.

"아니지. 그래선 안 될 일이지. 송희야, 내 이런 말 안 하려고 했는데, 민철이 이놈 아주 흉악한 놈이니 꼬임에 넘어가지 마라 응?"

미친소가 둘 사이를 방해라도 하려는 듯 민철과 송희를 나오라고 했다.

"방구석에서 엉큼한 짓 말고 우리 돌축구나 하러 가자."

미친소가 집 마당으로 나서며 강으로 가자고 소리쳤다. 주기동과 처남은 넉가래와 빗자루를 챙겼고, 눈길을 걸어 강으로 나가자 언 강 위로는 눈이 하얗게 덮여 있었다. 친구들이 얼음판에 쌓인 눈을 쓸고 밀고 하는 사이 송희는 말갛게 언 얼음이 신기한 듯 내려다보았다.

"어머, 강바닥에 있는 물고기까지 다 보여."

검은 강, 검은 얼음만 보고 자랐던 송희였다. 사북에도 검게 언 겨울 강은 있지만 송희는 한 번도 겨울 강에 들어간 적이 없었다.

"강바닥까지 다 보이지?"

민철이 빙긋 웃으며 물었다.

"응, 흰 모래 위로 물고기들이 막 헤엄쳐. 저 녀석은 낮잠을 자는지 미동도 안 하고."

송희가 어린아이처럼 좋아했다.

"저 녀석은 수수미꾸리고 잠든 척하는 녀석은 누치라는 녀석이고 색이 고운 녀석들은 쉬리라고 해."

민철이 얼음장 아래에 있는 물고기를 하나하나 가리키며 말했다.

"민철이 사는 곳 정말 부럽다. 이 풍경을 우리 동네로 그대로 가져가 동생들에게도 보여주고 싶다."

송희의 말에 민철이 "그래?" 하며 "기동아, 사진관 가서 카메라 좀 빌려와라" 했다. 주기동이 무슨 말인지 알았다며 읍내에 있는 사진관으로 갔다.

강 중간에 작은 운동장이 만들어지는 사이 민철은 그 위에서 기념사진을 찍었다. 민철은 얼음 위에서 활짝 웃는 송희를 카메라에 담고 투명하게 비치는 강과 강바닥을 오가는 물고기들의 움직임도 담았다. 사진을 다 찍은 민철은 필름을 빼 송희에게 주었다.

"자, 선물."

"소중한 추억을 만들어줘서 고마워……."

"고맙긴."

민철이 머쓱한 듯 웃었다.

돌로 축구 골대를 만든 미친소가 두 사람에게 왔다.

"틈만 나면 신파구먼. 느이 둘이 한 편 먹고, 기동이와 내가 한 편 먹고, 공화춘에서 탕수육 내기 오케이?"

"좋아."

심판은 처남이 맡기로 하고 돌축구 시합이 시작되었다. 얼음판에서 작고 납작한 돌을 축구공 삼아 발로 차는 돌축구는 미끄러운 데다 중심을 잡기 힘들어 자빠지거나 넘어지기 일쑤였다. 돌축구가 처음인 송희는 걷지도 뛰지도 못한 채 골대만 지키고 있었다. 미친소와 주기동이 골을 넣는답시고 골대로 돌진할 땐 송희가 비명을 지르기도 했다. 그때마다 민철이 송희를 막아서며 골문을 지켰지만 미친소와 주기동을 이길 수는 없었다.

내기가 끝나자 미친소와 주기동은 역 앞 중화요릿집인 '공화춘'에 가 있겠다며 먼저 출발했다. 집으로 돌아온 민철은 송희에게 『꽃들에게 희망을』 책을 선물로 주었다. 눈길을 걸어 역전으로 가자 미친소와 주기동은 탕수육이 나오기를 기다리고 있었다. 잠시 후 안주로 시킨 탕수육이 나오자 미친소는 술잔을 돌렸다.

"또 놀러 와. 담에 올 땐 이쁜 까이들 좀 데리고 오고."

"전에 사북에서 본 친구들은 맘에 안 들어?"

송희가 물었다.

"걔네들은 너무 범생이잖아. 난 범생은 질색이야."

미친소가 술잔을 비우며 고개를 흔들었다.

"그래도 가끔 느네 이야길 하던데?"

"그런가? 에이, 그래도 안 돼. 착한 애들 날라리 만들었다가 그 욕을 무슨 수로 감당하나. 난 적당히 까진 애들이 좋아."

미친소의 말에 주기동이 "나도" 하며 낄낄 웃었다.

소주 두 병이 비워지고 송희가 떠날 시간이 되었다. 그새 눈은 그쳤고, 찬바람이 강하게 불었다. 종종거리며 역으로 가선 기차표를 끊고 송희를 배웅하자 먼 데서부터 어둠이 내리기 시작했다.

겨울 여행

방학이 시작되었다. 12월 들어 두 번이나 눈이 내렸고, 겨울 강엔 스케이트장이 만들어졌다. 방학이 되자 학생들은 겨울 강으로 나가 돌축구를 하거나 스케이트를 탔다. 주기동과 미친소는 크리스마스이브 때 놀긴 놀아야 하는데, 어떡하면 재밌게 놀지에 대해 고민했다. 며칠 머리를 맞대던 두 사람은 민철과 자신들이 포함된 남학생 다섯과 여학생 다섯을 선발하여 놀기로 했다고 알려왔다.

"나 그날 여행 떠날 건데?"

"뭐? 여행?"

주기동의 눈이 동그랗게 커졌다.

"그래, 겨울 여행 좀 해보려고."

"말도 안 돼! 민철이 니가 기타도 쳐주고 그래야 재밌지, 우리끼리 뭔 재미로 노나. 여행은 담 날 가라. 그래도 되잖어, 응?"

"그래, 여행이야 하루 늦춰도 되지만 크리스마스이브는 1년에 딱 하루밖에 없는 날 아니나? 그런 중차대한 날 우릴 배반하고 여행을 떠난다는 게 말이 된다고 생각하나? 그러고도 니가 우리 친구라고 할 수 있나?"

미친소와 주기동이 번갈아가며 민철의 소맷자락을 붙잡고 늘어졌다.

"미안하다 미안해. 가을부터 계획한 여행이니 봐주라."

여름 방학 때 혼자 여행을 떠났던 일을 알기에 미친소와 주기동도 민철을 끝까지 막아서지 못했다.

크리스마스이브 날 아침이 밝았다. 겨울 여행은 처음이라 챙겨야 할 것이 많았다. 잠은 민박집에서 자더라도 밥은 가능한 직접 해먹기로 했다. 그러자니 석유 버너는 당연히 챙겨야 했고, 먹을 양식과 반찬만도 배낭의 절반을 차지했다. 거기에다 갈아입을 옷과 막스가 선물로 준 『解放前後史의 認識』과 또스토예프스키의 『악령』 같은 소설 몇 권을 넣으니 배낭은 가득 찼다.

민철이 배낭을 메고 가게로 나오자 아버지가 물었다.

"얼마나 있다 올 거나?"

"보름 정도 다녀볼까 해요."

민철의 말에 어머니가 "여름도 아니고 이 엄동에 보름이나 어딜 갈라고 그러나. 그냥 집에 있어라. 응?" 하고 나섰다.

"이 사람아, 사내로 태어났으면 세상 구경도 하고 그러는 거지 뭘 그래."

젊은 시절 여기저기 떠돌아다녔던 경험이 있는 아버지였다. 그런 이유로 아버지는 민철이 여행을 떠난다고 해도 말리거나 타박하지 않았다. 아버지가 물었다.

"쌀과 양념은 넉넉하게 챙겼고?"

"예."

민철이 그렇게 대답하자 엄마가 고생길을 왜 나서냐며 또 말렸다. 아버지는 그런 엄마를 타박하며 민철의 손에 돈을 쥐어주었다.

"모자르진 않을 거다."

그때 미친소와 주기동이 민철을 배웅하기 위해 왔다. 밖은 여전히 빙판길이었다. 하늘은 꾸물거렸지만 그렇다고 눈이 올 것 같지는 않았다. 친구들과 집을 나서는데, 엄마가 민철을 부르며 쫓아왔다. 민철이 걸음을 멈추자 엄마는 속곳 주머니에서 꼬깃꼬깃 구겨진 만 원권 한 장을 꺼냈다.

"배곯지 말고 다니고 추우면 낼이라도 당장 돌아와라. 응?"

엄마는 늘 그랬다. 민식이 형이나 민철이 먼 길을 떠날 때면 처음엔 가지 말라고 하다가 그것이 안 되면 맨등발로 따라와서는 아버지 몰래 여비를 챙겨주곤 했다.

"우리 집 같으면 학생이 무슨 여행이냐며 돈은커녕 욕이나 실컷 먹을 텐데. 느네 부모님은 정말 대단하시다."

주기동이 부러운 듯 말했다.

"아들이 얼마나 못 미더우면 그러겠나."

"하긴, 아들이라고 있는 게 공부는 안 하고 맨날 술 먹고 놀 궁리나 하고 있으니 뭘 해주고 싶지도 않겠지. 내가 아버지라고 해도 그러겠다."

"그나저나 어디로 갈 거나?"

미친소가 물었다.

"바다로 갈 거야."

"니 미쳤나. 이 겨울에 바다엔 가서 뭐 하려고?"

"뭐 하긴, 그냥 가는 거지."

민철은 그냥, 이라고 답했다. 여행이라는 걸 해보니 따로 목적이 있을 리 없었다. 학교를 빼먹고 기차를 탈 때도 그냥 떠나고 싶어 기차를 탄 것뿐이었다.

"기분도 그런데 이별주나 한잔하자."

버스부에 이르자 미친소가 민철을 끌었다. 민철이 고개를 저으며 "멀미할 거야. 그러니 술은 돌아오는 날 하자" 했다.

"햐, 멀미? 이거 핑계치곤 수준이 너무 떨어지는데."

"그러게. 민철이 술을 마다하다니 이게 말이 되나? 갑자기 공부를 하지 않나, 이 추운 겨울에 여행을 떠난다고 하질 않나, 돌아도 단단히 돈 게야."

미친소가 고개를 설레설레 흔들었다.

"이러다가 친구 하나 잃는 건 아닌지 걱정되네."

주기동도 한마디 했다. 민철이 피식 웃으며 "그런 일 없을 테니까 염려 놔" 했다.

방학이라 버스 안은 붐볐다. 민철이 자리를 잡자 미친소와 주기동이 전화하는 시늉을 하며 소리쳤다.

"민철아, 뭔 일 생기면 전화해! 알았지!"

민철은 피식 웃으며 고개를 끄덕였다. 여행 중 싸움이라도 붙게 되면 연락을 하라는 뜻이었다. 만약이지만 그런 일이 생긴다면 미친소와 주기동은 당장이라도 달려와 상대편을 죽사발 낼 것이 분명했다.

지난 봄 제천역에서 제천 건달들과 싸움이 붙었는데, 민철은 앞니가 크게 흔들리는 상처를 입었다. 상대는 여섯이었고, 민철 혼자서 감당할 숫자는 아니었다. 그 사실을 알리자 미친소와 주기동은 "민철아, 빚 받으러 가자!"라며 민철을 앞세워 제천으로 갔다. 두어 시간 만에 제천 건달들을 찾아낸 미친소와 주기동은 그 자리에서 곤죽을 냈다. 미친소와 주기동은 그런 친구였다.

체인을 감은 버스는 빙판길을 힘겹게 달렸다. 여량에서 임계로 가는 큰너그니재를 넘을 때는 미끄러질 뻔했고, 임계 지나 삽당령을 넘을 때는 수십 길 골짜기에 처박힐 뻔하기도 했다. 그때마다 승객들은 비명을 질렀고, 민철과 몇몇 승객들은 동시에 멀미를 하기도 했다.

삽당령을 넘자 열린 창으로 눈발이 날아들었고, 승객들이 멀미를 하는 순간에도 운전기사가 켜놓은 라디오는 저 혼자 떠들었다. 라디오에서는 12·12 사태 수사 결과가 나오고 있었다. 자세히 들으니 광준이 형이 이야기한 것과는 많이 달랐다. 뉴스를 듣던 민철은 고개를 갸웃했지만, 광준이 형이 거짓말을 했을 리는 없다고 생각했다.

어둠이 깔릴 무렵에야 버스는 강릉터미널에 도착했다. 버스에서 내린 민철은 거리로 나섰다. 네온이 켜진 도시엔 눈이 펑펑 내리고 있었고 사람들은 환호성을 지르며 민철 곁을 지나갔다. 화이트 크리스마스를 맞이한 사람들의 표정은 밝아 보였고, 도시 곳곳에선 캐럴도 울려 퍼졌다.

도시는 화려했지만 어둠이 내린 탓에 민철의 마음은 급해졌다. 민철은 시내버스 정류장으로 갔다. 숙소와 저녁을 해결하기 위해서라도 가장 먼저 정류장에 들어오는 버스를 타야 했다. 잠시 기다리니 경포해수욕장행 버스가 민철 앞에 멈춰 섰다. 지난여름 가본 해변이었으나 사람이 많아 하룻밤도 머물지 않고 떠난 곳이었다. 민철은 나쁘지 않은 선택이라 생각하고 버스에 올랐다. 여행객으로 가득했던 여름철 버스와 달리 겨울 경포행 버스는 한가했고, 배낭을 멘 여행객도 민철이 유일했다. 체인을 감은 버스는 철그럭거리며 가다 서다를 반복했다. 버스가 경포에 도착했을 땐 어둠도 완벽해져 민철은 어디가 호수이고 어디로 가야 해변이 있는지 민박집은 또 어디에 있는지 짐작도 할 수 없었다. 민철이 경포에 두 번째라고는 하나 낮과 밤이 다르고 푸른 여름과 눈 덮인 겨울은 풍경조차 생경했다.

잠시 머물렀던 여름 기억만으로는 민박집을 구하는 일조차 불가능했다. 민철은 불이 켜 있는 상가 건물로 갔다. 상가에는 건어물을 파는 상점과 식당을 겸한 횟집이 있었는데, 겨울이라 그런지 손님이라고는 한 사람도 없었다. 민철은 건어물점에 들어가 해변은 어디로 가야 하고 민박집은 또 어디에 있는지 물었다. 주인은 "해변이야 저쪽인데 민박은 겨울이라 영업하는 집이 있는지 모르겠네. 언제 올지 모르는 손님을 위해 연탄을 때고 있진 않거든" 했다.

얼어붙은 호수는 눈이 깔려 평원처럼 넓고 아득했다. 한적한 호수와 달리 해변은 데이트를 즐기는 이들이 몇 있었다. 그들은 눈으로 덮인 해변을 뛰며 눈싸움을 했다. 어둔 바다로 뛰어든 눈은 형체도 없이 사라지고 있었지만, 강물만 보고 자란 민철에겐 짠내 나는 드넓은 바다가 신기하기만 했다. 여름철 텐트를 쳤던 야영장은 흔적도 없고 바닷가 인근의 민박집들은 여름 한철만 장사를 하는지 굳게 잠겨 있었다.

어둠은 더 깊어지고 있었다. 눈은 자꾸만 내려 조금만 정신을 팔면 밤이 깊어가는 건지 아침이 오고 있는 건지 알 수 없었다. 해송 아래서 눈을 피하던 민철은 여행 첫날부터 이게 뭐람, 하며 버스 정류장으로 갔다. 지난여름에 이어 겨울까지 경포는 인연이 아닌 곳이라 생각했다.

잠시 기다리니 눈길을 달려온 버스가 로터리를 돌아 한 떼의 손님을 부려놓았다. 남녀로 짝을 지은 그들은 왁자하게 떠들며 해변 나이트클럽으로 들어갔고, 시내로 회차하는 버스에 탄 승객은 민철을 포함 서넛이 전부였다. 겨울 경포를 떠난 버스는 다시 철그럭거리며 달려 터미널 앞에 멈추었고, 시내 지리를 모르는 민철은 그곳에서 하차했다.

눈 내리는 도시 거리는 아름다웠다. 거리를 오가는 이들의 얼굴엔 근심조차 느껴지지 않았고, 무장한 군인을 태운 지프도 눈 내리는 거리에서는 전쟁 영화의 한 장면처럼 근사하게 보였다.

배가 고팠던 민철은 근처 분식집으로 갔다. 예정에 없던 돈이 지출되는 것이니 싼 밥을 먹어야 했다. 라면과 공깃밥으로 저녁을 때운 민철은 눈 내리는 거리를 바라보며 어디로 가야 하는지 생각해보았다. 친척 집 하나 없는 강릉이라는 도시에서 민철이 갈 수 있는 곳은 없었다. 그렇다고 분식집에 죽치고 있을 수도 없어 민철은 무작정 거리로 나왔다. 배낭을 메고 거리로 나서자 한 여인이 민철의 팔을 끌었다.

"자고 가요. 긴 밤은 이만, 짧은 밤은 오천."

여인은 손가락을 두 개 폈다 다섯 개 폈다 하며 속삭이듯 말했다. 근처에 창녀촌이 있는 모양이었다.

"저 학생인데요."

언젠가 청량리역에서도 한 여인이 민철의 팔을 끈 적 있는데, 학생이라고 밝히니 순순히 풀어준 적 있었다.

"학생이면 어때. 학생은 안 꼴리나. 어린 애도 있으니 따라와."

청량리에선 통했는데, 강릉에선 통하지 않았다. 여인은 아예 민철의 팔을 끼고 골목으로 이끌었다.

"돈도 없어요."

민철이 버팅기자 여인은 "힘들 텐데, 무거운 거부터 벗고" 하며 민철의 배낭을 벗겼다.

"거짓뿔은. 돈 없는 놈이 여행을 댕기나. 배낭 찾으려면 따라와라. 응?"

속삭이던 여인의 말투가 강압적으로 변했다. 여인은 민철의 배낭을 메더니 빠른 걸음으로 골목을 향해 걸었다. 순식간에 벌어진 일이었다. 당황한 민철은 자신의 배낭을 메고 가는 여인을 쫓았다.

"아줌마! 배낭 줘요!"

민철이 소리쳤지만 여인은 뒤도 돌아보지 않고 뛰듯 걸었다. 다급해진 민철이 여인을 따라 뛰었지만 여인은 '일출여인숙' 간판이 달린 건물 안으로 사라졌다. 민철이 여인숙 안으로 고개를 들이밀며 "아줌마!

배낭 달라니까요!"라고 소리쳤지만 여인은 더 이상 보이지 않았다. 민철이 다시 한 번 소리치자 다른 여인이 "학생, 배낭 여기 있으니 들어와" 하며 손짓을 했다. 배낭을 찾기 위해 여인숙 안으로 들어가자 여인은 민철을 빈방으로 밀어 넣었다. 민철이 어어, 하며 문지방에 걸터앉자 여인은 민철의 신발을 재빨리 벗겼다.

"잘 곳도 없어 보이는데, 오늘은 여기서 객고나 풀어."

여인이 빙긋 웃으며 말했다. 황당하기 짝이 없는 일이었지만 상황은 고약하게 꼬이고 있었다. 배낭에다 신발까지 빼앗겼으니 여인숙을 곱게 벗어나긴 틀린 듯했다.

"학생인데요. 무전여행 중이라 돈이 없어요."

민철은 거짓말을 조금 섞어 그렇게 하소연해보았다.

"그래도 어디선가 잠은 자야잖아. 이 추위에 길바닥에서 자나? 학생이라고 하니 특별히 깎아줄 테니 긴 밤으로 만 오천 원만 내."

여인은 선심이라도 쓴다는 듯 말하고는 손을 내밀었다. 한 번도 경험해보지 않은 일이라 더럭 겁부터 났지만 생각해보니 여인의 말도 맞았다. 애초 민박 잠을 잘 생각이었으니 여인숙 잠이라고 다를 건 없었다.

"여자 없이 만원에 자면 안 될까요?"

민철의 말에 여인은 배를 움켜쥐곤 웃었다.

"호호, 귀여운 말씀이나 우리도 먹고 살아야지. 오천 더 써."

여인은 거래에서 물러설 생각이 없는 듯했다. 배낭과 신발까지 빼앗긴 민철로서는 여인을 이길 무기도 방법도 없었다. 배낭 달라며 행패를 부려봤자 여긴 정선도 아니고 도와줄 친구들도 없었다. 더구나 창녀촌이라면 건달패가 당연히 대기하고 있을 것이라는 것 정도는 민철도 알고 있었고, 소설에서도 읽은 바 있었다. 민철은 이미 진 게임이라 버텨봐야 소용없는 일이라 생각했다. 하는 수 없는 일이었다. 민철은 여인에게 배낭과 신발을 주면 돈을 지불하겠다고 했다.

"잘 생각했어."

여인이 자리를 비운 사이 민철은 돈을 꺼내 들었다. 여인이 배낭과 신발을 방에 넣자 민철은 돈을 건네주었다.

"엊그제 온 신삥으로 들여줄게. 나이도 엇비슷할 거야."

여인이 신발을 탈탈 끌며 사라졌다. 여인의 걸음은 오래 신은 신발처럼 닳고 닳은 걸음이었으며, 세상 겁날 게 하나도 없다는 듯 보이기도 했다.

겨울인데도 방은 차기만 했고, 손발이 시려운 것은 물론 입김까지 설설 풍겨 나왔다. 싸구려 요가 깔린 방은 두 사람이 눕기도 비좁을 정도로 작았는데, 세탁을 하지 않았던지 베개와 이불에서는 역겨운 냄새가 났다.

민철은 배낭과 신발을 머리맡에 놓고는 방문을 닫았다. 방문을 닫으니 냄새는 더 고약했다. 다른 곳으로 갈까 했지만 이미 치른 비용이라 그럴 수도 없었다. 밖에선 배낭을 벗었던 여인의 목소리와 방값을 받아간 여인의 목소리가 연이어 들려왔다.

"손님 받아요!"

"어이쿠, 안즉 초저녁인데 마이 취하셨네."

취객 하나가 여인들에게 이끌려 이웃 방으로 들어가는데, 그 과정이 민철의 방에 다 들렸다. 소설 속에서나 들을 수 있는 이야기들이 한참이나 이어지더니 돈이 지불되자 밖은 또 조용해졌다.

잠시 후 여인들은 또 손님을 끌어 왔고, 같은 방법으로 흥정을 하고 방을 배정했다. 상황을 보아하니 일찍 잠들기는 틀린 것 같았다. 민철은 배낭에서 막스가 준 책을 꺼내 펼쳤다. 책이라도 읽지 않으면 역한 냄새를 견뎌내기 어려울 것 같았고, 밖에서 들려오는 소리들로 미칠 것만 같았다.

막스가 선물한 『解放前後史의 認識』은 책을 가지고 있다는 생각만 해도 가슴이 뜨거워졌고, 책장을 펼치면 새로운 세상이 펼쳐졌다.

'대체 우리는 무얼 배운 거지?'

읽으면 읽을수록 분노와 뜨거움과 혼란이 교차했다. 학교에서 배운 것과는 정반대로 기술된 식민지 역사는 민철을 당혹스럽게 만들었고, 교과서에 나오는 최남선, 이광수, 주요한, 서정주, 모윤숙 같은 인물들이 일제에 부역한 친일파라는 사실은 충격을 넘어 분노를 일으키게도 했다.

책을 펴면 모든 문장이 담대했고, 가슴을 뛰게 했다. 민철은 문장들을 쉽게 넘기지 못하고 소화 불량에 걸린 사람처럼 몇 번이고 곱씹으며 읽었다. 어떨 땐 책장을 덮고 생각에 잠기기도 했고, 다음 글이 궁금해 마른 침을 삼키기도 했다.

책을 읽던 민철은 책장을 덮곤 천장을 올려다보았다. 밖은 여전히 긴 밤인지 짧은 밤인지에 대한 흥정으로 소란스러웠고, 천장에는 쥐 오줌 자국이 여기저기 선명하게 나 있었다. 민철이 다시 책장을 펼 때 문 두드리는 소리가 났다.

"들어갈게요."

문을 열고 들어온 여인은 어른이 아니라 여자아이였다. 여중생처럼 단발머리를 한 아이는 남자 것으로 보이는 붉은색 파카를 입었고 맨발인 채였다.

"춥죠? 이제 연탄불 갈았으니 새벽 되면 따뜻해질 거예요."

여자아이가 소녀 가장처럼 말하며 이불을 폈다. 이어 아이는 파카를 벗더니 속옷까지 벗었다. 여자아이의 몸매는 아직 피어나지 않은 꽃처럼 여렸으며, 누구에게 맞은 듯 곳곳에 상처 자국이 있었다. 민철의 시선이 상처에 머물자 아이는 자국을 숨기려는 듯 이불 속으로 쏙 들어갔다.

"아저씨도 벗고 들어와요."

아이의 말투는 혼잣말을 하듯 건조했다.

"난 안 할 거야. 그러니 잠시 쉬었다 가."

"그럼 내가 혼나요. 얼른 해요."

여자아이가 보채듯 말했다. 이불을 들썩이던 여자아이는 잊었다는 듯 민철을 향해 "아, 깜박했네. 불 좀 꺼주세요" 했다. 민철이 고개를 끄덕이며 일어났다. 백열전구를 끄자 방은 어둠에 잠겼고, 좁은 문틈으로 빛이 새어 들어왔다.

"추운데 옷 입어."

민철이 벽에 기대앉으며 말했다.

"…… 그래도 돼요?"

여자아이가 조심스럽게 물었다. 민철은 "안 한다고 그랬잖아"라고 답했다. 민철의 말이 장난이 아니라고 생각한 듯 여자아이는 어둠속에서 주섬주섬 옷을 찾아 입었다.

"몇 살이야?"

"열여섯이요."

"난 열일곱인데, 한 살 차이네."

민철의 말에 여자아이가 이불을 들추며 "정말요? 난 방위 아저씨나 군인인 줄 알았는데" 했다.

"내가 그렇게 나이 들어 보여?"

"그건 아니고 학생이 이런 덴 오지 않잖아요"

"나야 여행 중인데 잠자리를 찾다가 아줌마한테 이끌려서 오게 된 거지만, 넌 중학생일 텐데 어쩌다 이런 곳에 오게 됐어?"

민철이 물었다. 여자아이는 떨리는 목소리로 "나는요…… 에이, 손님한테 이런 말하면 혼나요. 안 할래요" 했다.

"집은 어딘데?"

"그것도 말 못 해요. 그런 거 자꾸 물으려면 빨리 해요. 오늘 같은 날 바쁘다고 그랬거든요."

"오늘 왜?"

"크리스마스이브잖아요. 이런 날은 외로워서 많이 온대요. 더구나 오늘은 통금도 없는 날이잖아요."

여자아이는 다른 별에서 온 사람처럼 무덤덤하게 말했다.

"밖에 눈 오니?"

여자아이는 "예, 손님들 옷에 눈이 허옇게 앉았어요" 하더니 아무래도 이상한 듯 "아, 자꾸 말 시키지 말고요. 오늘 같은 날엔 삼십 분 안에 끝내야 하니 시간 끌지 말고 얼른 해요" 했다. 여자아이가 다시 옷을 벗자 민철이 "안 한다고 그랬잖아. 옷 입어"라고 말했다.

"나중에 아가씨가 맘에 들지 않아 못 했다며 딴 여자 불러달라고 하면 내가 엄청 혼나요. 그러니 후딱 해요."

"그럼 했다 치자. 그럼 됐지?"

"나중에 뭐라 그러기 없기에요? 약속!"

여자아이가 어둠 속에서 새끼손가락을 내밀었다. 민철이 그녀의 손을 찾아 "그래, 약속!" 하며 손가락을 걸었다. 가늘게 뻗은 여자아이의 손가락은 몹시 차가워 얼음을 만지는 듯했다. 여자아이는 그제야 "고마워요. 그럼 잠시 쉴게요" 하며 다시 옷을 입었다. 옷을 입은 여자아이는 추운지 이불 속을 파고들었다. 이불이 들썩일 때마다 역한 냄새가 피어올랐지만 여자아이는 익숙한 듯 아무 내색도 하지 않았다. 민철은 벽에 기댄 채 여자아이가 내는 숨소리를 들으며 송희를 떠올렸고, 국어 선생을 떠올렸고, 지금쯤 여자아이들과 놀고 있을 미친소와 주기동을 차례로 떠올렸다. 밖에는 눈이 펑펑 내릴 것이고, 사람들은 눈 내리는 거리를 걸으며 크리스마스이브를 만끽할 것이었다. 민철은 갑자기 처량한 기분이 들어 여자아이에게 물었다.

"너 집에 가고 싶지 않아?"

"……."

"가고 싶다면 내가 도와줄게."

민철은 여자아이가 인신매매단에게 팔려온 거라고 생각했다. 얼마 전만 해도 부녀자 인신매매단이 기승을 부리고 있다는 뉴스가 연일 나왔고, 그들은 때와 장소를 가리지 않고 부녀자를 납치해 사창가에 팔아넘긴다고 했다. 민철은 여자아이도 그들에게 당한 게 틀림없다고 생각했다.

"…… 어떻게요?"

여자아이가 조심스럽게 물었다. 두려운지 조금은 겁먹은 목소리였다.

"방법은 나도 몰라. 하지만 뜻이 있으면 길은 있는 법이라 했어."

여자아이가 인신매매로 이곳에 왔다면 쉽게 도망치긴 힘들 것이었다. 여자아이를 얼마에 사고팔았는지 모르겠으나 포주는 자신이 들인 돈을 뽑기도 전에 여자아이가 도망치는 걸 지켜만 보진 않을 게 분명했다. 이외수의 소설 『꿈꾸는 식물』에 나오는 큰 형처럼 포악한 사람이 포주라면 이곳을 벗어나려는 꿈은 버리는 게 좋을 수도 있었다.

"여긴 동틀 무렵이 한가해요. 다들 잠에 떨어지는 시간이거든요."

여자아이가 이불을 걷으며 몸을 일으켰다.

"그래? 그럼 그때 눈 쓰는 척하며 슬쩍 밖으로 나와. 건물 모퉁이에서 기다리고 있을 테니까."

"근데, 무섭고 두려워요. 오빠들이 날 그냥 두지 않을 거예요. 어쩌면 엄마 아빠까지 위험해질지도 몰라요. 서울이 집인데, 이 사람들 우리 집이 어딘지도 안다고 했거든요. 아, 안 되겠어요. 여기 그냥 있을래요. 그게 낫겠어요."

여자아이는 두려움에 떨었다. 어둠 속에서도 그 느낌이 전해졌다.

"넌 아직 어리잖아. 이런 곳에서 평생 썩을 수도 있을 텐데, 견딜 수 있겠어? 도망쳐, 내가 도와줄게."

"하지만 포주 엄마가 손님 말 들으면 큰일 난다고 했는걸요. 함께 도망치자고 해놓고 저 년 도망칠 것 같으니 조심해라, 이렇게 엄마에게 다 이른다고요."

"난 그런 사람이 아니니 걱정 마."

민철의 말이 끝나자 밖에서 "릴리야, 안즉 멀었어? 손님 밀려드는데 빨리 나오지 않고 뭐해!" 하며 문을 텅텅 두드렸다. 그 소리에 여자아이는 "나가요, 엄마!" 하며 벌떡 일어났다. 여자아이가 문을 열고 나가자 민철이 작은 소리로 "기다릴게"라고 말했다.

밤이 깊어가면서 '일출여인숙'도 바빠졌다. 눈은 계속해 내리는지 사람들은 신발에 묻은 눈을 털어내느라 쿵쿵 발을 굴렀다. 손님들과 흥정을 끝낸 여인들은 방을 배정했고, 이어 여기저기에서 여자들의 신음 소리가 들려왔다. 기분이 야릇해져 혼자 수음이라도 할 나이지만, 신음 소리가 억지로 내는 소리거나 고통에 찬 소리일 것이라고 생각하니 몸은 더 냉정해져 갔다.

온갖 소리들이 섞여 있는 공간에서 민철은 여자아이를 어떻게 도와야 할지 고민했다. 파출소로 가서 인신매매 당했다고 하면 어떨까 생각했지만 포주와 경찰이 결탁되어 있다면 아이는 더 위험한 상황에 놓이게 될 것 같았다. 터미널로 가서 시동이 걸린 첫 버스를 타는 방법이 있을 터이나 '일출여인숙'이 터미널 근처에 있기에 그것도 역시 위험했다. 그렇다고 배차 간격이 긴 기차를 타고 도망치는 것도 쉽지 않았다. 이런저런 생각 끝에 민철은 군부대를 선택했다. 지금은 비상계엄 중이니 군부대만큼 힘이 센 기관은 없을 것이고, 아이도 잘 보호해줄 것 같았다. 그렇게 마음을 정한 민철은 아침이 오기를 기다렸다.

눈을 뜨니 새벽이다. 깜박 잠들었던 모양이었다. 시계를 보니 아직 날이 밝아올 시간은 아니었고, 사람이 들고나는 소리와 신음 소리도 여전했다. 민철은 좀 더 기다리기로 하고 바깥 상황을 엿보았다. 여자아이는 아직 손님을 받는지 릴리를 찾는 포주의 목소리가 방에까지 들려왔다. 민철은 저 손님이 마지막이길, 하며 큰 숨을 내쉬었다.

곧 성탄절 동이 틀 것이었다. 어둠이 물러나는 시간, 민철은 배낭을 메고 밖으로 나갔다. 눈은 그쳐 있었고, 일출은 보이지 않았다. 폭설은 아니었으나 밤새 내린 눈으로 도시의 아침은 고요했다. 일출이 보이지 않는 '일출여인숙'도 고요하기만 해 밤 시간 있었던 일들은 마치 꿈만 같았다. 민철은 건물 모퉁이에서 여자아이를 기다렸다. 날이 밝아오자 차량과 사람들이 하나둘 움직이기 시작했다. 성경책을 든 사람 몇이 민철 곁을 지나갔고, '일출여인숙'에서 나온 사내는 술이 덜 깬 듯 술 냄새를 풍기며 터미널로 향했다.

'일출여인숙'은 잠든 듯 조용했지만 여자아이는 좀처럼 나오지 않았다. 포기한 걸까? 가공할 매질을 생각한다면 그럴 수도 있겠다 싶었다. 그도 아니면 민철을 믿지 않았을 수도 있었다. 민철 같은 손님이 한둘은 아니었을 것이다. 아이의 말처럼 도망치자 해놓고 포주에게 일러바치는 사람도 있을 것이니 쉽게 결정할 일은 아닐 것이었다.

시간이 지나면서 민철의 몸이 얼어들어갔다. 조금만 더 기다려보겠노라며 발을 동동 굴러보지만 추위를 이길 장사는 없었다. 견디다 못한 민철이 모퉁이를 돌아 버스정류장으로 걸음을 옮길 때였다. 여자아이가 뛰어오며 "같이 가요!" 하고 소리쳤다. 옷은 간밤 입었던 그 복장 그대로였다. 여자아이가 막상 도망치자 민철은 어찌해야 할지 순간 난감했다. 눈길을 걸어서 도망칠 수는 없었다. 민철은 도로로 나가 택시를 잡았다. 손을 들자 체인을 감은 택시가 민철 앞에 멈추었다.

"빨리 와!"

민철이 차 문을 열어두곤 소리쳤다. 눈길을 뛰어 민철에게로 오는 여자아이의 얼굴엔 두려움이 가득했고, 간밤처럼 맨발이었다. 여자아이를 태운 민철은 택시에 올라 "가장 가까운 군부대로 가주세요!" 했다. 택시 기사는 뒷자리에 오른 두 사람을 힐긋하더니 눈길을 미끄러져 갔다. 민철은 누가 쫓아오지는 않는지 자주 뒤를 돌아보았지만, 택시를 따르는 차는 없는 듯했다. 택시는 한참을 달려 해변 길로 접어들더니 어느 부대 정문에 두 사람을 내려주었다. 아침 시간 제설 작업을 하던 군인들은 면회객인 줄 알고 두 사람에게 휘파람을 휙휙 불었다.

민철은 여자아이를 데리고 위병소로 갔다. 위병 근무자를 만난 민철은 다짜고짜 부대장을 만나러 왔다고 말했다. 위병이 무슨 용무냐고 묻자 민철은 조카들이 왔다고 둘러댔다. 위병이 알았다며 상황실로 전화를 돌렸다.

"부대장님께서 곧 오신다며 면회실에서 기다리라고 합니다."

위병이 두 사람을 위병소 옆에 있는 면회실로 안내했는데, 아직 근무 전이라 난로도 피워져 있지 않았다. 위병이 면회실 근무자에게 부대장

면회를 온 조카라고 하자 근무자는 화들짝 놀라며 서둘러 난로를 피웠다. 시간이 흐르자 냉기가 조금씩 밀려나더니 면회실 내에 훈기가 돌기 시작했다. 여자아이는 그제야 안심이 되는지 민철에게 "고마워요" 했다. 민철이 머쓱한 듯 "고맙긴, 내 말을 믿어줘서 내가 더 고맙지 뭐" 했다. 그 말에 여자아이가 민철을 빤히 쳐다보더니 "근데, 거짓말 잘하시던걸요" 하며 빙긋 웃었다.

"이렇게라도 하지 않으면 누가 우릴 도와주겠어?"

"하긴요."

여자아이가 길게 한숨을 내쉬었다.

"릴리가 조금만 늦게 나왔어도 도망치지 못했을 거야. 포기하려던 참이었거든."

"제 이름은 릴리가 아니라 근영이에요. 이근영. 중학교 졸업반인데 친구와 함께 어린이대공원 놀러 갔다가 이곳까지 오게 되었거든요."

"근영이. 이름 좋네. 착한 이름이야. 근데, 왜 늦었어?"

"마지막 손님이 짧은 밤 손님인데, 불쌍해서 좀 오래 있어주었어요. 어린 내 젖이 뭐가 좋다고 자꾸만 만지는데…… 외로워서 그런 거겠지요."

말을 마친 여자아이가 풀썩 웃었다. 중학교 졸업반 아이가 외롭고 불쌍한 어른을 보듬어 주었다는 거였다. 민철은 여자아이도 그 손님처럼 외롭게 자란 아이라는 생각이 들었다.

"그랬구나."

"그런 손님 제법 있어요. 잠이 안 온다면서 자장가를 불러달라는 손님도 있고, 놀아달라며 밤새 칭얼대는 손님도 있고, 뭐가 그리 슬픈지 훌쩍훌쩍 우는 손님도 있고, 하여튼 별별 손님이 다 있어요. 그런데 아저씨같이 섹스도 하지 않는 손님은 첨 봤어요."

여자아이가 '일출여인숙'에서 있었던 이야기들을 담담하게 말했다.

"나야 원해서 간 건 아니니까."

"내 몸 보고도 하고 싶지 않았어요?"

"응. 첨부터 아니었어. 난 여잘 돈 주고 사는 거 좋아하지 않아."

"피! 누군 그러고 싶어서 그러나요. 하곤 싶은데 상대가 없으니 그런 거지."

"그런 이야긴 이제 그만하자. 너나 나나 어떤 어른이 될까 고민할 나이지 그런 이야기할 나이는 아니잖아."

민철의 말에 여자아이가 "그렇긴 해요" 하곤 창밖으로 시선을 돌렸다. 제설 작업을 하는 군인들 너머로 눈 덮인 백사장이 펼쳐져 있고, 그 너머로 푸른 동해 바다가 보였다.

"겨울 바다를 보고 싶었는데, 이렇게 보네요."

여자아이는 나이가 한참 든 여인처럼 말했다.

"나도 겨울 바다는 첨인데, 푸르고 넓은 바다를 보니 가슴이 뻥 뚫리는 기분이 든다."

파도는 쉼도 없이 사람들이 사는 마을로 오르다 부서지고 오르다 부셔졌고, 그 위로 갈매기들이 끼룩끼룩 날았다.

두 사람이 겨울 바다로 시선을 던지고 있는데, 위병 근무자가 면회실 문을 열며 부대장이 도착했다고 알렸다. 이어 부대장이 지휘봉을 들고 나타나자 민철과 여자아이는 긴장된 표정으로 자리에서 일어났다.

"날 찾아온 사람들인가?"

부대장이 두 사람에게 물었다. 민철과 여자아이가 "예" 하며 인사를 꾸벅했다.

"난 조카가 없는데, 젊은 친구들은 누군데 날 보자고 한 건가?"

부대장이 의자에 앉으며 물었다.

민철은 자신을 먼저 소개하고 군부대로 찾아온 이유에 대해 설명했다. 민철은 자신이 어디에 살며 '일출여인숙'에 가게 된 경위와 여자아이와 나눈 이야기 등을 빠짐없이 전했다. 고개를 끄덕이며 듣던 부대장이 껄껄 웃더니 "민철 학생 공이 크구나. 근영이는 우리가 집까지 무사히 데려다줄 테니 걱정 마라" 했다.

"고맙습니다!"

여자아이가 자리에서 일어나며 인사를 하자 민철도 자리에서 벌떡 일어나 "멸공!" 하고 거수경례를 했다.

"요즘 인신매매단이 극성이라 계엄사도 골치가 아팠는데, 이참에 인신매매 조직도 소탕할 것이니 근영인 돌아가서 공부나 열심히 하도록. 아, 물론 '일출여인숙'도 군을 출동시킬 거야. 요즘이 사회 부조리 사범을 색출하는 기간이거든."

부대장의 말에 민철은 "그럼 저는 부대장님을 믿고 다시 여행을 떠나겠습니다" 하고 다시 한 번 거수경례를 했다. 민철이 배낭을 메고 일어나자 여자아이가 "고마워요, 아저씨" 했다.

"난 아저씨가 아니라 오빠라고 하는 거야. 알겠지?"

민철이 여자아이의 양볼을 만지며 말했다. 여자아이가 "예, 고마워요 오빠"라며 눈시울을 붉혔다.

"군인 아저씨들 말 잘 들어. 그리고 집에 돌아가면 '일출여인숙'에서 있었던 일일랑은 다 잊고 착한 근영이로 살아. 알았지?"

민철이 훌쩍거리는 여자아이를 남겨둔 채 면회실을 나왔다. 여자아이가 위병소까지 따라나오며 "오빠, 고마워요!" 하고 소리쳤다. 민철이 손을 흔들어주자 여자아이도 손을 흔들었는데, 웃는 표정이 하늘처럼 맑아 보였다.

군부대를 나온 민철은 해변을 따라 하염없이 걸었다. 간밤에 내린 눈으로 해변은 눈이 부실 정도로 아름다웠다. 걷다 배가 고프면 민가에서 물을 얻어 밥을 해 먹었고, 부서지는 파도를 보며 또 걸었다. 걷다 목이 마르면 눈을 뭉쳐 깨물어 먹었고, 잠이 올 땐 뱃전에 기대 잠시 눈을 붙이기도 했다.

그 사이 마을은 나타났다 사라지길 반복했다. 겨울 갈매기들은 양지에 앉아 먹이를 기다리고 있었고, 푸른 바다 위로는 어선이 넘실거렸다. 갈매기 떼가 주변을 날 땐 노래를 흥얼거리며 춤도 추었다. 조르바처럼 두 팔을 펼친 민철은 좌우로 움직이며 춤을 추었다. 춤을 추자 갈매기들이 주변을 맴돌았다. 어느 순간 갈매기처럼 날아 바다를 가로지르고 싶다는 욕망도 생겼다. 두 팔을 더 크게 벌려 해변을 힘차게 뛰어보지만 날 수는 없었다. 그럼에도 민철은 좋았다. 홀로 바다와 맞선 자신이 대견스럽기도 했다. 민철은 푸르게 펼쳐진 바다를 바라보며 소리쳤다.

"자유다! 나는 이 세상 모든 억압으로부터 자유다!"

갈매기들도 그 모습이 즐거웠던지 바다를 넘나들며 공중을 날았고, 해변을 지나던 이가 민철을 흥미롭게 지켜보더니 가던 길을 갔다.

민박집에서 며칠을 묵었다. 여름 여행처럼 무작정 걷는 게 무슨 의미가 있을까 싶은 생각이 들어서 다른 곳으로 옮기지 않았다. 민철이 민박을 구한 곳은 남애항에 있는 낡고 허름한 집이었으나 바다를 마당으로 둔 집이라 지내긴 좋았다. 민박집 남편은 뱃사람이었다. 심성은 순한 바다와 같았으나 술에 취하면 거친 바다를 보는 듯 과격했다. 아내는 밤늦도록 이어지는 주정을 묵묵히 받아주었고, 날이 밝으면 남편은 무슨 일이 있었냐는 듯 배를 몰고 고기잡이를 나갔다. 낮 시간 아내는 남편이 잡아온 고기를 내다 팔아 쌀과 술을 샀고, 저녁이면 꾸둑꾸둑 말린 생선을 조리하여 술안주로 올렸다.

민철은 매일 밤 이어지는 남편의 주정 소리를 들으며 책을 읽었고, 국어 선생과 송희에게 편지를 썼다. 하루 한 차례 편지를 부치러 양양 우체국에 다녀오는 길은 아름답고 평화로웠다. 문어회 같은 안주를 준비하는 날은 민박집 아내의 성화에 못 이겨 남편과 겸상을 하기도 했는데, 술에 취하기 전의 남편은 철학적인 말도 제법 해 민철의 고개를 끄덕이게도 했다.

송희에게 편지를 보낸 후 첫 답장을 받았다. 민철이 선물한 책을 읽고 많은 생각이 들었다고 했다. 자신도 수많은 애벌레 중 하나라고 생각하니 답답하다고도 했다.

노랑 애벌레가 물어. 나비가 되기로 결심하면…… 무엇을 해야 되죠? 라고. 이번 여행이 민철에겐 고치를 만드는 여행이 되길 바래. 나도 고치를 만들고 싶은데 마음처럼 되지 않아. 고치가 되어야 훨훨 나는 나비가 될 텐데 말야. 애벌레로 살다가 이대로 사라지는 건 아닌지 답답하기도 하고.

다음 날 송희는 털목도리를 보냈다. 정선에서 돌아간 날부터 뜨기 시작한 거라며 생일 선물이라고 했다. 송희의 선물을 받고 달력을 확인하니 다음 날이 생일이었다. 그날 밤 민철은 송희에게 편지를 썼고, 우체국에 나간 김에 집에다 전화를 걸었다. 전화국에서 집으로 장거리 전화를 신청하자 한 시간은 기다려야 한다고 했다. 전화가 연결되기를 기다리는 동안 민철은 신문을 뒤적거렸다. 신문을 넘기던 민철의 눈에 계엄사령부에서 발표한 기사가 눈에 띄었는데, '계엄사령부에서는 10월 27일부터 12월 28일까지 두 달간 사회악 일소를 위해 전국의 부조리 사범 2만 5,518명을 검거했다'는 내용이었다. 기사를 읽던 민철은 '일출여인숙'을 도망친 여자아이가 집으로 무사히 돌아갔을 거라 생각했다. 부대장의 약속대로라면 '일출여인숙' 포주와 여자아이를 팔아넘긴 일당도 잡아들였을 게 분명하기 때문이었다.

전화는 국민학교에 다니는 여동생이 받았다. 민철은 다행이다 싶었다. 엄마가 받았다면 추운데 고생하지 말고 얼른 돌아오라는 성화를 듣다 시간이 다 지나갔을 터였다. 장거리 전화라 3분 통화를 기준으로 요금을 내야 하는데, 그 요금도 만만치는 않았다. 민철은 여동생에게 잘 지내고 있으니 걱정 말라고 하곤 전화를 끊었다.

다시 민박집으로 돌아온 민철은 낮엔 책을 읽었고, 밤엔 편지를 썼다. 살면서 이처럼 여유롭게 지낸 적도 없다고 생각했다. 매일 놀러오는 친구들이 없어도 시간 가는 줄 몰랐다. 하고 싶은 걸 하면서 사는 게 이런 거구나, 라는 생각도 들었다.

송희에게서는 답장이 매일 왔지만 국어 선생으로부터는 답장이 오지 않았다. 연말이라 여행을 떠났을 수도 있고, 방학이라 자취방을 비우고 본가에 가 있을 수도 있다고 생각했다. 답장이 오지 않아도 민철은 일기를 쓰듯 매일 선생에게 편지를 썼고, 우체국으로 갔다.

양미리와 도루묵 잡이로 분주하던 어촌 마을에도 새해가 밝았다. 나이도 한 살 더 먹어 민철은 열여덟이 되었다. 바다에 온 이후 매일 보는 일출이지만 새해 첫날 떠오르는 태양은 더 밝고 빛나 보였다. 수평선 위로 떠오르는 태양을 바라보던 민철은 묵은 것들을 정리하고 새로운 목표에 집착하고 싶다는 생각을 했다. 새로운 목표는 당연히 대학이었다. 국어 선생 집을 방문한 이후 막연하게 생각했던 일들을 그렇게 정리하니 삶에 대한 목적과 목표 또한 뚜렷해졌다. 대학을 가야만 성우가 되든가 영화감독이 되든가 할 것 같았다. 쉽지 않은 선택이고 어이없는 집착일 것이나 일단은 무작정 해보는 거였다.

"신정인데, 한 잔은 해야지?"

민박집 남편이 새해 첫날부터 바람을 잡았다. 민철도 마다할 일이 아니라 "예, 좋습니다" 하자 남편은 사 홉들이 한 병을 챙겨왔다. 안주는 말린 복어와 양미리를 연탄불에 굽기로 했다. 민철이 화덕을 준비하고 연탄불 빼내는 일을 맡자 아내는 성겟국을 끓여왔다.

"민철 학생. 니 내가 저 바다에서 몇 번이나 죽을 뻔했을 거 같나?"

복어를 굽던 남편이 물었다.

"글쎄요."

민철이 목덜미를 긁적였다. 민철이 함부로 짐작할 수 있는 일은 아닌 것이었다.

"바다에 가는 날은 맨날이야 맨날. 바다에 가보면 저느무 배는 후 불면 날아가는 가랑잎보다도 작아. 그러니 내가 아무리 기를 쓴다 해도 용왕님께서 보살펴주지 않으면 한순간에 뒤집어져 죽는다 이 말이야. 그러니 나는 저느무 바다에게 맨날 감사하며 살아. 오늘도 이 부족한 놈 살려주셔서 감사합니다, 하며 말야."

남편의 시선은 바다에 머물고 있었다. 평생을 바다에 의탁해 살았던 남편이었다. 주름진 그의 얼굴에는 지난 시간에 대한 상념들이 짙게 드리워져 있었다.

"그래서 맨날 술만 마시면 행패요."

아내가 핀잔을 주듯 한마디 했다. 남편이 허허 웃으며 "바다만 나갔다 오면 나도 모르게 그렇게 되는 걸 어쩌누. 날 미워하지 말고 저느무 바다를 미워하구려" 했다.

"저 바다에 기대 지금껏 살았는데 밉긴……."

아내가 혼잣말로 중얼거리더니 눈물을 찔끔 흘렸다.

다음 날 도착한 편지에서 송희는 겨울 바다가 보고 싶다고 했다. 한 번도 본 적 없는 겨울 바다에 가보고 싶다고도 했다. 민철은 마중을 나갈 테니 강릉까지 오라는 답장을 보냈다. 그러잖아도 챙겨온 책도 다 읽고 여행 또한 끝낼 때가 되었으니 잘된 일이라 생각했다.

이튿날 저녁, 남편은 프로 권투 경기가 있는 날이니 티브이를 함께 보자고 했다. 본채로 건너가니 술상이 차려져 있고, 티브이가 켜져 있었다. 새해 첫 경기인 오늘 시합은 주니어플라이급 세계 챔피언인 김성준 선수의 4차 방어전이었다. 경기 장소는 적지인 일본 도쿄이며 도전자는 일본 선수 나카지마 시게오였다. 권투 경기라면 민철도 빠지지 않고 본 터라 김성준이 누군지 알고 있었다. 김성준은 지난해 가을 챔피언인 태국의 소 보라싱 선수를 3회에 통쾌하게 KO시키고 챔피언이 된 후 한국 선수로는 보기 드물게 3차 방어까지 성공한 인물이었다.

남편은 경기 시작 전부터 해설자 수준으로 경기 평을 했다. 남편은 김기수 선수부터 홍수환, 유제두, 염동균, 박찬희, 김상현 등등의 선수들 이력과 그들이 받은 대전료가 얼마씩이었다는 것까지 줄줄이 내뻈었다. 링 위에 두 선수가 오르고 애국가와 일본국가가 연주되었다. 장소가 일본이라 응원은 도전자에게 일방적으로 쏟아졌다. 가끔씩 태극기를 흔드는 관중이 보였지만 응원 소리는 들리지도 않았다.

경기가 시작되자 남편은 "쪽바리 새끼 후드워을 보니 김성준이보다 컨디션이 더 좋아 보이는구마" 하며 술잔을 털어 넣었다. 남편은 라운드가 끝날 때마다 코치라도 되는 양 도전자를 이길 수 있는 말을 쏟아냈지만 상황은 김성준에게 불리하게 전개되고 있었다. 남편의 입에서 "아, 이거 적지라 좀 불안한데"라는 관전평이 나온 건 10회가 지나서이고, 김성준은 결국 15회 판정패를 당했다. 남편이 "쪽바리 새끼들헌티 지면 우뚜하나. 에이 씨팔!" 하더니 술을 마시기 시작했고, 민철은 슬그머니 방으로 돌아왔다.

지금쯤 어느 다방에서 경기를 본 미친소와 주기동도 욕설을 퍼부으며 단골 술집 골방으로 향할 게 분명했다. 권투 경기가 있는 날이면 남자들은 으레 동네 다방으로 몰려가 권투를 보곤 했다. 경기에서 이기면 기분 좋다고 한잔, 지면 화가 나서 한잔을 했다. 더구나 일본 선수에게 졌으니 끓어오르는 분노와 분루는 대단했을 것이다. 그들은 "한국에서 했으면 이길 수 있었는데, 왜놈들이 약을 썼는지 김성준이 힘을 못 쓰네. 하여간 쪽바리 새끼들은 믿을 게 못 돼"라고 푸념을 늘어놓으며 술을 마실 테고, 씁쓸한 기분으로 귀가를 할 것이다.

송희가 왔다. 사북역에서 기차를 탄 송희는 먼 길을 돌아 강릉역에 도착했다. 날씨는 포근했고, 기차에서 내린 송희의 표정은 밝았다. 여행 가방을 건네받은 민철은 송희를 데리고 강릉 번화가로 갔다. 둘은 다정한 연인처럼 팔짱을 낀 채 상점을 구경하고 오므라이스로 식사를 하고 서점에 들러 책 구경도 했다. 민철은 박정만 시인의 시집 『잠자는 돌』을 송희에게 선물했고, 송희는 민철에게 조세희의 소설 『난장이가 쏘아올린 작은 공』을 선물했다. 서점을 나서자 어둠이 내리고 있었고, 거리는 썰렁해졌다. 민철은 민박집으로 갈까 하다가 송희에게 "우리 영화 볼까?" 하고 물었다. 송희가 고개를 끄덕이며 "좋아, 보자" 했다.

극장은 가까운 곳에 있었다. '신영극장'이라는 간판을 단 극장은 강릉에서도 유명한 극장이었던지 매표소 앞에는 많은 사람이 모여 있었다. 신영극장에서 상영하는 영화는 〈타인의 방〉이었다. 영화는 언젠가 읽은 최인호 작가의 소설과 동명이라 호기심이 생겼다. 아파트에 사는 친척도 없고 아파트에 살아보지도 못한 민철로서는 이해할 수 없는 내용의 소설이었지만, 카프카의 소설 『변신』만큼이나 흥미롭게 읽었던 기억이 나 영화를 보기로 했다. 영화는 청소년 관람 불가였으나 아는 사람이 없는 동네에다 여행 중인데 무슨 상관이랴 싶었다. 표를 끊고 극장에 들어가자 빈자리가 보이지 않을 정도로 가득 차 있었다.

도시 극장도 정선의 극장과 같아 예고편이 상영되고 애국가와 대한뉴우스가 이어졌다. 대한뉴우스는 최규하 대통령의 취임식을 다루었는데, 뉴스에서 보던 장면과 다르지 않았다.

영화는 시작부터 소설과는 딴판이었으나 제목인 〈타인의 방〉에 근접하는 내용이기는 했다. 야한 장면이 나올 때는 민철이 슬쩍 송희의 손을 잡기도 했는데, 송희의 손은 이미 땀에 젖어 축축해져 있었다. 민철이 잡은 손에 힘을 주면서 송희의 표정을 살폈지만, 송희는 뜨거워진 스크린만 응시하고 있었다.

"여주인공 불쌍하더라."

영화관을 나서자 송희가 코를 훌쩍이며 말했다.

"그래서 과거는 아무에게도 말하지 않는 거야. 너도 혹시 전에 남자 친구와 있었던 일 나한테 이야기하지 마."

"난 결단코 없는 걸."

"진짜? 손도 잡지 않았어?"

"그럼. 지금까지 내 손을 잡은 남자는 니가 처음이야."

"고맙다고 해야 하나, 다행이라고 해야 하나 헷갈리는걸."

민철이 낄낄거리며 말했다. 송희가 그런 민철의 허리를 꼬집으며 "하여간 남자들이란!" 했다. 버스를 타고 민박집으로 돌아오자 본채 불은 꺼져 있었다. 방으로 들어가자 송희가 "이곳에서 내게 편지를 썼구나" 했다. 민철이 "송희 생각으로 불면의 밤을 보낸 방이기도 하지"라며 영화 주인공 목소리를 흉내 냈다. 송희가 주인공 목소리와 똑같다며 웃더니 "근데, 아까 영화관에서 왜 그랬어?"라고 물었다.

"뭐? 아, 손잡은 거?"

"그래, 가슴이 떨려서 혼났잖아."

"지금도 그래?"

"아니!"

송희가 강하게 부정하자 민철이 주인공 목소리를 흉내 내며 송희를 가볍게 안았다.

"송희. 아니라고 하지만 지금도 떨고 있군. 이리 와 송희."

송희가 여주인공 목소리를 흉내 내기라고 하는 듯 "어머, 아니에요. 이러시면 안 돼요. 전 버림받기 싫어요"라며 민철을 가볍게 밀어냈다. 송희의 연기가 우습기도 하여 두 사람은 배를 잡고 한참을 웃었다.

"나 이렇게 아름다운 일출은 첨 봐."

송희는 떠오르는 해를 보며 눈시울을 붉혔다. 바다에 걸려 있는 태양은 손으로 건져 올려도 될 듯 가까웠고, 그 강렬함은 뼛속까지 전해졌다. 민철은 해를 바라보며 탄성을 지르는 송희를 가만히 안아주었다. 민철 품에 안긴 송희가 "민철아, 나도 나비가 되고 싶어. 애벌레로 살다 죽긴 너무 싫어"라고 작은 소리로 말했다.

"그래, 넌 노랑나비가 되고 난 호랑나비가 되어 우리 훨훨 날아보자."

민철이 송희의 뺨을 두 손으로 감싸며 말했다.

"고마워 늘."

그렇게 말하는 송희의 눈가가 촉촉하게 젖어들었다. 민철이 송희의 눈물을 닦아주며 "노래 불러줄까?" 했다. 바다를 바라보던 송희가 "응" 하며 고개를 끄덕였다. 민철이 바다를 보며 이정황의 「바다」를 불렀다.

파도 소리가 서러워서
물새도 제 집 찾아간 뒤
햇님도 반신을 수평선에 걷고
노을 지는 바다를 노래한다
알맹이는 꿈처럼 멀리 사라지고
이제 남은 건 텅 빈 가슴
아쉬웁게 꿈을 부르는 하이얀 소라껍질 하나……

"내가 꼭 꿈만 찾는 소라껍질 같다."
가만히 노래를 듣고 있던 송희가 말했다.
"지금은 나도 그래."
나비가 되겠다고 말은 했지만 민철도 자신은 없었다.

둥글게 커진 해는 바다를 더욱 붉게 물들였고, 둘은 말없이 눈부시게
붉은 바다만 응시했다. 두 사람은 추위도 잊은 채 바다를 바라보다가
해가 둥실 떠올랐을 때에야 아침밥을 해 먹었다. 평소보다 늦은 뱃일을
나가던 남편이 송희를 보고는 맛있는 횟감을 잡아 올 테니 기다리라고
했다.
"그러고 싶지만 오늘은 집으로 돌아가야 해서요."
"그래? 이거 아쉬워서 어쩌누."
남편이 그렇게 말하더니 아내를 향해 "민철 학생 떠날 때 뭐 좀 챙겨
보내소" 하고 소리쳤다. 남편이 배에 시동을 걸고 바다로 나가자 아내
는 늘 그렇듯 집 안을 정리하고 생선을 손질했다. 민철이 배낭을 꾸리다
챙겨온 『解放前後史의 認識』과 『악령』 같은 책들을 송희에게 건넸다.
"읽어봐. 작가든 기자든 하려면 이 정도는 읽어야 할 거야."

아침 해를 바라보던 송희는 아버지의 삶을 보면 작가가 되고 싶다고 했고, 사북의 현실을 보면 기자가 되고 싶다고 했다. 민철은 "왜?"라고 물었고, 송희는 "둘 다 세상을 바꿀 수 있는 힘을 가졌잖아"라고 답했다. 세상을 바꿀 수 있는 힘은 펜에서 나오겠지만 역사 인식이 결여된 작가나 기자라면 역사 왜곡도 서슴지 않을 거라는 게 민철의 생각이었다.

"고마워. 너 때문에 나도 꿈이 생겼어. 날아갈 듯 기쁜 날이야."

"고맙긴, 나도 누군가에 의해 꿈이 생겼는걸."

"나도 이제부턴 누군가에게 꿈을 주는 사람이 되어야겠다."

송희가 활짝 웃으며 말했다.

"그만 가자."

민철이 마당으로 나서자 민박집 아내가 생선 꾸러미를 한 보따리나 내밀었다.

"정선은 생선이 귀하다며. 가져가."

"고맙습니다. 신세 많이 지고 갑니다."

아내가 "신세는 뭘. 우리가 고맙지" 하더니 말을 이었다.

"근데, 색시가 참해 보여."

"그런가요? 친구입니다."

"우리 땐 저 나이에 아를 낳았는데 뭘."

"그때만 해도 옛날이잖아요."

"나이가 뭔 대수냐. 맘에 들면 언제든지 꿰차는 거지."

아내의 말에 민철은 알았다며 생선 보따리를 들고 민박집을 떠났다.

봄이 오는 소리

여행에서 돌아온 민철은 방학 동안 공부에 매진했다. 아무리 생각해도 민철이 지금 할 수 있는 일이라는 게 공부밖에 없었다. 서울로 도망간 친구들처럼 주물공장이나 가방공장에서 일하며 공돌이 소리는 듣고 싶지 않았다. 지긋지긋한 정선이지만 고향을 의미 없이 떠나고 싶지도 않았다. 민철은 기왕 떠나야 한다면 멋지게 박수를 받으며 떠나고 싶었다. 눈 딱 감고 이 년만 열심히 하면 뭐든 될 것도 같았다. 그것은 여행에서 얻은 소득 중 가장 큰 것이었고, 송희와 함께한 약속이기도 했다. 그런 중에도 민철은 친구들과 술도 하고 담배도 먹고 할 건 다 했다. 미친소나 주기동이 하루 몇 번씩 집을 찾아오는데, 공부한답시고 문을 닫아걸 순 없기 때문이었다. 놀아줄 건 놀아주고 할 건 하자로 마음을 정했기에 어느 쪽도 불만은 없었다.

그 사이 김옥길 문교부장관이 중·고교 교복은 학교장 재량에 완전 일임한다는 내용의 뉴스가 나와 주기동과 미친소를 들뜨게 했고, 서울 명동에 있는 서울로얄호텔 나이트클럽에서 무장 탈영병 두 명이 손님을 상대로 인질극을 벌이다 그중 한 명이 동료를 사살하고 자수한 사건도 있었다. 이튿날 육군고등군법회의에서는 박정희 대통령 시해 사건에 연루된 김재규와 김계원에게 사형을 선고했고, 그 다음 날엔 이희성 계엄사령관이 김계원을 무기 징역으로 경감했다는 뉴스도 떴다.

2월 들어 플라이급 세계 챔피언 박찬희 선수가 필리핀 선수를 불러들여 4차 방어에 성공했고, 일주일 후엔 김태식 선수가 파나마 국적 왼손잡이 챔피언인 루이스 이바라를 2회 KO승으로 눕히고 플라이급 챔피언이 되었다. 구정 명절 마지막 날이라 전국은 떠들썩했고, 그는 독일병정이라는 별명도 얻었다. 두 발로 걷기 시작한 이래 싸워서 져본 적이 없다는 김태식 선수의 등장으로 주기동은 새삼 권투 선수가 되고 싶다는 꿈을 품기도 했으나, 그 순간 민철은 기뻐하며 술을 마시고 있을 민박집 남편이 더 떠올랐다. 다방에서 권투를 본 민철은 권투를 중계하는 아나운서 목소리를 흉내 내며 여러 사람들을 웃겼는데, 선배들의 술 공세로 민철은 새벽이 되어서야 취한 걸음으로 귀가했다.

구정 명절이 끝남과 동시에 겨울 방학도 끝났다. 학교에 가자 학생들은 전날 챔피언이 된 김태식 선수에 관한 이야기로 반나절을 보냈다. 점심시간을 맞아 담배를 먹으러 갔던 미친소가 헐레벌떡 뛰어왔다.

"민철아, 민철아! 빅뉴스다 빅뉴스!"

"무슨 일인데? 교복 자율화라도 한대?"

민철이 숨이 턱까지 찬 미친소를 옆자리에 앉혔다.

"그게 아니고, 국어 선생님이 군인들에게 잡혀가셨대!"

"왜?"

"그건 나도 모르는데, 그래서 오늘 출근을 안 하셨다는 거야."

미친소가 숨을 몰아쉬며 말했다.

"그래?"

무슨 일이 생긴 게 틀림없었다. 민철은 짚이는 게 있어 서둘러 책가방을 꾸렸다. 가방을 챙긴 민철이 반장을 찾아 "나, 급한 일이 있어 조퇴한다고 해라. 응?" 했다. 민철이 교실을 나서자 미친소가 "허, 저거 맘잡고 공부하는 줄 알았더니 또 왜 저래?" 하며 혀를 끌끌 찼다.

학교를 나온 민철은 국어 선생 자취방으로 갔다. 대문을 열고 마당에 들어서니 집주인 할머니가 선생 방을 정리하고 있었다. 군인들이 워커를 신고 방으로 들어갔는지 발자국이 어지럽게 찍혀 있었고, 몇 되지 않은 가재도구와 책이 여기저기 널려 있었다.

"선생님께 무슨 일이 생겼어요?"

민철이 할머니에게 물었다. 방을 정리하던 할머니가 "어이쿠, 놀래라!" 하며 방바닥에 털썩 주저앉았다.

"기척이라도 하고 들어오지, 깜짝 놀랬잖어."

"선생님께 무슨 일이 있었다면서요?"

민철이 방을 들여다보며 물었다.

"나도 몰러. 아침절에 짚차를 타고 온 군인들이 방에 들이닥치더니 출근하려던 선생을 잡아가더만. 그리고는 뭘 찾는지 방을 막 뒤지더니 책이랑 가방이랑 막 싣고 가는데 가심이 벌벌 떨려 뭔 일인지 물을 수도 없었어."

할머니는 충격이 가시지 않았는지 몸을 부르르 떨었다. 총을 든 계엄군들이 선생을 잡아가고 방도 뒤졌다는 것이다.

"방 정리는 제가 할 테니 할머니는 쉬세요."

"아휴, 그러잖아도 정신이 혼망한데 고맙네."

할머니가 허청허청 걸어서 본채로 들어가자 민철은 선생 방을 정리하기 시작했다. 작은 옷장은 흐트러져 있고, 옷장에서 나온 선생의 스웨터와 속옷이 워커발에 밟혀 흙투성이가 되어 있었다. 장판도 들췄던지 반쯤은 젖혀져 있고, 책꽂이의 책들은 죄다 쏟아져 밟히고 뜯긴 채 널브러져 있었다. 아기자기하게 채워져 있던 부엌도 난장판이 되어 있었는데, 반찬통은 물론이고 김치통까지 열려 있었다.

쓸고 닦고 하기를 몇 차례, 선생의 방은 하교 시간이 되어서야 정상으로 돌아왔다. 책꽂이를 가득 채웠던 책들 중 절반이 사라졌고, 막스가 가지고 왔던 책 보따리는 통째로 사라지고 없었다. 민철은 자신이 보낸 편지를 날짜별로 챙겨 보았는데, 없어진 게 더 많았다. 사라진 편지에 어떤 내용이 들었을까 떠올려보았지만 책에 관한 이야기를 한 것 외엔 생각나지 않았다.

학교가 파하자 미친소가 선생 집으로 왔다.

"잘 왔다. 느네 삼촌 경찰서에 계시지?"

"삼촌은 왜?"

"선생님이 어디론가 잡혀가셨는데, 느네 삼촌은 알지 모르잖아."

"그렇겠다."

민철은 미친소와 함께 보안과 형사인 삼촌을 만나러 경찰서로 갔다. 삼촌을 만난 민철은 국어 선생이 아침 시간 군인들에게 잡혀갔는데, 무슨 일인 줄 아느냐고 물었다.

"그런 일이 있었어?"

미친소의 삼촌은 금시초문이라고 했다.

"그렇다니까요. 혹, 선생님이 누구에게, 어디로 잡혀갔는지 알 수 없을까요?"

"보안과인 우리 몰래 작전을 벌였다면 군 보안사에서 떴을 거야. 군에서 떴다면 시국 사범일 것이고 그럼 서울로 바로 직행해."

"서울 어디로요?"

"수사를 해야 하니 모처로 가겠지."

"아휴, 삼촌! 모처가 어디냐고요!"

민철이 답답하다는 듯 가슴을 쳤다.

"야, 이놈아. 서울엔 보안사에서 운영하는 대공 분실이 여럿인데 어디로 갔는지 우리 같은 시골 형사가 어떻게 아나?"

"삼촌이 슬쩍 좀 알아봐주면 안 돼요?"

"그쪽에 아는 사람이 있어 알아보기는 하겠는데, 시국이 하도 어수선해서 말야."

"그래도 부탁합니다. 예?"

"알았어. 알았으니까 그만 돌아가라."

삼촌이 손을 휘휘 저었다.

"에이, 삼촌! 조카들이 왔는데, 그냥 보내는 게 어딨어요!"

미친소가 삼촌을 향해 목소리를 높였다.

"야야, 나 지금 사북 나가야 해. 그러니 빨리 가."

"사북은 왜요?"

민철이 물었다.

"요즘 거기 분위기가 좋지 않아. 곧 무슨 일이 터질 거 같다."

삼촌이 지갑에서 지폐를 꺼내더니 미친소에게 던져주며 "삼촌 간다!" 했다. 뛰듯 건물을 나선 삼촌이 지프를 출발시키려다 말고 "아, 민철이 너 말야. 넌 이런 위험한 일에 끼어들지 마라. 그러다 일 난다. 알았어?" 했다. 삼촌의 말에 민철이 "명심하겠습니다!" 하며 거수경례를 했다.

경찰서를 나오자 미친소가 "허, 선생님이 잡혀가다니 이기 뭔 일이래?" 했다. 민철이 "그러게 말이다"라며 한숨을 크게 내쉬었다. 하지만 민철은 선생의 연행에는 막스가 연관되어 있을 것이라고 생각했다. 막스가 다녀간 이후 선생은 주위를 자주 살폈고, 막스가 놓고 간 물건들은 남은 것이 하나도 없었다. 민철이 보기에도 막스는 운동권 출신 같았는데, 말하는 본새가 보통 인물은 아닌 듯 보였다.

"기분도 꿀꿀한데 처남 누나가 하는 생맥주 집에 가서 한잔할까?"

처남이라는 친구는 위로 줄줄이 누나만 있어 선배나 친구들 사이에서 처남으로 통했다. 빌보드차트를 줄줄 외는 처남은 팝송만 불렀고, LP판도 팝송만 사는 친구였다.

"됐다. 난 영화나 보러 갈래."

"에이, 그럼 나도 영화나 보지 뭐."

미친소가 따라붙었다. 정선극장과 평화극장 두 곳을 다 갔으나 볼만한 영화는 없었다. 정선극장에서는 신성일과 유지인을 주인공으로 심수봉의 노래 제목을 영화화한 〈그때 그 사람〉을 상영했고, 평화극장에서 상영하는 영화 〈낯선 곳에서 하룻밤〉도 신성일과 유지인이 주인공이었다.

"두 영화 다 신성일과 유지인이 주인공인데, 뭐 볼래?"

민철이 물었다.

"둘 다 벗는 영화 같은데 기왕이면 더 야한 영화를 보자."

미친소의 말에 민철이 "좋아, 그럼 평화극장으로 가자" 했다. 〈낯선 곳에서 하룻밤〉이라는 제목이 자극적인 데다 평화극장은 담을 넘기에도 수월했다. 설령 걸린다 해도 친구 미애 아버지 극장인 데다 방구벌레 형까지 있으니 쫓겨나지는 않을 것이었다.

미친소는 덩치만 산만 했지 담을 넘을 땐 늘 허덕거렸다. 단번에 올라야 할 담을 미친소는 몇 번 시도해도 오르지 못했다.

"야, 이러다가 걸리겠다. 내 등 밟아."

민철이 벽을 짚으며 등을 내밀었다. 등을 밟고서야 담을 넘은 미친소는 떨어질 때도 쿵, 하는 소리를 냈다. 둘은 서둘러 2층으로 올라갔고, 영화는 이미 진행 중이었다. 관객들은 숨죽이고 영화를 지켜보고 있었는데, 동해안 어느 바닷가에서 유지인과 신성일이 사랑을 나누는 장면이 나오고 있었다.

미친소는 "야, 유지인 몸매 죽인다" 하며 희죽거렸고, 민철은 겨울 바다를 함께 걸었던 송희를 떠올렸다. 영화를 보는 내내 미친소는 숨을 몰아쉬며 유지인의 몸매에 감탄했으나 민철은 국어 선생을 생각하다가 송희를 생각하다가 또 잡혀간 국어 선생은 지금쯤 뭘 하고 있을까, 하다가 송희는 지금 무엇을 하고 있을까, 생각했다.

미친소와 영화를 보고 집으로 돌아오니 송희에게 편지가 와 있었다. 송희는 민철이 선물한 시집을 읽다 마음에 든다며 한 편의 시를 보내왔다.

사랑이여, 보아라!
꽃초롱 하나가 불을 밝힌다.
꽃초롱 하나로 천리 밖까지
너와 나의 사랑을 모두 밝히고
해질녘엔 저무는 강가에 와닿는다
저녁 어스름 내리는 서쪽으로
流水와 같이 흘러가는 별이 보인다
우리도 별을 하나 얻어서
꽃초롱 불 밝히듯 눈을 밝힐까
눈 밝히고 가다 가다 밤이 와
우리가 마지막 어둠이 되면
바람도 풀도 땅에 눕고
사랑아, 그러면 저 초롱을 누가 끄리

저녁 어스름 내리는 서쪽으로
우리가 하나의 어둠이 되어
또는 물 위에 뜬 별이 되어
꽃초롱 앞세우고 가야 한다면
꽃초롱 하나로 천리 밖까지
눈 밝히고 눈 밝히고 가야 한다면
  -박정만 시 「작은 연가」

민철은 송희가 보낸 시를 읽고 또 읽었다. 촛불을 밝히고 읽었고, 밖으로 나가 밤하늘에 뜬 별을 보며 송희를 생각했다. 다시 방으로 돌아와 "우리가 마지막 어둠이 되면 / 바람도 풀도 땅에 눕고 / 사랑아, 그러면 저 초롱은 누가 끄리"라는 구절을 곱씹으며 송희에게 답장을 썼다.

짧은 봄 방학이 끝나고 1학년 신입생들이 들어왔다. 신입생이 들어오자 미친소는 1학년 교실을 들락거리며 쓸 만한 후배들을 모았다. 그렇게 모은 1학년생은 일곱이나 되었고, 미친소는 그들을 하루 한 번 화장실 뒤로 집합시켜 의리가 뭔지에 대해 교육했다. 그때까지 삼촌은 국어 선생의 행방을 알아내지 못했고, 학교에는 새로운 국어 선생이 부임했다.

"야, 민철아. 국어 선생님이 새로 오신 거 보니 윤미옥 선생님은 영원히 돌아오지 않는 건가?"

주기동이 물었다.

"오실 거야."

그렇게 말은 했지만 민철도 자신은 없었다. 국어 선생이 잡혀간 지도 보름이 넘었고, 그 사이 뉴스에서는 흉흉한 이야기만 떠돌고 있었기 때문이었다.

며칠 후였다. 박정희 대통령 저격 사건에 연루되어 사형이 언도된 박흥주 대령에 대한 사형이 집행되었다는 뉴스가 떴고, 일주일이 지나자 계엄사령관이자 전 육군참모총장 정승화에게 징역 10년이 선고되었다는 소식이 주요 뉴스로 떴다. 그날 밤엔 폭설이 내렸는데, 먼 데서 소나무 부러지는 소리가 밤새 났다. 새벽녘에 일어난 민철 아버지는 "올핸 풍년이 들라고 그러나. 뭔 눈이 이래 많이 오나" 하며 담배를 빽빽 빨았다.

그즈음 신문과 방송에서는 김대중, 김종필, 김영삼 등을 3김이라 칭했고, 그들은 자신들이 서로 5공화국을 열 적임자로 생각하는 듯했다. 그들은 각기 새로운 조직을 만들고 대표가 되고 국민들을 대상으로 민주주의 시대를 열겠노라고 연설했다. 그 일을 두고 신문과 방송에서는 서울의 봄이 왔다고 했지만 정선의 3월은 겨울과 다름없어 춥기만 했다.

중순이 지나자 서울의 대학가에서는 연일 시위가 벌어졌다. 대학생들은 학원 자율화를 요구하며 거리로 쏟아져 나왔고, 어느 대학은 병역 집체훈련을 거부한다며 교문을 나서기도 했다.

민철이 다니는 학교에서도 쉬는 시간이면 서울에서 벌어지는 시위를 소재 삼아 이야기를 했는데, 옆에서 듣고 있던 주기동이 한마디 했다.

"야야, 서울 애들은 고삐리들도 교복 자율화다 학원 민주화다 하면서 시위를 한다던데, 우리도 사복 좀 입게 해달라고 시위 한번 할까?"

"그래, 우리도 하자. 문교부장관도 교복 자율화는 학교장 재량에 맡긴다고 분명히 밝혔잖아."

미친소가 말을 받았고, 둘은 민철에게 시선을 모았다. 민철이 잠시 생각에 잠긴 듯 창밖을 응시하다가 입을 열었다.

"그 문제는 신중하게 접근하는 게 어떨까 싶다. 쉽게 결정할 문제는 아니야."

"뭘 신중해. 억압의 사슬을 끊자고 말한 건 너잖아. 교복만 벗으면 우린 자유야! 자유!"

주기동이 목소리를 높였다. 민철이 언젠가 그런 이야기를 하긴 했다. 하지만 지금은 때가 아니라고 생각했다.

"기동이나 미친소, 그리고 우리 집은 먹고살 만하니까 괜찮다고 하자. 그러나 다른 학생들 집 사정은 어떨까. 교복 자율화가 진행되고 사복을 입게 될 경우 그걸 감당할 수 있는 집이 얼마나 될까 싶다는 말이다. 지금도 신입생 중엔 돈이 없어 졸업생 교복을 물려받은 학생이 있고, 교납금을 내지 못해서, 교재를 사지 못해서, 학교를 그만두거나 선생님들에게 꾸중을 듣는 학생이 많다. 그뿐이 아니야. 우리 교실에도 당장 형편이 어려워 점심 도시락조차 싸오지 못하는 애들이 있잖아. 그런 애들이 입을 상처는 어떡할까?"

옷이 없어 교련복이나 교복을 일상복으로 입을 만큼 어려운 집이 많은데, 부모님들이 찬성하겠냐는 거였다.

"와, 이렇게 깊은 생각도 다 하고. 우리 민철이 다 컸네."

미친소가 민철의 머리를 쓰다듬으며 말했다. 그때 수업 종이 울렸고, 수학 시간이 되었다. 2학년 수학 선생은 깐깐하기 이를 데 없어 학생들이 조금이라도 허튼 자세를 취하면 쥐 잡듯 했다. 주기동과 미친소가 몇 번이고 그런 수학 선생의 기를 꺾어보려 시도했지만, 그는 좀체 학생들의 수에 넘어가지 않았다.

사북, 나흘간의 저항

3월 들어 국기 하강식이 오후 여섯 시로 한 시간 늦춰졌고, 학원 자율화를 요구하는 대학생과 노동 삼권을 보장하라는 노동자의 요구가 전국에서 빗발쳤다. 학생들의 시위 모습이 주요 뉴스로 뜨던 날 또 하나의 뉴스가 따라붙었다. 그것은 최규하 대통령이 중앙정보부 부장 서리에 합동수사본부장인 전두환 국군보안사령관을 겸임 발령했다는 소식인데, 박정희를 시해한 김재규가 앉았던 자리에 전두환이 앉았다는 것이다. 이것은 전두환이 군 정보기관인 보안사령관에 이어 국가 정보기관인 중앙정보부장 자리까지 앉음으로써 군부대는 물론이고 대통령을 비롯해 대한민국의 모든 기관이 그의 감시 아래에 놓이는 것과 동시에 두 기관에서 생산되는 정보 또한 그의 손아귀에 들어가게 된다는 것을 의미했다.

신임 전두환 중앙정보부장은 자신의 겸직이 우리나라의 정치 발전에 큰 기여를 할 것이라고 천명했지만, 야당은 전두환의 겸직이 중앙정보부법을 위반한 것이며, 그가 권력을 잡기 위해 중앙정보부까지 점령했다며 맹비난했다.

며칠이 지났다. 그 사이 교정엔 목련꽃이 피었고, 남산 자락에도 진달래꽃이 만발했다. 토요일 밤늦게까지 학교에 남았던 민철은 일요일에도 학교로 가 책을 읽거나 공부를 했다.

월요일, 점심시간이 지나자 두 가지 소문이 동시에 돌았다. 사북 동원탄좌에서 광부들이 임금 인상과 어용 노조에 반발하며 광산촌을 점거한 채 경찰과 대치 중이라는 것과 국어 선생은 귀가를 했지만 당분간 출근하지 못할 것 같다는 내용이었다.

수업이 끝나자 민철은 국어 선생 자취방으로 갔다. 대문을 열고 방으로 가자 선생은 이른 저녁밥을 짓고 있었다. 성치 않은 몸이었고, 민철의 눈길을 애써 피했다.

"민철아, 이제 선생님 집에 오지 마."

"왜요?"

"그냥."

말은 그렇게 했지만 두려움에 떨고 있었다.

"그냥이 어딨어요."

"그냥, 선생님 말 들어. 그러니 어서 가."

선생은 말하는 것도 움직이는 것도 힘들어했다. 선생은 다시 한 번 돌아가라고 했고, 민철은 어쩔 수 없이 발길을 돌려야만 했다. 선생 자취방을 나선 민철은 경찰서로 갔다. 미친소 삼촌이라면 선생의 몸이 왜 저렇게 되었고, 자신을 내치는 이유 또한 알고 있을 것 같았다.

퇴근 무렵인데도 경찰서는 분주했다. 평소 텅 비다시피 하던 주차장은 군용 지프와 트럭 등으로 가득했고, 주변으로는 긴장감이 감돌았다. 미친소 삼촌을 만나러 건물로 들어서자 정복 경찰과 사복 경찰이 뒤섞여 있었고, 계급장이 없는 군인과 사복을 입은 군인까지 몰려들어 무슨 일인가 싶었다.

군인들은 전화기를 돌리는 것도 부족해 무전기까지 동원해 여기저기 통화를 했는데, 아무리 찾아봐도 삼촌은 보이지 않았다. 민철이 삼촌 만나기를 포기하고 경찰서를 나오던 참이었다. 검정색 지프 한 대가 먼지를 일으키며 달려오더니 끽, 하고 정문 앞에 멈췄다. 이어 차문이 열리더니 여러 사람이 우르르 내렸는데, 그중에 미친소 삼촌의 얼굴이 보였다.

"삼촌!"

민철이 뛰어가며 소리쳤다.

"왜? 또 뭔 일이나?"

"물어볼 게 있어서요."

"야, 나 지금 사북 일로 엄청 바쁜데. 뭔지 빨리 말해봐."

"국어 선생님이 돌아오셨는데, 혹시 아시는 게 있나 해서요."

"그 여잔 위험인물이니까 근처도 가지 마라. 응?"

"왜 위험인물인데요? 학교 선생님이잖아요."

민철이 답답하다는 듯 삼촌을 물고 늘어졌다.

"야, 이놈아. 선생이고 지랄이고 그 여잔 위험인물이라고. 너 위험인물이 뭔지 몰라? 그 여잔 빨갱이라고, 빨갱이! 알겠어?"

삼촌이 한심하다는 듯 말하고는 걸음을 옮겼다. 민철이 삼촌을 따라가며 "사북에선 무슨 일이 벌어졌어요?" 하고 물었다.

"이누므 새끼가 바빠 죽겠는데 자꾸 말시키네. 얌마, 집에 가서 뉴스 보면 다 나와!"

삼촌이 화를 버럭 내곤 건물 안으로 뛰어들어갔다.

집으로 돌아온 민철은 사북에 있는 왕창에게 전화를 걸었다. 사북도 장거리 전화라 시간은 걸렸다. 교환원은 전화를 받지 않는다며 다시 시도하겠다고 했다. 한참 만에 전화를 받은 왕창은 "야, 지금 큰일 났어. 광부들이 회사를 점거하곤 농성을 하는데, 회사 업무가 마비되고 난리도 아냐"라고 말했다. 민철이 "그 정도로 크게 일어났어?"라고 묻자 왕창은 "야, 말도 마라. 사북은 지금 폭발 직전이야. 이 사람들은 광부가 아니라 폭도다 폭도. 울 아버지도 고한으로 피신했으니 말 다했지. 야야, 나 전화 끊어야겠다. 사람들이 우리 집으로 몰려오는 거 같다" 하며 서둘러 전화를 끊었다.

잠시 후 민철이 왕창에게 다시 전화를 걸어보았지만 연결은 되지 않았다. 걱정이 된 민철은 송희에게 전화를 걸었다. 교환원 너머로 송희의 목소리가 들려왔다. 송희 부모님이 받으면 어쩌나 했는데, 다행이었다.

"나, 민철이야."

"어머, 민철아. 이 시간에 어쩐 일이야? 무슨 일이라도 생겼어?"

갑작스런 전화라 송희가 걱정스러운 듯 물었다.

"아니, 사북에서 큰일이 터졌다기에 걱정이 되어 전화한 거지."

"아, 우리 집은 괜찮아."

"다행이다. 왕창이 말로는 난리가 났다던데 그게 진짜야?"

"난리라기보다는 터질 게 터진 거야. 회사 측과 노조 측에 불만이 많았거든. 임금 착취다 뭐다 하면서 쌓이고 쌓였던 게 이번 일로 터진 거지 뭐."

"일이라는 게 뭔데?"

"광부들 입장을 대변해야 할 노조가 회사 편을 들어주니 불만이 생기지 않겠어? 그렇게 노조에 대한 불만이 있는 데다 회사에서 암행독찰대라는 걸 만들어 광부들을 24시간 감시하고 있으니 광부들이 폭발하는 건 어쩌면 당연한 일이야. 별 일 아니라도 암행독찰대에 걸려 징계위원회에 회부되면 인간 취급도 못 받아. 무릎 꿇리고 욕 얻어먹고……."

"들어보니 폭발할 만했네."

"그뿐 아니야. 오늘은 광부로 위장해서 노조 사무실에 들어갔던 경찰이 있었다는데, 그 경찰이 도망치면서 차로 광부를 갈았다고 해. 경찰차가 광부를 갈아 죽였다는 소문이 돌자 광부들이 전부 들고 일어난 거거든."

"그랬구나. 부모님도 거기 가셨어?"

"응, 지금 사북은 피아가 확실하게 구분된 전쟁터 같애."

"왕창이네는 괜찮겠지?"

"왕창이네는 그동안 한 짓이 있어 무사하긴 힘들 거야. 노조 간부라고 위세가 대단했거든. 지금 노조 위원장이나 간부들 집도 다 파괴되었고 집기들은 불태워지고 난리도 아니야."

통화가 길어지자 아버지가 "뭔 전화를 그리 오래 하나. 언능 저녁 먹자" 했다. 민철 아버지 목소리가 들려오자 송희가 "아버지가 뭐라 그러시네" 했다. 민철이 "응, 저녁 먹자고 그러시네. 그만 끊어야겠다. 잘 지내!" 하곤 전화를 끊었다.

"전번에 왔던 송희랑 통화했는데요. 사북 광산에서 일이 터졌대요."

민철이 밥상에 앉으며 말했다.

"사북 얘긴 나도 들었다. 그러잖아도 사북 애들은 어떤지 궁금해 전화해보려고 했는데, 니가 매형한테 전화 한번 해봐라."

아버지의 말에 민철은 사북 광산에서 일하는 매형 집에 전화를 걸었다. 전화는 사촌 누나가 받았다. 민철이 수화기를 건네주자 아버지가 "작은아버지다. 사북에 일이 났다던데, 다들 괜찮나?" 하고 물었다. 누나는 "안죽은 괜찮은데 경찰이 몰려온다느니 군대가 온다느니 해서 다들 걱정이 커요"라며 소식을 전했다. 몇 마디 더 물어본 아버지는 몸조심하라는 말을 끝으로 전화를 끊었다.

그날 밤 아홉시 뉴스에서는 사북 동원탄좌에서 광부 칠백여 명이 임금 인상과 어용 노조 물러가라며 시위를 벌인다는 내용의 뉴스가 나왔고, 다음 날 신문들은 폭도들이 파출소를 파괴하고 광업소 소장을 폭행하는 등의 유혈 난동을 일으켰다며 노조 위원장 부인이 나무 기둥에 묶여 폭행당하고 있는 사진을 실었다. 신문과 방송에 나오는 내용만으로만 본다면 사북은 무법천지인 데다 폭도들이 벌인 전쟁터와 다름없었지만, 사북 사람들이 전하는 이야기와 신문 방송에 나오는 사북 이야기는 큰 차이를 보였다.

다음 날 학교에서는 사북 이야기로 온종일 시끄러웠다. 간첩이 나타나 광부들을 조종하고 있다는 말로 시작된 사북 이야기는 빨갱이들이 사북에 집결하여 광부들을 적화했다는 이야기로 이어졌고, 노조 위원장 부인을 발가벗긴 후 개처럼 질질 끌고 다니는가 하면 사북파출소가 불타고 경찰들이 광부 옷으로 갈아입고 산을 넘어 도망을 쳤다는 이야기로 넘어가더니 어느 경찰은 죽은 듯 엎드려 있다가 광부들에게 들켜 죽도록 맞았다는 이야기와 경찰서장이 몰매를 맞고 죽었다는 소문까지 돌았다. 소문만 들으면 사북은 전쟁터였고, 사람 사는 마을이 아니었다. 급기야 광부들이 사북으로 들어가는 길을 막았고, 철로를 점거하여 기차도 다니지 못한다는 등 별별 이야기들이 다 나왔다. 학생들은 소문을 옮기면서도 그 불똥이 정선까지 튈까 두려워했고, 사북에 친인척이 있는 학생들은 그 소문들을 모아 가족에게 전하기도 했다.

다음 날은 폭동을 진압하기 위해 11공수가 영월까지 왔고, 곧 사북 투입을 앞두고 있다는 소문과 광부들은 무기고를 털어 총으로 무장을 했고, 다이너마이트까지 곳곳에 묻어놓았다는 소문이 동시에 돌았다. 민철은 이러다 전쟁이라도 나는 건 아닌지 불길한 생각이 먼저 들었다.

오후가 되자 시위를 진압하던 경찰 수십 명이 죽었고 경찰과 대치하던 광부들도 여럿이 죽었다는 소문이 돌았다. 하지만 그날 밤 티브이에는 광부들과 경찰의 충돌로 경찰 한 명이 사망하고 광부 십여 명이 중경상을 입었다는 소식이 메인 뉴스로 나왔고, 안경다리를 사이에 두고 경찰과 광부들이 투석전을 벌이는 영상도 길게 이어졌다.

다음 날 아침 배달된 신문을 읽은 아버지는 말을 잃은 채 담배만 뻑뻑 빨았다.

"허, 이거 참."

아버지가 밀어놓은 신문을 살폈더니 조선일보는 '무법 휩쓴 공포의 탄광촌'이라는 무시무시한 제목을 달고 "평화로웠던 광산촌이 광부들의 난동으로 하루아침에 공포의 거리로 변했다. 연 4일째 폭도로 변한 광부들에 의해 점거된 사북읍은 상가를 철시하고 주민들이 문을 걸어 잠근 가운데 술 냄새를 풍기며 각목과 쇠파이프를 든 광부들만 오가는 죽음의 거리였다"라는 기사를 내보냈고, 동아일보는 '광부 700여명 유혈 난동'이라는 제목 아래 "광부들은 술에 취한 채 사북에서 외곽으로 통하는 육로에 바리케이드를 치고 교통을 차단, 사북파출소와 광업소 사무실 등을 파괴하는 등 사북 일원의 행정을 마비시키고 거리를 휩쓸면서 무차별 폭력 행사를 하는 바람에 사북읍 일대는 나흘째 고립 상태……"라는 기사를 내보냈다.

"아버지, 사람들 말이 계엄 당국에서 방송이나 신문 기사를 하나하나 검열하면서 저들한테 불리한 건 다 뺀다며 신문도 믿을 건 못 된다고 하던데요."

"그래도 명색이 신문인데, 없는 얘길 지어내겠나."

아버지는 신문 기사나 방송 뉴스를 믿는 눈치였다.

"지금이 계엄 중이라 기자들이라고 해서 쓰고 싶은 대로 다 쓸 수 있는 건 아니라던데요."

민철은 다시 한 번 기사를 믿을 수 없다는 듯 말했다.

"박 대통령이 죽고 나니 나라 꼴이 말이 아니다. 대통령 하겠다고 설치는 사람만 있지 나라를 위해 일할 사람은 눈에 들어오질 않으니……."

박정희를 왕으로 생각했던 아버지였다. 육영수 여사가 총격으로 쓰러졌을 때도 눈물을 흘렸고, 박정희가 김재규의 총탄에 쓰러졌을 때도 아버지는 서럽게 눈물을 흘렸다. 어떤 사람은 총으로 흥한 자 총으로 망한다고 했지만 박정희가 죽자 아버지는 "아이고, 어떻게 두 분 다 총으로 서거하시나" 했다.

아버지와 언쟁을 하고 싶지 않았던 민철은 가방을 챙겨 학교로 갔다. 수업 시작 전 교장은 전교생을 연병장으로 집합시키더니 특별 조회를 열었다. 교장은 신문과 방송에 나온 이야기들을 모아 사북 사태의 심각성에 대해 길게 이야기한 후 불순분자들이 사북에서 폭동을 일으켰으니 언제라도 수상한 사람을 발견하면 군부대나 경찰서에 신고하라는 당부를 끝으로 훈시를 마쳤다.

교장의 당부와 달리 그날 저녁 뉴스엔 사북사태 대책본부와 광부 대표가 모여 '경찰 당국은 사태 수습에 실력 행사 금지', '노조 집행부 총사퇴와 상여금 연 400% 인상' 등 11개항에 대해 협상이 타결되었다는 내용과 '사북 사태 피해로는 사망 1명, 중경상자 100여 명, 건물이 1백여 채나 파괴되었다'고 보도했다. 이에 한국노총은 '사북 사태는 저임금 등 나쁜 근로 조건과 노동 삼권이 규제된 가운데 노조가 제 기능을 발휘 못 했던 것이 원인이라고 분석하며 노동 질서 회복'을 주장하는 사북 사태 관련 뉴스가 뒤를 이었다.

다음 날엔 정부와 강원도경이 사북 사태 주동 인물 삼십여 명에 대한 수사에 착수했다는 뉴스와 일주일 후엔 동원탄좌에 근무하는 광부

사천여 명이 각 갱별로 입갱식을 갖고 갱내 복구 작업에 전력을 다하고 있다는 뉴스가 떴다.

그 사이 송희에게 편지가 왔는데, 편지는 노트 한 권 분량이었다. 송희는 사북 사태가 시작되던 날부터 끝나는 날까지 사북에서 있었던 이야기들을 르포처럼 적었다. 편지만 읽어도 그 기간 사북에서 어떤 일이 벌어졌는지 소상하게 알 수 있었는데, 신문과 방송에 나온 사북 모습과는 정반대였다.

송희는 오늘도 학생들이 동원되어 사북 거리를 청소했다고 했고, 편지 말미에는 협상이 극적으로 타결된 다음 날 왕창이네가 야반도주를 하듯 울산으로 이사를 갔으며, 왕창도 부모님을 따라 울산으로 전학을 갔다고 썼다.

"신문과 방송에선 사북을 무법천지라고 보도했지만 저항이 있었던 나흘 동안 사북 사람들은 평생 한 번도 경험해보지 못했던 자유와 평화를 동시에 경험했다. 감시와 통제 아래에서 막장 생을 살아왔던 이들의 눈에는 그 순간 눈물이 흘렀고, 우리도 사람이다, 라는 주장을 힘차게 했다. 칠천여 광부들이 들고 일어나자 자본가 편에 섰던 공권력은 맥없이 무너졌고, 광부들의 함성과 분노는 하늘까지 닿았다. 신문과 방송에선 광부들을 폭도라고 규정했지만, 그것은 자본과 권력의 억압과 착취에 저항한 생존권 투쟁이자 민주주의에 대한 갈망, 그 이상도 이하도 아니었다."
- 송희의 편지 중에서

민철은 송희가 보낸 긴 편지를 읽으며 사북에서 어떤 일이 일어났는지 비로소 알 수 있었고, 신문과 방송이 진실을 어떻게 왜곡하여 보도하는지도 알 수 있었다.

5월이 되자 주변의 산들이 연둣빛으로 옷을 갈아입었다. 아침저녁으로는 여전히 춥게 느껴졌지만 한낮에는 여름이라 할 만큼 더운 날씨도 이어졌다.

5월 들어 첫 번째 정선 장날엔 남조선민족해방전선 사건 선고 공판이 열렸는데, 이재문, 안재구, 신향식, 최석진 등 네 명에 대해 사형을 선고하고 나머지 피고인 예순아홉 명에겐 무기 징역에서 집행 유예까지 모두 유죄를 선고했다는 뉴스가 비중 있게 보도되었다. 이어 대학가에서는 가두시위가 격화되었으며, 그동안 학원 자율화 등을 요구하던 학생들이 학원 민주화와 비상계엄령 해제 등을 요구했다는 보도가 뒤를 이었다.

그로부터 며칠 동안 신문과 방송에선 대학생들의 가두시위가 폭력적이라는 보도가 줄을 이었고, 휴일에도 전국의 대학가 시위는 쉬지 않고 이어졌다.

민식이 형

일요일과 어린이날로 이어지는 연휴에도 민철은 학교로 갔다. 공부를 한다는 핑계로 집을 나왔으나 공부는 되지 않았다. 빈 교실을 혼자 지키던 민철은 국어 선생 집에 갔다. 선생 방은 문을 열고 닫은 흔적도 없어 마치 빈 방처럼 느껴졌다. 대문 밖을 서성이던 민철은 장에 다녀오는 주인 할머니를 만났다. 할머니를 붙잡고 선생의 근황을 물어보았으나 할머니는 "밥은 해 먹는지 덜그럭 소리는 가끔 나는데, 맨날 방에만 있으니 나도 몰라"라는 답을 할 뿐이었다.

"누구 찾아오는 사람은 없었어요?"

"찾아오는 사람은 없어도 선생을 지키는 사람은 있던걸."

"선생님을 지켜요? 누가요?"

민철의 눈이 동그랗게 커졌다.

"누군지 내가 어찌 아누. 선생이 돌아오고 난 후부터 못 보던 사람이 집을 지켜보는 거 같아 그런 거지."

할머니의 말이 사실이라면 선생을 감시하는 사람이 있다는 거였다. 민철은 선생이 자신에게 냉정하다 싶을 정도로 돌아가라고 말한 게 그제야 이해가 되었다. 민철은 다시 학교로 돌아와 선생님께 무슨 일이 있었던 건가 생각해보았지만 막스 말고는 연관 지을 수 있는 건 하나도 없었다.

어린이날 저녁 시간엔 울산으로 떠났다던 왕창에게서 전화가 왔다. 그는 울산으로 이사 왔다며 "인사도 못하고 급히 떠났는데, 잘 지내냐?"라고 물었고, 민철은 늘 그렇게 지낸다고 답했다.

"야, 울산 오니 바다도 있고 좋다. 까이들도 이쁘고 사내새끼들도 화끈해. 학교에서도 제법 터를 잡았으니 미친소랑 한 번 놀러 와라. 바닷가에 가서 홀떡 벗고 한판 놀게."

왕창이 특유의 너스레를 떨며 말했다. 목소리만으로는 왕창이네가 야반도주를 했다는 게 믿기지 않을 정도라 민철은 내심 당황했다.

"정선에서 울산까지 몇 시간이나 걸릴까?"

울산이라는 데가 경상도 동해안에 있다는 정도만 알고 있는 민철에게 왕창의 말은 신선했다.

"정선역에서 기차 타고 제천역까지 와서 울산 오는 기차 갈아타면 돼. 소주 반 짝 정도 마시다보면 도착한다니 그리 먼 거리는 아니여."

"알았으니 잘 지내고 있어라."

"걱정하지 마, 나 왕창이야."

왕창이 큰 소리로 웃으며 목소리를 높였다.

다음 날 학교에서 돌아오니 민식이 형이 내려와 있었다. 인천의 한 체육고등학교에 다니던 민식이 형은 학교를 때려쳤다며 가지고 온 교과서를 마당에 쌓아둔 채 불을 지르고 있었다. 술에 취해 있었고, 혼자 욕설을 내뱉거나 지나가는 사람을 향해 소리를 지르기도 했다. 난데없는 일이라 아버지나 엄마 모두 당황하는 눈치였다.

중학교 2학년 때 선배와 싸우다 퇴학당했을 때도 민식이 형을 나무라지 않았던 아버지였다. 남자로서 그럴 수도 있다는 거였다. 민식이 형이 혼자 서울로 올라가 영등포에 있는 중학교에 편입하고, 그 학교가 문교부 인정이 되지 않는다며 경기도 광주에 있는 어느 중학교로 학교를 옮긴 것도 민식이 형이 스스로 한 일이었다. 아버지는 그런 민식이 형을 대견스럽게 여겨 하숙비를 꼬박꼬박 보내주었고, 중학교를 졸업한 민식이 형은 혼자 힘으로 인천의 한 체육고등학교에 입학했다. 홀로 입학한 민식이 형이 연휴를 맞아 사관생도 같은 교복을 입고 집에 오자 엄마와 아버지는 감격의 눈물을 흘렸다. 그랬던 민식이 형이 교과서를 태우며 눈물을 줄줄 흘리자 아버지는 더 이상 참지 않았다.

"니가 대체 왜 이러냐. 뭔 일이 있었기에 학교를 그만둔다는 게냐. 애비한테 말해봐라, 뭔 일인지."

아버지가 민식이 형의 멱살을 잡고 흔들었다.

"그놈의 학교 다니기 싫어 그만둔다는데, 뭔 이유가 있어요!"

민식이 형이 아버지 손을 뿌리치며 소리쳤다. 화가 난 아버지가 민식이 형 따귀를 때리자 엄마가 나섰다.

"아를 왜 때려요. 말로 하지."

"맞을 짓을 하니 때리지 왜 때리겠어!"

아버지와 엄마의 언성이 높아지자 동네 사람들이 하나둘 모여들었다. 그 순간 민식이 형이 나무 작대기를 찾아오더니 "에이, 시팔!" 하면서 가게 유리창을 깨기 시작했다. 저녁 시간 유리 깨지는 소리가 와장창 나자 지나가는 행인들까지 무슨 일인가 싶어 모여들었고, 저녁밥을 먹던 아이들까지 쪼르르 달려나왔다.

유리창을 깨는 민식이 형은 미친 사람처럼 고함을 지르며 욕설을 쏟아냈다. 구경을 하던 동네 사람들도 누구 하나 나서지 못했고, 말릴 엄두 또한 내지 못하는 상황이었다. 민철도 민식이 형의 난동을 지켜만볼 뿐 형의 행동을 막아서지 못했다.

"저놈의 새끼가 대체 왜 저러는지 아다가도 모르겠네."

엄마는 발을 동동 구르며 눈물만 찍어냈다. 그때 앞집에 사는 민철이 친구 오빠가 지나갔다. 경찰서 순경인데, 퇴근하는 중인 모양이었다. 엄마가 달려가 "아이구, 이 순경. 우리 민식이 좀 말려줘. 저러다 뭔 일 내겠어." 하며 손을 잡아끌었다.

"민식이가 왜 저런대요?"

"학교를 그만뒀네 하면서 난리를 치는데, 말릴 수가 있어야지."

그 사이에도 유리창이 와장창 와장창 깨졌고, 민식이 형 얼굴에선 피가 흐르고 있었다. 민식이 형이 뺨으로 흐르는 피를 손으로 훔치는 순간이었다. 이 순경이 민식이 형에게 달려들어 두 손을 꺾었다.

"시발놈아, 이거 안 놔!"

두 팔이 뒤로 꺾어지자 민식이 형이 소리쳤다.

"민식아, 앞집 형이다. 엄마 아버지 생각도 좀 해야지. 니가 집에서 이러면 되겠냐. 저리 가자."

이 순경이 민식이 형을 데리고 어둠 속으로 사라졌다. 민식이 형이 뭐라 몇 마디 소리치는 소리가 들렸지만 이내 조용해졌고, 구경하던 마을 사람들도 하나둘 돌아갔다.

이른 아침부터 아버지는 깨진 유리 조각을 줍고 부러진 문짝도 수습했다. 유리 창문으로 된 민철네 집은 사각으로 된 작은 유리창이 수십 장이나 되었는데, 성한 건 하나도 없었다. 문짝까지 부러져 집은 폐허처럼 볼썽사나웠고, 가게에 보관 중이던 약초 더미가 훤히 들여다보였다.

아침밥을 먹는 둥 마는 둥 한 민철은 가방을 챙겨들고 나오다 아버지의 한숨 소리를 들었고, 몰래 눈물을 훔치고 있는 엄마도 보았다. 간밤 고래고래 소리를 지르던 민식이 형은 피투성이가 된 얼굴을 하고선 잠에 떨어져 있었고, 이불 여기저기엔 피가 잔뜩 묻어 있었다. 집을 나오다 말고 방으로 들어간 민철은 노트를 찢어 민식이 형에게 글을 남겼다.

어느 책에서 봤는데, 형이 다니던 학교 설립자가 악질 친일파래. 친일파가 만든 그따위 학교 잘 그만두었어.

연행 또 연행

낮 동안 깨진 유리 문짝은 말끔하게 수리되었고, 유리창도 다시 끼워졌다. 민철이 집에 돌아왔을 때 집 모습은 정상으로 돌아왔으나 아버지와 엄마의 심기는 여전히 불안했다. 오후에 나간 민식이 형이 어디선가 술을 마시고 있다는 이야기를 들은 때문이었는데, 술에 취한 민식이 형이 무슨 짓을 또 저지를지 몰라 안절부절 못하는 분위기였다. 저녁을 먹은 민철이 가방을 주섬거리자 엄마가 물었다.

"학교 가려고?"

"아니, 친구네 집에 자러 가. 민식이 형 또 술 마시고 들어올 텐데, 그럼 난 잘 데도 없잖아."

민철의 말에 엄마는 한숨을 내쉬며 "그렇게 해라" 했다. 집을 막 나서려는데, 전화벨이 울렸다. 시간상 아버지를 찾는 전화는 아닐 것이었다. 술값을 가지고 나오라는 민식이 형의 전화일 수도 있었다. 민철이 방으로 뛰어들어가 전화를 받았다. 수화기 너머로 들려오는 소리는 민식이 형이 아니라 송희의 숨찬 목소리였다.

"민철아, 우리 아빠가. 아빠가……."

"송희야, 아빠가 왜?"

"방금 전 군인들에게 끌려갔어!"

송희는 두려움과 공포에 떨고 있었다.

"무슨 말이야! 군인들이 아빨 왜?"

"지난 번 일로 그러는 거 같은데, 아빠 말고도 앞에 나섰던 분들이 다 잡혀가셨대. 잡혀간 분들이 이백 명이나 된다고 하는데, 지금 사북은 난리도 아니야. 민철아, 어떡하면 좋아……."

송희가 울음을 터트렸다. 민철은 송희를 진정시키며 사북에서 무슨 일이 생기고 있는지 자세히 말해보라고 했다.

"저녁을 먹고 있는데, 갑자기 군인들이 들이닥치더니 아빠를 마구 패. 워커발로 걷어차고 밟고 하더니 군인들이 아빨 밖으로 질질 끌고 나가. 아빨 끌어낸 군인들이 또 한참을 패더니 축 늘어진 아빠를 짚차에 태우고 가버렸어. 이웃집 아저씨도 잡혀가고 윗집 아줌마도 잡혀가고 막 잡아가."

송희는 울음을 그치지 못했다. 송희는 아빠가 끌려간 후 다른 군인들이 들이닥치더니 집 안 곳곳을 뒤져 책과 유인물, 깃발 등을 압수해 갔다는 말도 덧붙였다.

"민철이가 선물한 『解放前後史의 認識』 책도 빼앗겼는데, 군인이 그래. 이 새끼, 이런 책을 읽는 거 보니 빨갱이 맞네. 그 순간 군인한테 그 책은 내가 읽는 책이라고 말했어야 하는데, 난 그 말도 못하고 무서워서 벌벌 떨기만 했어. 민철아, 우리 아빠 어쩌면 좋아……."

말을 마친 송희는 소리 내어 울었다. 민철은 "크게 걱정하지 마. 별일 아닐 거야"라며 송희를 진정시켰지만 당혹스러운 건 마찬가지였다. 자신이 선물한 책으로 인해 송희 아빠가 더 큰 곤욕을 치를 수도 있겠다는 생각까지 들자 미안함이 앞섰다.

"송희야, 미안해."

"아니야, 내가 잘못한 일이야. 내가······."

송희는 또 울었다. 우는 소리가 하도 커서 그 소리가 마당까지 퍼졌다. 그러잖아도 민식이 형 때문에 심란해하고 있는 부모님은 또 무슨 일인가 싶어 가슴을 졸였다. 송희는 한참을 더 울다 전화를 끊었는데, 옆에서 듣고 있던 엄마가 걱정 가득한 표정으로 "대체 뭔 일이냐?"라고 물었다.

"사북 사태 때 앞에서 주동하던 사람들이 군인들에게 잡혀갔는데, 송희 아빠도 잡혀갔다고 그래요."

"그래? 그거 큰일이구나."

"광우 삼촌에게 알아봐야겠어요."

"알아보긴, 니가 알면 뭘 하겠다고 그런 일에 나서나. 모난 돌이 정 맞는 세상이다. 우리 같은 것들은 그냥 국으로 가만있는 게 상수다."

아버지가 나섰다.

"친구 아빠가 끌려갔다는데 어떻게 모른 척해요."

"살다보면 보고도 못 본 척 들어도 못 들은 척 알아도 모른 척해야 할 때도 있으니 공연히 함부로 나서지 마라."

"그래도요."

"민철아, 아버지 말 들어라."

힘겨운 시절을 살아온 아버지였다. 경험에서 비롯된 아버지의 생각은 바뀌지 않을 것이었다. 민식이 형 때문에 가뜩이나 긴장한 집이었다. 민철은 자신이 물러나는 게 옳은 일이라 생각했다. 민철은 알았다며 집을 나섰다.

하지만 집을 나온 민철은 곧장 정선경찰서로 갔다. 경찰서는 무장을 한 군인이 경계를 서고 있었는데, 며칠 전보다 더 삼엄해진 느낌이 들었다. 정문을 지키던 군인이 민철을 제지하며 "어이, 학생 어딜 가!" 하고 물었다. 전에 없던 일이라 민철도 조금은 당황한 듯 얼버무렸다.

"보안과에 근무하는 삼촌 만나러 왔는데요."

민철의 말에 경계를 서고 있던 군인이 들어가도 좋다는 듯 손을 흔들었다. 정문을 통과하자 경찰서는 저녁 시간임에도 분주했다. 군인과 경찰들이 수시로 들락거렸고, 건물 안에서는 고함도 들렸다. 그때 지프가 도착했고, 군복을 입은 군인들이 피투성이가 된 사람들을 차에서 끌어냈다. 그들은 공포에 질린 채 질질 끌려 건물 뒤로 사라졌다. 광부 복장을 한 것으로 보아 사북에서 온 사람들이 분명했다. 광부들이 끌려간 곳은 경찰서 뒤에 있는 무도관 건물인데, 민철도 친구들과 함께 가본 적 있는 곳이었다.

잠시 후 지프 한 대가 또 도착했고, 대기하고 있던 군인들이 피로 얼룩진 광부를 무도관으로 끌고 들어갔다. 광부를 실어 나른 지프는 급히 어디론가 떠났고, 또 다른 지프가 들어왔다. 이번엔 여성이 끌려 나왔는데, 머리는 산발인 데다 고통스러운지 신음 소리를 연방 냈다. 군인들은 광부들을 짐승 다루듯 질질 끌고 가다가 조금이라도 군소리를 내면 총 개머리판으로 뒷머리를 가격하거나 워커발로 옆구리를 걷어차기도 했는데, 그 가공할 폭력에 광부들은 저항 한 번 해보지 못했다. 저들 중엔 송희 아빠도 있을 것이었으나 군인들 틈을 비집으며 "혹시 송희 아버지 아니신가요?"라고 찾을 용기도 형편도 되지 않았다.

지프는 계속해 들락거렸고, 끌려오는 광부들의 수도 점점 늘어갔다. 나치가 등장하는 전쟁 영화에서나 볼 법한 장면이 눈앞에서 펼쳐지고 있자 민철의 몸은 절로 움찔했다.

민철은 잔뜩 겁먹은 표정을 지으며 경찰서 안으로 들어갔다. 좁은 복도는 군인들로 웅성거렸고, 여기저기에서 고함과 비명이 들려왔다.

민철은 좁은 복도를 지나 삼촌의 사무실로 갔다. 보안과 사무실은 평소와 달리 군인과 사복 경찰들이 섞여 있었는데, 삼촌은 없었다. 근무자에게 삼촌의 행방을 물으니 무도관에 가보라는 말이 돌아왔다. 보안과를 나온 민철은 미친소 삼촌이 있다는 무도관 건물로 갔다.

경찰서 뒤에 있는 무도관은 사북 사건을 해결하기 위한 〈계엄사령부 사북 사건 합동수사단〉 건물로 쓰이고 있었다. 무도관으로 사용하던 때는 강당처럼 넓고 텅 비었었는데, 합동수사단이 들어오면서 실내는 사무실처럼 작은 칸막이가 길게 이어져 있었다. 민철이 건물 안을 기웃거리자 계급장도 없는 군인들이 험상궂은 표정으로 왔다 갔다 했고, 몽둥이를 든 군인도 있었다. 칸막이를 한 방에서는 비명과 고함이 섞여 나왔는데, 어느 방에선가는 "너 이 새끼, 북에 갔었잖아. 다 알고 있으니 빨리 불어 새꺄!" 하는 군인들의 고함이 건물 밖까지 흘러나왔다. 광부는 그런 적 없다고 악을 썼고, 군인들은 "이 새끼 봐라!" 하며 매질을 시작했다. 때리는 소리와 맞는 소리가 동시에 들려오는 무도관 건물은 도살장처럼 광기와 공포로 가득 차 있어 가까이 접근하는 것조차 두려웠다.

그때 광부복을 입은 사람이 또 끌려왔는데, 군인들은 기다렸다는 듯 광부를 향해 집단 매질을 했다. 광부는 이내 기절한 듯 축 늘어졌고, 군인들은 늘어진 광부를 질질 끌어 어느 방으로 던져 넣었다.

민철이 합동수사단 건물을 기웃거리고 있는데, 미친소 삼촌이 군복을 입은 사람과 어느 방에선가 나왔다. 두 사람은 서류를 뒤적거리며 대화를 나눴고, 잠시 후 군인은 다시 방으로 들어갔다. 민철은 그때다 싶어 "삼촌!" 하고 불렀다.

"여긴 또 웬 일이냐?"

삼촌이 난데없다는 듯 물었다.

"사북 사는 친구가 있는데요. 친구 아버지가 군인들에게 끌려갔다고 하는데, 무슨 일인가 싶어서요."

"얌마! 일은 무슨 일이야. 학생이 공부나 하지 이런 덴 왜 찾아오고 그래. 얼른 집에 가!"

삼촌이 귀찮다는 듯 손을 휘휘 저었다.

"친구 아버지가 왜 끌려왔는지 알려주면 갈게요."

"하, 그느무 새끼 보게. 얌마. 여기 끌려온 놈들은 다 빨갱이들이야. 순진한 광부들 꼬드겨서 폭동을 일으킨 놈들이다 이 말이야. 알겠어?"

삼촌이 서류철을 흔들며 말했다. 민철은 그제야 무도관에서 어떤 일이 벌어지고 있는지 짐작이 갔다. 민철이 알았다며 발길을 돌리자 삼촌이 "민철이 너 국어 선생 집에 가끔 가는 거 같은데, 두 번 다시 가지 마라. 그러다 너도 다쳐. 알았어?"라며 한마디 던졌다. 민철이 걸음을 멈추며 "삼촌, 국어 선생님께 무슨 일이 있었기에 잡혀가고 감시당하고 그러는 거예요? 뭘 알아야 선생님 집에 가든 말든 하지요"라고 물었다.

"느이 국어 선생은 미끼야 미끼. 알겠어? 그러니 잘못 물었다간 일 난다 이 말이야. 알겠냐?"

"참나, 미끼라고 하면 무슨 말인지 어떻게 알아들어요?"

"그냥 그런 줄 알고 얼씬 거리지나 마."

말을 마친 삼촌은 바쁘다며 경찰서 건물로 뛰었다. 그 사이에도 무도관 안에서는 비명이 끊이지 않았고, 비명을 지르는 이들 중에 송희 아빠가 있을 것이라는 생각을 하니 발걸음이 떨어지지 않았다.

민철은 황급히 사라지는 미친소 삼촌을 멍하니 바라보다 무도관을 떠났다. 경찰서를 나온 민철은 국어 선생 집으로 걸음을 옮겼다. 광기와 폭력으로 가득 찬 경찰서와 달리 정선의 밤거리는 고요했다. 민철은 삼촌이 말한 미끼라는 말을 생각하며 서점이 있는 사거리를 지났다. 골목을 꺾어 선생 집에 이르니 방은 어둠에 젖어 있었고, 대문을 기웃거리는 그림자 하나가 민철의 눈에 들어왔다. 누군가 싶어 걸음을 멈추자 그림자는 순식간에 사라졌고, 뛰듯 멀어지는 발소리만 아득하게 들려왔다.

민철은 순간 그림자의 정체가 경찰일 수도, 선생을 끌고 갔던 군인일 수도 있겠다는 생각을 했다. 그런 감시자가 아니라면 미친소 삼촌 말대로 미끼를 만나러 온 그 누군가가 막스일 수도 있겠고, 막스와 관련된 인물일 수도 있겠다는 생각이 들었다. 감시자라면 다행스런 일이겠지만 다른 인물일 경우 선생과 막스 둘 다 위험한 상황에 빠질지도 모를 일이었다. 삼촌이 말한 '미끼'라는 말이 주는 함의는 결코 가벼운 것이 아니어서 민철의 몸엔 소름이 오소소 돋아났다.

고문의 계절

　송희 아빠가 끌려갔다는 전화 때문에 오늘이 어버이날이라는 걸 깜박했다. 민철은 눈을 뜨자마자 미친소 방을 나섰다. 집으로 가는 길 꽃집에 들른 민철은 카네이션 두 송이를 샀다. 집에 도착하니 민식이 형은 술에 취해 잠든 채였고, 아버지는 건조장에서 연탄불을 갈고 있었다. 건조장에선 한약재가 말려지고 있었는데, 아버지는 값싼 중국산 약재가 들어오면서 연탄값도 나오지 않는다고 힘들어했다.

　"이걸 계속해야 할지 모르겠구나."

　아버지의 한숨이 깊었다. 그럴 때 민철이 할 수 있는 일은 아버지를 웃게 만드는 일이었지만, 그럴 분위기도 아니었고 기분도 아니었다. 민철은 말없이 아버지와 엄마 가슴에 카네이션을 달아드렸다. 아버지와 엄마는 꽃을 달자 모처럼 환하게 웃었다.

　"고맙다. 밥 먹자."

　엄마는 밥을 차렸다. 반찬은 봄나물과 더덕무침 등이 올라왔다. 민식이 형은 민철이 밥을 먹고 학교로 갈 때까지 일어나지 않았다. 학교에 가자 교실은 아침부터 시끄러웠는데, 학생들은 신문을 펼쳐놓고 근심과 걱정을 동시에 토로하고 있었다. 신문엔 '군경합동수사반 사북 사태 관련자 28명의 신병 확보 조사'라는 제목의 기사가 떴는데, 사북 사태를 주도한 주동자 스물여덟 명을 체포하여 조사 중이라는 내용이 들어 있었다.

"간밤 우리 작은아버지도 주무시다 잡혀가셨다는데 면회도 안 시켜준다고 하던걸."

한 친구가 말했다.

"우리 형 말로는 잡혀간 광부들이 스물여덟은 훨씬 넘는다고 하던데? 그리고 지난 번 정부와 합의할 때 광부들한테 보복하지 않기로 약속을 했다는데, 그걸 군인들이 뒤엎었다며 사북에선 부글부글한대."

다른 친구도 한마디 했다.

"우리 작은아버지 말로는 평소 사이가 좋지 않은 사람이 있으면 저 사람도 앞장섰다 저 사람도 앞장섰다 하며 신고를 막 한대. 그러면 영락없이 군인들이 와선 잡아간다는 거지. 지금 사북은 서로 고발하고 신고하는 통에 사람이 살 곳이 못 된대."

"말도 마, 난 간밤 경찰서에서 들려오는 비명 소리 땜에 잠을 못 잤어."

경찰서 뒤에 사는 친구가 하품을 길게 했다.

넷 다 맞는 말이었다. 면회도 금지였고, 합의 사항을 위반한 것도 사실이고, 광부들의 비명 소리가 컸던 것도 사실이었다. 하지만 군인들이 보복을 하더라도 지도부가 전원 검거된 상황이라 지난번처럼 대규모 시위는 불가능할 것이라 생각했다.

학교는 군인들에게 끌려간 광부 이야기로 온종일 뒤숭숭했다. 집중이 되지 않으니 공부도 되지 않았다. 소설책을 읽어도 눈으로만 읽을 뿐 머릿속으로 들어오지도 않았다. 화장실 뒤로 가 친구들과 담배를 피우기도 했지만 그마저도 재미는 없었다.

민철은 며칠 전 만났던 친구를 떠올리며 학교는 다녀서 뭐하나, 라는 생각이 들었다. 1학년 때 교장실과 교무실을 박살냈던 일로 일약 스타가 된 그 친구는 학교를 다니지 않으니 마음이 편하다고 했다. 심심하지 않느냐고 민철이 묻자 친구는 보고 싶은 책이 하도 많아 심심할 틈이 없다고 했다. 민철은 그런 친구가 부러웠다. 그때 친구는 술에 취한 채 학교에 와선 "이따위 학교 다 부셔버리겠다"며 교장실과 교무실 유리창을 다 박살냈는데, 구경에 나선 학생들이 잘한다며 응원의 박수를 보내기도 했다. 그날로 자퇴를 한 친구는 검정고시를 준비하고 있다고 했는데, 해군 사관생도가 되어 배를 타고 먼 바다까지 가보는 게 꿈이라 했다.

민철도 바다를 자유롭게 항진하는 향유고래가 부러웠던 적이 있었다. 수심 깊은 곳까지 내려갔다가 장난치듯 수면을 박차고 오르는 모습은 희랍인 조르바보다도 자유롭고 아름다워 숨이 막힐 지경이었다. 2학년 신학기가 시작되었을 때만 해도 꿈을 이루기 위해 의욕이 넘쳤던 민철이었다. 눈 딱 감고 이년 만 공부라는 걸 해보자라고 작심도 했었다. 하지만 고작 두 달이 지났을 뿐인데, 그 사이 감당할 수 없을 정도로 많은 일들이 생겼다. 민철은 다시 기차를 타고 싶었고, 집과 학교와 정선이 지겨워지기 시작했다. 생각 같아선 당장이라도 학교를 그만두거나 서울로 올라가 대학생들처럼 화염병을 던지며 세상과 싸우고 싶었다. 그런 생각이 강할 때마다 민식이 형의 자퇴가 발목을 잡았다. 한 집안에서 아들 둘이 학교를 그만두고 빈둥거린다면 아버지는 집안에 망조가 들었다며 한탄하실 게 뻔했다. 수업 내내 그런 생각에 골몰했지만 현재로서는 아무런 답도 내릴 수 없었다.

오후 수업은 국어 시간으로 시작되었다. 새로 온 국어 선생은 샌님처럼 생겼는데, 학생들이 떠들든 말든 수업을 진행하는 스타일이었다. 서로 간섭하지 않기에 수업을 듣는 학생들도 편하게 한 시간을 보냈고, 선생은 선생이 해야 할 일만 하고 교실을 나가곤 했다. 선생이 들어오자 반장이 차렷, 경례를 했고, 선생은 편지 한 통을 들어 보이며 민철을 호명했다.

"강민철, 학교로 편지 왔다. 가져가라."

민철은 고개를 갸웃거리며 내게 학교로 올 편지가 있던가? 했다.

"펜팔 친군가? 글씨가 이쁘네."

국어 선생이 편지를 건네주며 말했다. 친구들이 우우, 하며 부러운 듯 함성을 질렀고, 편지를 받아보니 보낸 이가 '일출여인숙'에서 만난 '릴리 이근영'이었다.

"아는 동생입니다."

민철이 선생에게 그렇게 답하곤 자리로 돌아왔다. 선생은 여느 때처럼 자신의 수업을 이어갔고, 민철은 봉투를 뜯어 편지를 읽기 시작했다.

오빠, 근영이에요. 잘 지내시죠? 저도 오빠 덕분에 잘 지내요. 진작 편지 드려야 했는데, 쑥스럽기도 하고 그래서 이제야 펜을 들었답니다. 오빠, 저는 오빠와 군인 아저씨들 덕분에 집에 잘 돌아왔고요. 지금은 고등학교 1학년에 다니고 있어요. 지난 시간을 생각하면 아픈 기억이 많지만 다 잊기로 했구요. 단 하나 오빠를 만난 일과 착하게 살라는 오빠 말만 기억하기로 했어요. 그때만 생각하면 지금도 눈물이 나는데요. 하지만 이젠 울지 않으려고요……

근영이 보낸 편지는 넉 장이었다. 볼펜으로 꾹꾹 눌러쓴 편지는 울면서 썼는지 눈물 자국도 곳곳에 있었다. 마지막 편지에는 민철을 꼭 닮은 그림이 그려져 있었는데, 근영은 그림 옆에다 "내 생의 은인인 민철 오빠"라고 적었다. 민철은 근영에게 답장을 썼고, 쉬는 시간을 이용해 밖으로 나가 서점에 들렀다. 근영에게 선물할 책으로 정호승 시집 『슬픔이 기쁨에게』를 고른 민철은 우체국으로 뛰어가 소포로 보냈다.

다시 수업은 이어졌고, 수업 내내 미친소와 주기동은 근영이 누군지에 대해 집요하게 물었다. 민철이 말해주지 않자 미친소는 "치사한 놈!"이라며 툴툴거렸는데, 민철은 '일출여인숙' 사건에 대해선 끝내 입을 열지 않았다.

수업이 끝나자 민철은 곧장 학교를 나섰다. 미친소와 주기동은 친구 자취방으로 몰려갔지만 의미 없이 마시는 술도 지겹다는 생각이 들었다. 그렇다고 집으로 가긴 더욱 싫어 민철은 잠시 걸음을 멈추고 어디로 갈까, 고민했다. 그때 애국가가 거리에 울려 퍼지며 국기 하강식이 시작되었고, 민철은 꼼짝없이 국기에 대한 경례를 했다.

나는 자랑스런 태극기 앞에 조국과 민족의 무궁한 영광을 위하여 몸과 마음을 바쳐 충성을 다할 것을 굳게 다짐합니다.

국기 하강식이 끝나자 민철은 극장으로 걸음을 옮겼다. 거리에는 낯선 포스터들이 곳곳에 붙어 있었는데, 가까이 가보니 백발 수염을 한 노인이 민철에게 손가락질을 하며 "너는 조국을 위해 무엇을 할 것인가"라고 묻고 있었다. 총검을 든 군인들과 맞서 위기에 빠진 조국을 구하라는 건지 그도 아니면 대학생들처럼 화염병을 던지며 독재 타도를 외치라는 건지 그것도 아니라면 정부에서 하는 일에 대해 무조건 응원하라는 건지 알 수 없었다. 두 눈을 부릅뜬 채 질문을 던지는 노인의 표정은 사뭇 진지해 보였지만 민철은 피식 웃고 말았다. 총 든 군인들이 이미 사방에서 설치고 있는데, 어쩌란 말인가 싶었다. 때리면 맞고 구르라면 굴러야 하는 학생 입장에서 조국을 위해 할 일은 아무리 생각해도 떠오르지 않았다.

요즘 영화가 다들 벗는 영화 말고는 홍콩 영화 일색이었는데, 이번에도 다르지 않았다. 정선극장에서는 성룡 주연의 〈사제출마〉가 상영되고 있었고, 평화극장에선 유지인 주연의 〈마지막 밀애〉가 상영되고 있었다. 둘 다 민철이 좋아하는 영화는 아니었다. 그럼에도 민철은 집으로 돌아가지 못하고 망설였다. 두 극장의 중간 지대인 봉양파출소 앞에 앉아 정선극장과 평화극장을 번갈아 바라보던 민철은 정선극장으로 향했다. 〈마지막 밀애〉처럼 울고 짜고 벗는 영화보다는 그나마 영화를 보는 순간만이라도 웃을 수 있는 홍콩 영화가 더 좋을 듯싶었다.

지난 3월만 해도 '시네마순보'로 이름이 바뀌었던 '대한뉴스'가 5월이 되자 두 달 만에 제 이름을 찾았다. 영화가 시작되기 전 애국가가 나왔고, 『난중일기』 등 고문헌을 토대로 만든 거북선이 사백 년 만에 복원되었다는 '대한뉴스'도 나왔다. 기존의 성룡 영화는 복수를 하는 내용이 대부분이었으나 영화 〈사제출마〉는 사자놀이도 볼 만했지만 스토리도 나름 신선했다. 시간 가는 줄 모르고 영화를 본 민철은 어둠이 깔리고서야 집으로 돌아갔는데, 민식이 형은 외출 중이었다.

이튿날 전국 각 대학에서는 학생들이 비상계엄 해제를 요구하며 철야 농성에 들어갔다는 뉴스가 신문을 장식했고, 민철네 학교는 신부산으로 봄 소풍을 갔다. 학생들은 야외 전축에 남진 음반을 틀어놓고 고고 춤을 추었지만 춤출 기분은 아니었다. 슬그머니 자리를 빠져나온 민철은 소나무 숲으로 들어갔다. 숲 사이로는 정선 읍내가 내려다보였고, 선생 몰래 술 마시기엔 최적의 장소였다. 민철이 보이지 않자 미친소와 주기동이 찾아왔고, 셋은 여학생을 임신시킨 후 퇴학당한 친구 이야기를 안주 삼아 소주를 마셨다.

그 다음 날은 동국대학교 교수들이 시국 선언을 했고, 서울과 지방의 스물세 개 대학 총학생회 회장들이 '평화적이고 비폭력적인 방법으로 교내 시위를 하는 것을 원칙'으로 한다는 공동 성명을 발표했다는 소식과 최규하 대통령이 중동 순방길에 오른다는 뉴스가 이어졌다.

일요일엔 송희가 어머니와 함께 정선에 왔다. 마중을 나가자 기차역에서 내린 사람들은 송희네뿐 아니라 여러 가족이었는데, 다들 사북 사태로 인해 군인들에게 잡혀간 광부들의 가족들이었다. 그들은 정선경찰서로 이동하여 면회를 요구했으나 허락되지 않았다. 얼굴만이라도 볼 수 있게 해달라는 요구 또한 받아들여지지 않자 가족들은 마당에 모여앉아 농성을 시작했다. 그러자 총 든 군인들이 나타나 가족들을 정문 밖으로 밀어냈고, 그 과정에서 가벼운 실랑이도 있었다.

경찰서 밖으로 밀려난 가족들은 서로를 부둥켜안고 눈물을 쏟았다. 답답했던 민철은 경찰서 안으로 들어가 미친소 삼촌을 찾았다. 삼촌은 출타 중인지 보이지 않았다. 민철은 군인들 눈치를 살피며 무도관 건물로 가보았다. 어쩐 일인지 무도관 건물은 조용했다. 민철은 가족들이 경찰서로 몰려왔기에 고문을 멈춘 것이라 생각했다. 민철 생각이 맞았던지 가족들이 경찰서를 떠나 정선역으로 움직이자 무도관 건물은 다시 바빠졌고, 비명 소리와 고함 소리가 뒤섞여 나오기 시작했다.

다시 한 주가 시작되었고, 서울 스무 개 대학 일만여 명의 학생과 지방 열일곱 개 대학의 학생들이 야간까지 가두시위를 벌였다는 뉴스가 전면에 등장했다. 신문은 학생들의 시위로 사회 불안이 가속되고 있다며 고정간첩이나 국가전복 세력을 경계해야 한다는 글도 실었다. 다음 날엔 김옥길 문교부장관이 학생들의 가두시위에 대해 우려를 표시하며 최규하 대통령이 귀국할 때까지 시위를 자제해달라는 담화문을 발표했다. 이어 전국 육십여 개 대학 수십만 명의 대학생이 계엄 철폐를 요구하며 가두시위에 나섰고, 서울 지역에선 서른다섯 개 대학 십만여 명의 대학생이 서울역에 집결하여 연좌시위를 벌였다는 뉴스까지 숨 가쁘게 이어졌다.

세상은 시위대와 데모대로 넘쳐났고 뉴스만 보면 나라가 곧 무너질 것 같았다. 대통령이 죽고 난 이후 군인들끼리 총격을 가하고, 스크럼을 짠 대학생들이 거리를 점령하고, 정치인들이 서로 다른 주장을 하며 대통령을 꿈꾸는 사이 나라는 혼돈 속으로 빠져들어갔다. 사람들은 진실이 무엇인지 알 길이 없어졌고, 주장과 주장이 싸우고 주장이 또 다른 주장을 덮는 일 또한 늘어났다. 민철 아버지도 뉴스만 보면 한숨을 푹푹 내쉬었고, 군인을 태운 지프의 행렬도 더 자주 보였다. 학생들도 쉬는 시간만 되면 서울에서 벌어지고 있는 대학생들의 시위 소식을 나누느라 바빴다. 점심시간이 지나면서는 간밤 국어 선생을 찾아왔던 누군가가 군인에게 잡혀갔다는 소문도 돌았는데, 소문만으로는 그가 막스인지 아닌지 민철로서도 알 수는 없었다.

그날은 마침 스승의 날이라 선생들 가슴에 꽃을 달아주었지만 꽃을 단 선생이나 달아주는 학생이나 환하게 웃는 사람은 없었다. 민철은 수업이 끝날 때까지 국어 선생 집에서 잡혀간 사람이 누굴까에 대해 골몰했다. 수업이 끝나면 가서 물어봐야겠다는 생각을 한 민철은 종례가 끝나자마자 꽃집으로 달려갔다. 장미꽃 한 다발을 산 민철은 꽃다발 사이에다 '오늘은 스승의 날입니다. 선생님께서 제 스승님이라는 게 자랑스럽고 기쁩니다'라는 메모를 적었다. 꽃집을 나서던 민철은 미친소 삼촌을 만났다. 삼촌에게선 옅게 술 냄새가 났는데, 기분도 좋아 보였다.

"삼촌 좋은 일 있나봐요."

"그렇지. 곧 진급하거든. 특진으로."

삼촌이 가슴을 쭉 펴며 말했다. 민철이 "우아, 축하드려요" 하자 삼촌은 "짜식, 고맙다" 했다.

"근데요, 삼촌."

"왜?"

"사북에서 잡혀온 광부 중에 제 친구 아버지가 계시거든요. 은진철이라고."

"은진철?"

반문하는 삼촌의 표정이 살짝 굳어졌다. 민철이 고개를 끄덕이며 "예" 했다.

"그 새끼 아주 악질 빨갱이더만. 어떤 친군지 몰라도 친하게 지내지 마라. 공연히 너까지 다친다."

악질 빨갱이라는 미친소 삼촌의 말에 민철은 더 이상 말을 잇지 못했다. 송희네 집에서 압수해간 물건 중에 『解放前後史의 認識』 책은 자신의 것이라고 말해야 했는데, 그 말은 입 밖으로 꺼내지도 못했다. 민철이 가만히 서 있자 삼촌이 꽃향기를 맡으며 "오늘 여자 친구 생일인가 보네?"라고 물었다. 민철은 국어 선생 선물이라고 말하려 "예" 하고 얼버무렸다.

"요즘 상황이 안 좋으니 조용히 놀아라."

삼촌이 지갑에서 천 원권 지폐 몇 장을 꺼냈다. 민철이 돈을 받으며 고개를 꾸벅했다.

"고맙습니다!"

삼촌이 기분 좋은 웃음을 짓더니 민철의 어깨를 두드렸다. 민철이 몇 걸음 옮기고 있는데, 삼촌이 "민철아!" 하고 불렀다. 걸음을 멈추며 돌아서자 "니 형, 민식이 말야. 그러다 달려 들어갈 수 있으니 조심하라 그래라" 했다. 학교를 그만두고 집으로 온 민식이 형이 그동안 선배들과 몇 번 싸웠다고 하던데, 그 일을 두고 하는 말인 듯싶었다. 민철이 "알았어요" 하자 삼촌은 경찰서로 걸음을 옮겼다.

국어 선생 집은 조용했다. 누군가 자신을 지켜보고 있을 것이란 생각이 들었지만 민철은 개의치 않았다. 학생이 스승의 날을 맞아 선생 집에 찾아가는 것이 죄가 될 수는 없을 것이었다. 대문을 열고 들어간 민철은 선생 방 앞에서 "선생님, 저 민철입니다" 하고 불렀다. 늘 놓여 있던 신발은 그 자리에 있었지만 선생은 답이 없었다. 민철이 문을 두드리며 다시 한 번 선생을 찾았다. 하지만 인기척은커녕 사람의 움직임조차 감지되지 않았다. 민철이 이번엔 조금 큰 소리로 선생을 불렀다. 그러자 집주인 할머니가 문을 열고 나왔다.

"선생님은 안 계신가봐요?"

"그러게 어째 조용한걸."

할머니가 방을 기웃거리며 말했다. 할머니도 조용한 선생의 일상이 궁금했던 모양이었다.

"선생님께 손님 다녀가셨다는 이야기가 있던데, 할머니는 모르세요?"

"손님이? 그기 밤인지 새북인지 먼 소리가 난 것도 같은데, 잠결이라 잘 모르겠네."

할머니가 고개를 갸웃거리며 말했다. 두 사람이 방 앞에서 이야기를 하고 있어도 안은 적막하기만 했다. 외출을 한 것일까. 가끔은 장을 보러 나다니기도 한다니 그럴 수도 있었다. 민철은 선생을 기다려보기로 했다. 한참을 기다려도 선생은 돌아오지 않았다. 선생을 감시하고 지켜보던 그림자도 오늘은 느껴지지 않았다. 민철은 선생이 본가에 가거나 먼 길을 떠난 게 분명하다고 생각했다. 그렇지 않고서 이렇게 돌아오지 않을 리는 없었다. 그렇다면 할머니의 기억이나 학교에서 들었던 소문은 사실이 아닐 가능성이 높았다.

시간은 더 흘러 선생의 집 마당으로 어둠이 내리고 있었다. 민철은 꽃다발을 어찌할까 하다가 방에 들여놓고 가기로 했다. 방문을 열고 꽃다발을 놓던 민철이 기겁을 하며 몇 걸음 물러섰다.

"할머니! 이리 좀 와보세요!"

숨이 넘어갈 듯 가파른 민철의 외침이 골목으로 퍼져나갔다. 할머니는 또 무슨 일인가 싶어 뛰어나왔다.

"저, 저기!"

민철의 손이 방 안을 가리키자 할머니가 문지방에 걸터앉았다. 그 사이 방은 더 어두워졌고, 할머니는 눈이 침침해 보이지 않는다며 알전구를 켰다. 딸깍, 하는 소리가 들리는가 싶더니 방은 훤하게 밝아졌고, 동시에 "에그머니나!" 하는 할머니의 비명 소리가 지축을 흔들었다.

"하, 학생! 사람들 좀 불러와! 언능!"

할머니의 외침에 민철은 골목을 뛰었다. 거리로 나왔지만 학교와 경찰서를 두고 어디부터 누구부터 찾아가야할지 판단이 서지 않았다. 민철은 가까운 학교부터 뛰었다. 학교는 야간 자율 학습 중이라 훤하게 불을 밝히고 있었고, 교무실에도 몇몇 선생들이 남아 있었다. 민철이 교무실 문을 활짝 열며 소리쳤다.

"서, 선생님! 국어 선생님이 돌아가셨어요!"

"뭐? 그게 무슨 소리야?"

선생들이 깜짝 놀라며 동시에 물었다.

"윤미옥 선생님이 돌아가셨다고요!"

"어디서? 언제?"

"자취방에서요!"

민철이 그렇게 소리치곤 경찰서로 뛰었다. 사북 사태 합동수사반이 꾸려진 경찰서는 그 시간에도 분주했다. 건물로 들어가 보안과로 가니 미친소 삼촌은 없었다. 건물을 나선 민철은 무도관으로 뛰었다. 교복을 입은 학생이 "삼촌! 어디 계세요!" 하며 무도관 안으로 뛰어들자 군인들이 무슨 일이야 하는 표정을 지었다. 민철이 미친소 삼촌을 찾아 방들을 기웃거리고 있는데, 계급장도 없는 군인이 민철을 막아섰다.

"이봐, 학생! 여기가 어디라고 돌아쳐! 당장 나가!"

군인이 들고 있던 몽둥이를 흔들며 소리쳤다. 그 뒤로 피투성이가 된 광부의 일그러진 얼굴이 보였고, 거꾸로 매달린 광부 얼굴 위로 뻘건 물을 들이붓는 군인의 모습과 작대기로 벌거벗은 여성의 음부를 찔러대는 군인의 웃음소리도 들려왔다. 다들 사북에서 끌려온 광부들인데, 군인들은 그들에게 북한에 갔다 왔다는 걸 자백하라며 때리거나 고춧가루 물을 붓거나 음부를 찌르고 있었다. 군인들의 폭력성에 민철은 몸을 움찔하며 한 발 뒤로 물러섰다.

"보안과에 근무하는 최 형사님을 만나러 왔는데요."

민철의 말이 기어들어갔다. 그 순간 어느 방에서 문이 열렸고, 미친소 삼촌이 "민철아, 친구 생일이라더니 여긴 또 왜 왔어?" 하고 물었다.

"삼촌, 국어 선생님이 돌아가셨어요!"

"정말이야?"

"예."

"어이구, 그 미친년이 드디어 일을 저질렀네. 어서 가보자."

삼촌이 들고 있던 서류를 군인에게 넘기곤 앞장섰다. 삼촌은 경찰서 건물로 가 사복 경찰과 정복 경찰 셋을 더 데리고 나왔다. 뛰다시피 하여 국어 선생 집에 이르니 교장 선생을 비롯한 학교 선생 몇과 동네 사람들이 골목과 마당에 모여 웅성거리고 있었다. 경찰이 도착하자 할머니는 "아이고, 여선생 좀 어떻게 해줘" 했다.

국어 선생의 방은 피로 흥건했다. 죽어가면서 몸부림을 쳤는지 온몸은 피범벅이 되어 있었다. 시신을 확인한 경찰은 삼촌에게 "손목을 그었네요"라며 피 묻은 면도날을 보여주었다.

"언제 죽은 거 같아?"

삼촌이 물었다. 경찰은 피가 굳은 상태를 살펴보더니 "새벽에 죽은 거 같은데요" 했다.

"누가 미끼에 물렸다고 하더만 그놈이 잡혀가자마자 죽었구먼."

삼촌이 고개를 끄덕이며 말했다.

"시신은 어떻게 할까요?"

정복 경찰이 물었다.

"소방서에 연락해서 수습하라고 해."

삼촌의 말에 정복 경찰이 거수경례를 하곤 무전기로 교신을 했다. 잠시 후 소방 구급대가 달려왔고, 정복을 입은 경찰들은 이내 철수했다. 민철은 남아 있던 삼촌에게 "아까 그놈이 잡혀갔다고 했는데, 그 사람이 누구예요? 학교에서도 소문이 자자했거든요" 하고 물었다.

"우리 관할이 아니라 자세힌 모르는데, 누군가 잡혔다고 하더라. 미끼를 제대로 물은 거지."

삼촌은 대수롭지 않은 일이라는 듯 말했다. '누군가'라고 하면 막스일 수도 있고 아닐 수도 있었다.

구급대원들이 시신을 수습하는 사이 삼촌은 국어 선생 방에 들어가 이곳저곳을 살폈다. 시신이 들것에 실려 현장을 떠나자 교장과 선생들이 무덤덤한 표정으로 학교로 돌아갔다. 삼촌도 더 이상 찾을 게 없다는 듯 방을 나와 담배를 피워 물었다. 무표정한 얼굴로 몇 모금 빨던 삼촌이 혼잣말로 중얼거렸다.

"여선생만 애꿎게 죽었구먼. 쯧!"

곁에 있던 민철이 "예?" 하자 삼촌이 "남자 잘못 만나서 애먼 처녀 하나 죽었다는 말이다" 했다. 민철이 "아, 예" 했지만, 국어 선생이 남자를 잘못 만난 게 아니라 세상을 잘못 만난 것이라고 생각했다. 시대를 저항하게 만든 건 권력자이지 막스 같은 인물은 아닐 것이라는 판단에서였다.

민철이 마당에서 서성거리자 삼촌이 "난 이제 경찰서로 돌아가야 하니 너도 그만 집으로 가라" 했다.

다음 날은 온종일 측량 실습을 하는 날이라 실습복을 입고 집을 나섰다. 하지만 민철은 학교로 가지 않고 선생 자취방으로 갔다. 동네 사람들은 간밤의 소란을 확인하기 위해서 수시로 집 안을 들여다보며 수군거렸다. 방은 간밤의 모습을 그대로 간직하고 있었고, 민철이 놓아둔 장미꽃은 사람들의 발길에 채이고 밟혀 더욱 붉어 보였다. 피로 흥건한 방을 바라보던 할머니는 민철이 도착하자 몸서리를 쳤다.

"으이구, 저걸 어떻게 치워. 난 가슴이 뛰어서 방에 들어가지도 못하겠어."

"할머니, 방은 제가 정리할 테니 들어가 쉬세요."

민철의 말에 할머니는 "아휴, 고마워라. 정말 고마워" 하며 안채로 들어갔다. 민철은 준비해온 걸레로 방을 훔치기 시작했다. 선생의 피는 그사이 더 굳어 있었고, 한두 번 걸레질로는 지워지지도 않았다.

방을 붉게 물들였던 핏자국은 땀이 가슴팍을 적실 때쯤 지워졌다. 방이 원래의 모습으로 돌아오자 민철은 주변을 정리했다. 그 무렵 검정색 승용차 한 대가 골목으로 들어오더니 집 앞에 멈추었다. 운전기사가 차문을 열자 양복 차림의 사내와 양장 차림의 여자가 내렸다. 집 앞을 서성이던 두 사람이 대문을 삐걱, 밀며 마당으로 들어섰다. 마당가에서 걸레를 빨던 민철이 엉거주춤 일어나며 그들에게 목례를 했다.

"여기가 미옥이가 있던 집인가봐요."

"그러게. 할머니가 주인이라 하더만 어딜 가셨나?"

양복과 양장 차림의 남녀가 안채를 기웃거리며 말을 주고받았다.

"할머니는 피곤해서 쉬고 계십니다. 저는 선생님 제잔데 혹, 윤미옥 선생님을 찾아오셨습니까?"

민철이 두 사람에게 물었다. 양복과 양장 차림이 고개를 끄덕이며 그렇노라 답했다. 민철이 두 사람을 선생 방으로 안내하자 양장 차림의 여인이 훌쩍, 하며 눈물을 보였다.

"아이고, 이런 데서 어찌 살았을까……."

여인이 방을 들여다보며 또 훌쩍, 했다. 양복 차림의 사내가 길게 한숨을 내쉬더니 먼 산으로 고개를 돌렸다. 잠시 하늘을 올려다보던 사내가 볼 일이 끝났다는 듯 여인의 어깨를 감쌌다.

"여보, 그만 갑시다."

두 사람이 대문으로 향하자 민철이 한마디 했다.

"방에 있는 선생님 유품은 어떻게 할까요?"

"유품? 아, 우린 필요 없으니 알아서 하시라고 해."

양복 차림이 그렇게 말하고는 대문을 나섰다. 운전기사가 차문을 열어주자 두 사람은 차에 올랐고, 이내 골목을 빠져나갔다. 민철은 승용차를 따라갔다. 사거리에 이르니 국어 선생을 모신 영구차가 서 있었고, 그 차량은 검정색 승용차가 출발하자 뒤를 따랐다.

국어 선생이 정선을 떠나고 있었다. 어떤 애도도 없이 꽃도 만장도 없이 눈물도 없이 떠나고 있었다. 발랄라이카 연주를 따라왔던 라라가 눈보라 날리는 러시아 거리를 떠나듯 국어 선생이 봄기운 서린 정선을 떠나고 있었다. 그것도 조용히 아무도 모르게 주검이 되어 떠나고 있었다. 민철의 머릿속엔 '라라의 테마'가 흐르고 있었고, 선생의 시신을 태운 영구차는 읍사무소를 지나 다리를 건넜다. 민철은 선생의 차가 보이지 않을 때까지 지켜보다 눈물을 왈칵 쏟았다.

선생님, 안녕!

할머니는 선생이 사용하던 물건들은 보기도 싫다고 했다. 그 심정이 이해가 되었다. 마당가에서 도시락을 까먹은 민철은 선생이 사용하던 물건들을 정리하기 시작했다. 부엌살림과 옷장 같은 물건은 근처의 고물상에서 다 실어갔고, 남은 건 선생이 읽던 책과 액세서리, 묵주 정도였다. 친구네 집에서 리어카를 빌린 민철은 선생이 읽던 책을 실었다. 리어카를 끌고 서점 앞 사거리를 지나는데, 기분이 묘했다. 국어 선생을 리어카에 태우고 가는 느낌이 들어 자꾸만 눈물이 솟구쳤다. 하늘은 푸르렀고, 바람은 없었다.

리어카 가득 책을 싣고 오자 아버지 눈이 휘둥그레졌다.

"니 책 또 샀나?"

"사긴, 돈이 어디 있어서."

"그럼 그 책은 어디서 났나?"

아버지는 두 번은 속지 않겠다는 듯 다그쳐 물었다.

"얻은 거야. 봐요, 헌책들이잖아."

민철이 포장지로 싼 책을 펼치며 신경질적으로 말했다. 아버지는 그제야 알겠다는 듯 "책 사고 싶음 언제든 말해. 사 줄거니" 했다.

"형은요?"

"그노므 새끼 어디 가서 또 술 처먹고 있겠지."

이번엔 아버지가 신경질적으로 대답했다. 학교를 제대로 다녀 체육 선생이라도 하길 바랐던 아버지였다. 그런 민식이 형이 학교를 그만두었고, 아버지는 민식이 형 이야기만 나오면 화부터 냈다. 민철이 알았다며 책을 방으로 옮기기 시작했다. 책을 정리하자 방은 오래된 서점처럼 평온하게 느껴졌다. 민철은 학교도 가지 않고 방에 처박혀 책이나 읽었으면 좋겠다고 생각했다.

민철은 선생의 책을 하나씩 펼쳐보았다. 책장을 푸르륵 펼칠 때마다 화장품 냄새가 은은하게 났고, 어떤 책에서는 연필 글씨로 적은 메모지도 발견되었다. 민철은 가끔 책을 가슴에 품으며 선생의 체취를 맡았고, 그리움이 왈칵 밀려올 때면 눈물을 흘리기도 했다.

책을 펼쳐보던 민철은 뜻밖에도 선생의 일기장을 발견했다. 일기장은 책처럼 포장지를 씌운 데다 표지도 데이비드 샐린저의 소설『호밀밭의 파수꾼』을 붙여놓아 마치 소설처럼 보이게 만들었다. 일기장은 선생 자취방에 난입한 군인들이 찾고 싶은 것 중 하나였을지도 모른다는 생각이 들었다. 민철은 자신도 모르게 주위를 한 번 살피고는 일기장을 가슴에 품었다. 그러자 선생이 살아 있는 듯 민철의 심장이 후둑후둑 뛰기 시작했고, 선생의 숨소리와 "그냥, 선생님 말 들어" 하던 음성이 전해지는 듯도 했다. 선생이 자신과 함께 있다는 생각을 하니 눈물이 또 주룩 흘렀고, 민철은 큭큭 울음을 삼키며 일기장을 폈다.

일기장

다음 날 '서울 시내 25개 대학과 지방 2개 대학 총학생회가 시위를 중단하고 정상 수업에 들어갈 것을 결의했다'는 뉴스가 떴다. 전날까지 비상계엄 해제와 전두환 퇴진을 외치며 거리로 나섰던 대학생들이었다. 대학생들이 '계엄 해제와 전두환 퇴진'을 요구하는 것을 보면 현재 최고 권력자는 대통령도 계엄사령관도 아닌 합동수사본부장인 전두환인 모양이었다. 하지만 방송과 뉴스에선 학생과 야당 정치인들이 사회 불안을 책동하고 있다고 보도했고, 사람들은 그 보도를 믿었다. 그 때문인지 한국기자협회에서 계엄 당국의 보도 검열 지침에 반대하는 결의문 및 행동 지침을 채택했다는 뉴스가 이어졌는데, 기자들은 계엄이 선포된 후 지금까지 계엄 당국으로부터 보도 검열을 받았다며 사북 사태 보도가 그 전형이라 했다.

다음 날 신문에는 최규하 대통령이 당초 예정보다 하루 앞당겨 지난밤 22시 30분에 귀국하였다는 기사가 나왔는데, 그보다 더 큰 뉴스는 대통령이 도착하자마자 국무회의를 열었고, 18일 0시를 기해 제주도를 포함 전국 일원으로 비상계엄 지역을 확대 의결했다는 내용이었다. 이어 정부는 긴급 담화문과 '포고문 10호'를 공포했다.

<담화문>

국민여러분, 작금의 국제 정세는 동서 간 긴장이 고조되고 있는 가운데 아프카니스탄과 이란 사태를 위시하여 동북아에 있어서의 소련의 군사력 증강과 평화와 안정을 위협하는 불안 요인이 증대하고 있습니다. 국내적으로는 이러한 계속되는 사회 혼란을 이용한 북한 공산집단의 대남적화 책동이 날로 격증되고 우리 사회의 혼란을 목적으로 한 무장 간첩의 침투가 이어지고 있습니다. 그들은 우리 학원의 소요 사태 등을 고무 선동함으로써 남침의 결정적 시기 달성을 획책하고 있습니다. 이 중대한 시기에 일부 정치인과 학생 및 근로자들의 무책임한 경거망동은 이 사회를 혼란과 무질서, 선동과 파괴가 난무하는 무법 지대로 만들고 있으며, 설상가상으로 사회 혼란의 여파는 수출 부진과 경기 침체를 심화시키면서……

<포고문 10호>

(1) 1979년 10월 27일에 선포한 비상계엄이 계엄법 제8조 규정에 의하여 1980년 5월 17일 24시를 기하여 그 시행 지역을 대한민국 전역 지역으로 변경함에 따라 현재 발효 중인 포고를 다음과 같이 변경한다.

(2) 국가의 안전 보장과 공공의 안녕 질서를 유지하기 위하여

가. 모든 정치 활동을 중지하며 정치 목적의 옥내외 집회 및 시위를 일체 금한다. 정치 활동 목적이 아닌 옥내외 집회는 신고를 하여야 한다. 단 관혼상제와 의례적인 비정치적 순수 종교 행사의 경우는 예외로 하되 정치적 발언을 일체 불허한다.

나. 언론·출판·보도 및 방송은 사전에 검열을 받아야 한다.

다. 각 대학(전문대학 포함)은 당분간 휴교 조치한다.

라. 정당한 이유 없는 직장 이탈이나 태업 및 파업 행위를 일체 금한다.

마. 유언비어의 날조 및 유포를 금한다. 유언비어가 아닐지라도 1)전·현직 국가원수를 모독·비방하는 행위 2)북괴와 동일한 주장 및 용어를 사용, 선동하는 행위 3)공공 집회에서 목적 이외의 선동적 발언 및 질서를 문란시키는 행위는 일체 불허한다.

바. 국민의 일상 생활과 정상적 경제 활동의 자유는 보장한다.

사. 외국인의 출입국과 국내 여행 등 활동의 자유는 최대한 보장한다.

본 포고를 위반하는 자는 영장 없이 체포·구금·수색하며 엄중 처단한다.

1980년 5월 17일
계엄사령관 육군대장 이희성

담화문과 포고문 10호가 나온 일요일 아침 정선의 일상은 평온하게 시작되었다. 하지만 아침 뉴스를 본 사람들은 휴일 아침에 이게 무슨 날벼락 같은 일인가 싶었다. 시골 사람들 입장에서 계엄령 확대가 어떤 의미를 담고 있는지는 모르지만 '포고를 위반하는 자는 영장 없이 체포·구금·수색 한다'는 말이 주는 의미와 공포는 대단했다.

"일제 때도 이러진 않았는데, 더 심한 거 같네."

뉴스 말미에 아버지는 그렇게 말했다.

"괴뢰군이 남침을 한다잖아요."

담화문 발표를 본 엄마도 한마디 했다. 엄마의 말처럼 지난 3월에는 한강 하구로 침투한 무장 공비 3인조가 사살되었고, 그 이틀 후엔 포항 앞바다에 나타난 무장 간첩선을 격침시켰다는 뉴스도 크게 나왔었다.

바로 일주일 전과 사흘 전에는 휴전선에서 총격전이 있었다는 뉴스까지 있었으니 누구라도 겁먹을 만했다.

"나라가 혼란스러울 때 간첩이니 뭐니 그런 일이 꼭 생기더만. 민식이 놈 술 좀 그만 먹으라고 해. 세상 돌아가는 거 보니 심상치 않어."

"어이구, 가가 말린다고 듣나요. 어미 말은 콧등으로도 듣지 않는데."

엄마가 한숨을 내쉬었다. 간밤에도 민식이 형은 술에 취해서 귀가했는데, 집에 와서도 한바탕 주정을 한 후에야 잠이 들었다. 엄마는 민식이 형이 잠든 후에야 겨우 눈을 붙였고, 민식이 형이 온 이후부터 엄마의 일상은 불안과 근심으로 가득했다.

"그거 참 걱정이네. 패 잡을 수도 없고."

"다 키워놓고 패 잡긴 뭘 잡아요."

엄마의 역성에 아버지는 "그느무 새끼 뭐가 이쁘다고 감싸누!" 하며 버럭 화를 냈다. 아버지의 화에 엄마는 웅얼거리듯 "내 속으로 난 아들을 패 죽인다니 그러지요" 했다. 아버지는 "에이, 집구석 하곤" 하며 벌떡 일어나더니 방을 나섰고, 있을 곳이 마땅치 않은 민철도 학교에 간다며 집을 나왔다.

학교에 간다고 했지만 딱히 공부를 해야겠다는 마음은 없었다. 계엄령에다 담화문까지 나온 마당에 책을 펼친다 해서 공부가 될 리도 없을 것이었다. 전파사 앞을 지나는데 티브이를 보고 있던 사람들이 말을 주고받았다. 화면엔 학생들이 시위하는 모습이 나오고 있었다.

"학생 놈들이 하라는 공부 안 하고 왜 저 지랄이여."

"그래서 오늘부터 휴교령을 내렸다잖아."

"박정희 대통령같이 강력한 지도력을 가진 대통령이 없어서 그런 기여. 최규하 대통령 봐라. 술에 물탄 듯 물에 술탄 듯 맹맹하니 대학생들이 난리를 치는 거 아니겠나. 전두환 사령관 같은 사람이 그나마 중심을 잡아주니 나라꼴이 이 정도라도 돌아가는 거야."

"전두환이 그 사람 단단해 보이더만. 학생들이 무서워할 만해."

"근데 강원도 사람들은 다 좋은데 심성이 착한 게 흠이야. 때리면 맞고 먹으라면 먹고 자라면 자고 까라면 까잖아. 서울 공장에서도 강원도 출신이라면 두 말 않고 받아준다 하잖아."

"우리 조카도 식모살이 갔는데, 정선에서 왔다니 그냥 받아주데."

"아, 근데 전두환이가 정선 전씨라고 하더만."

"정선 전씨는 맞는데, 누구 말로는 충청도 천안파라고 하고 누군 전라도에 있는 완산파라는 소리도 있던걸."

"계엄이다 뭐다 나라 돌아가는 거 보니 잘하면 정선 전씨 가문 중에서 대통령 하나 나겠어."

"그럼 우리야 좋지. 문중을 위해 길도 내주고 포장도 해줄 거 아닌가."

사람들이 저마다 한마디씩 했다. 같은 시대를 살아가고 있지만 세상을 보는 눈은 저마다 달랐다. 한편에선 전두환 퇴진을 외치는데 한편에선 전두환에게 기대감을 걸고 있었다. 민철은 전두환이라는 이름을 되뇌며 학교로 향했다.

일요일이라 학교는 조용했다. 3학년 선배들이 학교에 나와 자율 학습을 하곤 있지만 건물이 달라 마주칠 일은 없었다. 가방을 푼 민철은 그나마 학교에 오니 마음이 편하다는 생각이 들었다. 민식이 형으로 인해 마땅히 있을 곳도 갈 곳도 없는 처지가 된 터라 더 그랬다. 그렇다고 아침부터 친구 집에서 뒹구는 것도 눈치가 보이는 일이어서 누구의 간섭도 강요도 없는 휴일 빈 교실이 더욱 반가웠다.

창문을 활짝 연 민철은 빈 교실을 서성거리며 주기동 의자에도 앉아보고 교단에 서서 선생처럼 백묵을 잡고 글도 써보았다. 교실을 어슬렁거리던 민철은 미친소 의자에 앉아 책상 서랍에 있던《선데이 서울》을 꺼냈다. 쉬는 시간이면 미친소가 낄낄거리며 보던 잡지인데, 갓 데뷔한 탤런트 김미숙의 수영복 화보는 벌써 누군가 뜯어 가고 없었다. 잡지엔 탤런트 김자옥과 가수 최백호가 곧 결혼한다는 기사와 '여자 손님 부르는 콜 보이 성업'이라는 기사가 큰 글씨로 있고, 유부남 직장 동료에게 모든 걸 바쳤다는 아가씨의 사연 등이 들어 있었다. 독자 투고인 '사랑의 십자로' 코너에는 이번에도 실연당한 여자 이야기가 실렸는데, 자신이 사랑했던 남자가 배신을 하고 떠났다는 결말로 끝이 났다. 맨 뒷장에 있는 펜팔 코너엔 곳곳에 붉은 줄이 그어졌는데, 다들 서울 주소를 둔 여자들이었다. 서울 사는 여자 친구를 두고 싶어 하는 미친소의 열망이 만들어낸 흔적으로 이름이 예쁜 여자에겐 별표가 쳐져 있었다.

"이름이 예쁘면 얼굴도 예쁠 확률이 높거든."

미친소의 지론이었으나 주기동의 생각은 달랐다.

"야, 이 여자들 다 가명 쓰는 거야. 서울 여자라고 다 이름이 예쁠 수 있나? 속지 마라. 괜히 마음만 다친다."

주기동과 미친소가 이름을 두고 티격태격하던 순간을 떠올리던 민철은 풀썩 웃었다. 붉은 줄이 그어진 펜팔 주소를 보며 민철은 사랑의 감정 중에서 애틋함이라는 게 대체 뭘까, 하고 생각했다.

바람이 한 자락 불어왔다. 혼탁한 세상과 달리 바람은 훈풍이었다. 열린 창문으로 라일락 향기가 들어왔고, 빈 교실엔 고요만 맴돌았다. 자신의 자리로 돌아간 민철은 노트를 꺼내 송희에게 편지를 썼다. 그간에 있었던 일들과 경찰서에서 진행되는 군인들의 폭력도 적었다. 학교 생활이 다시 지겹다는 이야기는 적었다가 지우고 대신 국어 선생의 죽음을 알렸다.

송희에게 보낼 편지 쓰기를 끝낸 민철은 국어 선생의 일기장을 펼쳤다. 선생이 그립거나 보고 싶을 때 꺼내 한 장 한 장 읽고 싶은 마음이 컸지만 궁금해서 견딜 수 없었다. 일기는 선생이 정선 생활을 시작한 날부터 기록했는데, 막스와 있었던 이야기는 물론이고 학교에서 있었던 소소한 일상과 함께 군인에게 끌려갔던 순간까지 다 적혀 있었다.

내일이 첫 출근이다. 설레는 마음이 더 크지만 아이들과 잘 지낼 수 있을까 하는 두려움도 크다. 어떤 옷을 입고 갈까 고민하다가 투피스 정장 대신 미니스커트를 골랐다. 입어보니 맘에 든다. 막스도 순진하게 보이는 것보다 날라리처럼 보이는 게 더 좋다고 했다. 그래야 도발하는 학생이 없다고 했는데, 나도 그 말에 동의한다. 이 나라 남성들은 여자를 노리개처럼 대하는 못된 습성이 있는데, 착한 여성들이 그 대상이었다.

선생의 일기장은 시작부터 사실적인 데다 소설처럼 재미도 있었다. 그날 민철도 선생의 첫인상을 '날라리'로 봤으니 선생의 작전은 성공한 셈이었다.

군인들이 자취방으로 와 다짜고짜 끌고 갔다. 그러곤 몇 시간을 달렸다. 차에서 내리니 공장 굴뚝에서 나는 연기 비슷한 냄새가 매캐하게 났다. 군인들이 날 도시 어딘가로 데리고 왔음을 직감했다. 군인들은 날 지하 건물로 처박았고, 사흘 동안은 밥만 날라져왔을 뿐 아무도 날 찾지 않았다. 그 사흘 동안 미세하게 빛이 스며들면 낮이라 여겼고, 빛조차 사라지면 밤이라 생각했다. 그동안 옆방과 인근 방에서는 밤낮 가리지 않고 남녀의 비명 소리가 들려왔는데, 살려달라며 애원하는 목소리와 죽여달라는 목소리와 고통을 참는 신음과 자백하라는 군인들의 고함이 동시에 들려왔다. 그 때문에 졸려도 잠을 이룰 수가 없었고 공포는 더욱 엄습했다. 때때로 들려오는 목소리

중에서 막스와 닮은 목소리도 있었지만 나중에 나를 신문하는 군인들의 태도를 보니 막스는 아직 잡히지 않은 것 같았다. 군인들은 막스가 다 불었으니 나도 자백을 하라고 했지만 나는 정말이지 아는 게 없었으므로 모른다고만 했다.

선생의 일기는 소설처럼 재미있었지만 읽기에 고통스러웠다. 일기를 절반 정도 읽었을 땐 민철의 손이 떨려왔고, 분노도 일었다. 정선경찰서 무도관에서 고문을 당하고 있는 광부들의 모습이 겹치면서는 주먹도 불끈 쥐어졌다.

말로만 듣던 칠성판에 누우니 고문받다 죽을 수도 있겠다는 생각이 들었다. 잠시 후 군인이 얼굴에 수건을 씌웠고, 젖꼭지와 음부에 꿀을 발랐다. 어느 소설에 나오듯 개미를 모아 고문을 하려는가 싶었는데, 군인이 내 젖꼭지에 묻은 꿀을 줄줄 빨았다. 입까지 다시며 젖꼭지를 빨던 군인은 음부도 빨았는데, 몸이 경직되어 다리에 쥐가 날 정도였다. 더럽고 치욕스럽다는 생각과 이놈은 군인이 아니라 삼류 포르노 배우 같다는 생각이 교차했다. 그 순간 혀를 깨물고 죽고 싶었지만 내 입엔 재갈이 물려 있어 이럴 수도 저럴 수도 없었다. 한참 후엔 다른 군인이 와선 그 짓을 또 했고, 나중엔 번갈아 내 몸에 올라탔다. 나는 죽은 송장처럼 누워 있었고 군인들은 일본 헌병처럼 낄낄거리며 내 몸을 강간했다.

일기를 읽어 내려가던 민철의 입에서 욕설이 튀어 나왔다.
"개새끼들!"

놈들이 날 풀어주었다. 말하지는 않았지만 난 놈들이 날 풀어준 이유를 잘 안다. 만신창이가 된 몸으로 자취방으로 돌아오니 그제야 눈물이 왈칵 쏟아졌다. 사흘을 꼼짝없이 울기만 했다. 정신을 차려 밥을 짓고 있는데, 민철이 찾아왔다. 두 번 다시 오지 말라며 녀석을 보내고 나니 또 눈물이 쏟아졌다. 군인들이 민철이도 포섭하려고 한 게 아니냐고 물었을 때 놈들이 민철이도 엮으려고 하는구나, 라는 생각을 한 때문이었다. 민철이가 이러한 내 뜻을 알아주었으면 좋겠는데, 서운해하지나 않을까 하는 걱정도 된다.

일기장을 덮은 민철은 눈을 감았다. 선생이 돌아왔다는 소문을 듣고 찾아간 그날, (결국은 선생을 마지막으로 본 날이 되었지만) 그날의 기억은 또렷했다. 그날 선생은 야멸차다 싶을 정도로 냉정하게 민철을 밀어냈다. 그 이유를 알고 나니 섭섭했던 마음 대신 미안한 마음이 더 들었다.

막스 심부름으로 날 찾아왔던 분이 군인들에게 잡혀갔다. 내 앞에서 잡혀갔다. 그분이 막스였으면 그렇게 잡혀갔을 게 분명했다. 내가 끌려갈 때보다 더 큰 공포와 통증이 몰려왔다. 그 순간 군인들이 날 풀어준 이유를 확연하게 알 수 있었고, 진작 죽지 못한 게 한스러웠다. 내가 죽어야 막스가 산다. 죽자… 죽자… 막스의 몸에 피를 묻혀서는 안 된다. 놈들에게 능욕당한 몸 아니던가. 막스가 오기 전에 죽자. 막스가 살아야 새로운 세상이 열린다.

막스, 놈들을 조심하세요. 무서운 놈들입니다. 누구처럼 물에 빠져 죽지도 말고 소나무에서 목 맨 채 발견되지도 말아요. 또 누구처럼 시신조차 찾지 못하는 일은 만들지 마세요. 저는 떠나더라도 막스만큼은 죽지 말고 꼭 살아

있어야 해요. 예?

"아, 선생님!"
민철은 책상을 치며 오열했다.

막스가 남기고 간 머리카락을 내 머리카락과 엮었고, 막스의 손톱과 내 손톱을 붙여놓았다. 이제 막스를 두 번 다시 만나지 못한다 해도 내가 죽어 진다고 해도 막스와 내가 맺은 언약은 영원하다. 사랑해요. 막스!

선생의 마지막 일기는 이렇게 끝났다. 자살을 결심한 이후 쓴 일기일 것이었다. 선생을 찾아온 이가 막스가 아닌 것은 다행스런 일이었으나 그 일로 선생이 세상을 떠났다. 일기장 말미엔 엮은 머리카락과 손톱이 붙여져 있었는데, 어느 것이 막스의 것이고 어느 것이 선생의 것인지 알아볼 수 있었다. 민철은 두 사람의 머리카락과 손톱을 만져보았다. 두 사람은 마치 결혼식이라도 올리는 듯 다정해 보였고 평화롭게도 보였다. 하객이라고는 민철 한 사람뿐인 두 사람만의 결혼식이라는 생각도 들었다. 민철이 선생의 일기장을 가슴에 품으며 눈물을 주룩 흘렸다.
"선생님!……."

또 다른 사북, 광주

먹먹한 상태로 창밖을 내다보고 있는데, 미친소와 주기동이 찾아왔다. 집에 가니 민철이 학교에 갔다고 하더란다.

"이 화창한 날 학교에서 뭐 하나? 까이들 데리고 왔으니 놀러 가자."

미친소가 급했던지 민철의 가방을 챙기며 말했다. 두 사람을 따라나서니 교문 밖에 여학생 셋이 기다리고 있었다. 다들 아는 얼굴들이지만 친근감 있게 이야기를 나눈 적은 없는 애들이었다.

미친소를 따라간 곳은 1교 다리 밑이었다. 그늘도 적당하고 바람 또한 선선하게 불어주는 오후라 놀긴 좋았지만 민철의 마음은 여전히 선생의 일기장에 가 있었다. 친구들은 돌판과 나무를 구해 불을 붙이고 달궈진 돌판에 삼겹살을 올려놓았다. 주기동이 코미디언 이기동 흉내를 내며 여학생들을 웃기기 시작하더니 마지막엔 코미디언 이주일처럼 "땅딸이 주기동, 맛있으니까 일단 한번 먹어보시라니깐요!" 했다. 주기동이 그럴 땐 이기동이 아니라 이주일을 꼭 닮았다. 주기동이 웃통을 벗으며 먹어보라고 하자 여학생들은 비명을 질렀고, 미친소는 배꼽을 잡으며 한참을 웃었다.

삼겹살이 지직거리며 익어가자 술잔이 돌았고, 적당히 술이 오르자 노래를 부르기 시작했다. 미친소가 빈 술병을 두들기며 임성훈의「시골길」을 부르자 주기동과 여학생들은 고고 춤을 추었다. 다들 합창하며 춤추는 분위기였지만 민철은 무표정한 얼굴로 삼겹살만 뒤적거렸다.

"민철아, 니 오늘 왜 그러나? 뭔 일 있나?"

민철 때문에 흥이 오르지 않는다고 생각했던지 주기동이 물었다. 민철이 아무 일 없다며 고개를 흔들자 "그럼 노래 한 곡 해라" 했다. 주기동의 말에 다들 박수를 쳤다. 민철은 오늘 같은 날 무슨 노래를 불러야 할지 난감했다. 그렇다고 노래를 피할 수 있는 자리도 아니었다. 민철은 좀 더 취해야겠다는 생각으로 병나발을 불었다. 주기동이 그런 민철을 보며 "자가 오늘 왜 저러나?" 했다. 술이 들어가니 맺혀 있던 기분이 조금 풀리는 듯했다. 민철이 자리에서 일어났다.

"이 노래를 먼저 간 그녀에게 바칩니다."

민철이 가수 조용필의 목소리를 흉내 내며 노래를 시작했다.

창가에 서면 눈물처럼 떠오르는
그대의 흰 손
돌아서 눈감으면 강물이어라
한 줄기 바람 되어 거리에 서면
그대는 가로등 되어 내 곁에 머무네

누가 사랑을 아름답다 했는가
누가 사랑을 아름답다 했는가
차라리 차라리 그대의 흰 손으로
나를 잠들게 하라

조용필의 「창밖의 여자」는 요즘 최고 인기를 누리는 노래라 친구들도 다 따라 불렀다. 노래가 끝나자 다들 "오빠!" 하고 괴성을 질렀다. 하지만 민철은 눈가로 맺히는 눈물을 감추려 푸르게 흐르는 강으로 고개를 돌렸다. 민철이 눈물을 훔치는 사이 친구들은 박수를 치며 앵콜을 외쳤다. 민철이 이번엔 「내가」라는 노래를 불렀다. 노래를 부르는 동안 방랑자가 되고 싶다는 생각을 수도 없이 했다. 이 미친 세상을 떠나 고요하면서도 평화로운 곳에서 비루해진 청춘을 마감했으면 좋겠다는 생각도 했다. 노래가 끝나자 미친소가 술잔을 가득 채웠고, 민철은 목마른 사람처럼 단숨에 들이켰다.

　　여학생들은 술에 취해 흔들렸지만 민철은 시간이 갈수록 술이 깨고 있었다. 먼 산부터 산그늘이 질 무렵에야 술자리는 끝났고, 여학생들은 휘청거리며 집으로 돌아갔다.
　　"야, 오늘 콩 한번 까야 하는데, 저것들 깔끔하게 돌아서네."
　　미친소가 아쉬운 듯 말했다.
　　"미안하다. 내가 분위기 망쳐서 그래."
　　민철이 미친소에게 말했다.
　　"미안하긴! 오늘 잘 놀아줬으니 담에 기회가 또 오겠지. 그나저나 오늘 박찬희가 일본 놈하고 시합하는 날인데 다방에나 가자."
　　미친소가 말했다.
　　"그래? 박찬희 경기라면 봐야지."
　　주기동이 박찬희처럼 몸을 흔들며 잽을 날렸다.

　　민철은 친구들을 따라 '양지다방'으로 갔다. 다방엔 이미 빈 테이블이 없을 정도로 가득 차 있었다. 손님들은 대부분 선배들이었고, 실내는 담배 연기로 자욱했다.

셋은 싼 위스키로 만든 티 한 잔씩을 마시며 술기운을 이어갔는데, 티브이에서 '김종필, 김대중 씨 연행'이라는 자막이 흘러나왔다. 게임이 시작되기를 기다리던 손님들은 자막이 나오자 술렁거리기 시작했다. 두 사람 다 서로 대통령이 되겠다며 각을 세우던 인물이었기에 보통 사건은 아니었다.

"계엄령이 전국으로 확대되었다더니만 뭔 일이야?"

"김종필은 부정 축재 혐의라잖아."

"그래도 그렇지. 김종필이 누구여. 김대중은 또 어떻고."

"거물들이 맥없이 잡혀가는 거 보니 뭔가 큰일이 벌어질 것 같은데."

각자 한마디씩 하는 사이에 길게 이어지던 광고가 끝났다. 화면이 바뀌며 박찬희가 링에 올라왔고, 다방 안은 순식간에 열기로 후끈 달아올랐다. 6차 방어 상대는 일본 선수 오쿠마 쇼지로 해설자는 박찬희가 충분히 이길 수 있는 선수로 평가했다. 양국 국가가 울려 퍼지고 주심이 두 사람을 불러 세우자 경기가 열리는 장충체육관엔 응원의 함성으로 가득했다.

"일본 놈은 반드시 이겨야 돼! 박찬희 파이팅!"

어느 자리에선가 소리를 질렀고 다들 파이팅을 외쳤다. 김종필과 김대중이 계엄사에 연행되었다는 속보는 그렇게 묻혀갔고, 종이 울리며 1회전이 시작되었다. 나비처럼 날아서 벌처럼 쏜다는 알리보다도 월등한 테크니션이라고 평가받던 박찬희였다. 하지만 어쩐 일인지 시작부터 일본 선수 품을 파고들었다. 처음엔 후반이 약한 박찬희가 체력을 아끼기 위해 작전을 펼치는 것이라고 생각했지만 라운드가 거듭할수록 맥 빠지는 경기를 했다. 급기야 5회에는 복부와 얼굴을 허용하며 그로기 상태까지 가더니 7회에는 눈이 찢어지는 부상까지 당했다.

"에이, 시팔! 뭐 하는 거야!"

티브이를 지켜보던 누군가 소리쳤다. 하지만 민철은 그 순간 민박집 남편을 떠올렸다. 남편은 앞서가는 해설로 경기를 중계하다시피 했는데, 이럴 때 그는 어떤 해설을 할지 궁금했다. 부상을 당한 박찬희는 며칠 굶은 사람마냥 다리까지 풀려 일본 선수 품으로 기어들기에 바빴다. 오쿠마 쇼지는 그런 박찬희를 잽과 훅으로 막았고, 안타까움에 지켜보는 사람들의 입에선 장탄식이 터져 나왔다. 그런 와중에도 박찬희는 비틀거리며 클린치 작전으로 임했는데, 급기야 오쿠마 쇼지가 박찬희를 패대기치는 일까지 벌어졌다.

"어어, 저 새끼 뭐 하는 거냐. 레슬링 하러 왔어 왜놈 새끼야!"

다방 안 손님들이 커피 잔을 집어던지며 거칠게 소리를 질렀다. 그 시간 체육관에서 경기를 지켜보던 관중들은 우우, 소리를 지르며 빈병과 깡통을 링으로 던졌다. 그렇게 7회를 간신히 넘긴 박찬희는 8회 들어 한 차례 다운까지 당했다. 가까스로 일어났지만 박찬희는 이미 전의를 상실한 모습이었고, 9회에선 처참하게 두들겨 맞기만 하다가 TKO로 패하고 말았다.

"에이, 씨팔! 일본 놈에게 지는 게 어딨어!"

다방 안의 손님들이 탁자를 내리치며 소리쳤다. 박찬희는 그때까지 링에 주저앉아 있었고, 일본 선수는 좋아서 경중경중 뛰었다. 대학생 천재 복서로 알려진 박찬희의 6차 방어전은 그렇게 허무하게 끝이 났고, 분이 안 풀린 손님들은 이 집 저 집으로 몰려가 술을 펐다.

월요일 아침, 신문들은 일제히 '김종필, 김대중 연행'이라는 제목의 기사를 톱기사로 실었다. 기사는 두 사람을 포함해 스물여섯 명이 연행되었으며 이들의 죄명은 권력형 부정 축재와 사회 불안 조성, 학생 선동

혐의 등이었다.

"봐라, 막 잡아들이잖냐."

아버지는 예상을 했다는 듯 그렇게 말했다. 민철은 신문을 챙겨 들고 학교로 갔다. 하지만 교실은 신문에 나온 이야기보다 전날 벌어진 박찬희 선수의 권투 이야기로 시끄러웠다. 두 달에 한 번 꼴로 시합을 하니 지는 게 당연하다는 말도 들려오고 일본 선수의 전략에 말려졌다는 소리도 들려오고 근성이 부족해졌다는 소리까지 들려올 때 애국조회가 열린다며 연병장으로 집합하라는 외침이 들려왔다.

교련복으로 갈아입은 민철은 목총을 들고 연병장으로 나갔다. 밴드부원들이 행진곡을 연주하며 위치에 섰고, 칼을 찬 학생 대대장이 구령을 했다.

"교장 선생님께 대하여 받들어 총!"

군인도 아닌 학생들이 군인처럼 목총을 들어 일제히 "멸공!" 하자 학생 대대장이 칼을 휘두르며 "멸공!" 했다. 그러자 군인도 아닌 교장이 군인처럼 거수경례로 "멸공!" 했고 밴드부가 빰빠라밤빠빰빠빠빠⋯⋯ 하며 사단장급 의전 경례곡을 연주했다. 밴드부 연주가 끝나자 교장은 손을 내렸고, 학생 대대장이 "세워 총!" 했다. 교장이 "열중쉬어!" 하자 학생 대대장이 복창하며 뒤돌아서선 군인처럼 "대대 열중쉬엇!" 했다. 학생들이 목총을 내밀며 열중쉬어 자세를 취하자 교장의 훈시가 시작되었다.

"에, 교직원 및 학생 여러분. 여러분도 이미 신문과 방송을 통해 알고 있겠지만 정부에서는 그간 제주도를 제외한 부분 계엄 상황이었던 것을 어제 자정부터 제주도까지 포함한 전국 계엄 상황으로 변경 공포했습니다. 담화문에서도 밝혔듯 이는 북한 괴뢰 집단이 언제 다시 남침을 할지도 모른다는 위기의식에 따른 것으로 보여지며, 북괴와 국가 전복을 꾀하는 불순 세력들로부터 나라를 굳건하게 지키려는 선제적 대응이라는 점에서 이 교장은 정부의 판단을 높이 평가하지 않을 수가 없습니다. 이에 우리 교직원 및 학생 여러분은 각자 본연의 자세를 견지하는 것은 물론이고, 위기에 빠진 대한민국을 여러분 스스로 지킨다는 마음가짐으로 충만해야 할 것입니다. 그러자면 자신을 희생하는 분골쇄신의 마음이 있어야 하겠고, 높은 애국심이 있어야 할 것입니다. 교직원 및 학생 여러분이 나라를 지키는 방법은 어렵거나 힘들지 않습니다. 우리 지역에 암약하고 있는 고정간첩은 물론 국가 전복을 꾀하는 불순 세력 또는 불온 서적을 탐독하거나 사회 불안을 조성하기 위한 목적으로 유언비어 등을 유포하는 자들을 경찰서나 대공관서에 신고하면 됩니다. 그렇게 할 때 북괴는 남침 야욕을 버릴 것이고 정선 또한 간첩이 득시글거리는 폭도의 고장이라는 오명 또한 벗을 수 있을 겁니다. 나는 여러분이 그러한 일들을 잘해주리라 믿을 것이니 애국하는 자세로 계엄 당국을 도와주길 당부합니다. 마지막으로 덧붙일 말은 이번에 공포된 포고령 10호 또한 잘 숙지하여 교직원 및 학생 본인이나 가족들이 계엄사에 끌려가 고초를 당하는 등의 불미스러운 일이 발생하지 않도록 조심 또 조심해주길 당부드립니다. 만약이라도 교직원이나 학생 여러분께서 그런 일에 연루된다면 교장으로서 가차 없이 조치할 것이니 그리 알길 바랍니다. 여러분을 지켜보는 눈이 한둘이 아님을 명심하고 언행이나 행동 하나하나에도 각별한 주의를 기울여주길 바랍니다."

교장의 훈시는 지루함이 느껴질 정도로 길었다. 늘 비슷한 이야기라 학생들은 이번에도 귓등으로 넘겼지만 민철은 '지켜보는 눈이 있다'는 교장의 말에 뼈가 있다고 생각했다. 애국조회가 끝나고 교실로 돌아온 민철은 교장 목소리를 흉내 내며 같은 내용을 반복했다. 학생들은 책상을 치며 웃었으나 교장의 말에 담긴 행간은 읽지 못했다.

첫 수업은 영어 수업인데, 학교 전체가 자율 학습 시간으로 변경되었다. 교장이 교직원 회의를 주재한다고 하는데, 훈시 때 발언과 연관이 있는 듯했다. 그러나 대다수 학생들은 휴식으로 치부되는 자율 학습이 좋았던지 웃고 떠들고 책상 위를 뛰어다니느라 바빴다. 3학년 지도부 선배들이 복도를 돌며 조용히 하라고 소리쳤지만 시국에 관심이 많은 2학년 학생들은 조용하지 않았다.

"민철아, 김대중을 잡아들였는데 광주 사람들이 가만히 있을까?"

신문을 뒤적이던 처남이 물었다.

"전라도에선 상징적인 인물이니까 가만히 있지 않을 거야. 어제만 해도 광주에서 계엄 해제를 요구하는 대규모 시위가 발생했다는데, 오늘은 더 크게 일어나겠지."

"그럼 포고문 10호를 위반하는 건데 보안사령관에다 중앙정보부장을 겸직하고 있는 전두환이가 그냥 넘어갈까?"

"당연히 그냥 안 두겠지. 어쩌면 모종의 시나리오를 준비하고 있을지도 모르고."

민철의 말에 처남은 "불안하다, 불안해" 했다. 하지만 저녁 뉴스에선 제30회 전국 야구선수권대회에서 상업은행이 롯데를 이기고 16년 만에 패권을 차지했다는 뉴스가 미담 기사처럼 나왔을 뿐 광주 이야기는 전해지지 않았다. 사람들은 계엄령 확대가 학생들을 잠잠하게 만든 효과가 있다고 여겼고, 다음 날 신문엔 대법원 전원합의체에서 10·26 사건 관련 피고인들의 상고를 모두 기각하고 김재규 등 다섯 명의 피고인을 원심 형량대로 사형, 김계원 무기 징역, 유석술 징역 3년을 확정했다는 뉴스가 톱기사로 실렸다.

이튿날인 석가 탄신일에 배달된 신문엔 국무위원 전원이 최규하 대통령에게 사표를 제출했다는 뉴스가 톱뉴스로 나왔고, 그 옆으로 '광주 일원 데모 사태'라는 박스기사가 작게 실렸다.

"광주는 전국 계엄령하에서도 데모질이네."

"김대중이 잡혀가니 그러겠지요."

"잘못도 없는데 잡아갈까. 이럴 땐 가만히 있는 게 사는 건데. 다들 참."

아버지는 신문을 접더니 담배를 피워 물었다. 일제 식민지 나라에서 태어나 일제를 겪고 해방을 겪고 분단을 겪고 미군정을 겪고 전쟁을 겪고 이승만과 박정희 시절을 겪은 아버지였다. 긴 세월 동안 어느 한 시절 평화로운 때가 없었고, 그 시절은 지금의 계엄령보다 훨씬 더 무섭고 엄혹한 시간이었던 터라 아버지의 체념은 당연하다는 생각이 들었다.

민철은 집을 나와 오랜만에 포교당으로 갔다. 지난해부터 학생회 신도가 되어 띄엄띄엄 다녔던 곳인데, 무슨 정신으로 사는지 2학년 들어서는 한 번도 가지 못했다. 국민학교 앞에 있는 포교당은 천년 고찰인 정암사 말사로 규모는 작아도 옛 기와를 올려 풍취가 좋았다. 국민학생 시절 절 마당에 놀러갔다가 불두화를 꺾어 집에 가지고 온 적 있었는데, 올해도 불두화는 어김없이 환하게 피어 있었다.

초파일이라 그런지 포교당은 신도들로 북적거렸다. 크기 않은 대웅전 댓돌엔 법회를 보러 온 이들의 신발이 가지런하게 놓여 있었고, 고등학교 밴드부는 저녁에 있을 연등 행사를 위해 찬불가를 연습하고 있었다. 법회를 마치고 마당으로 나서니 친구들이 반갑다며 손을 잡았다.

"야, 민철이 오늘은 나왔구나."

"초파일인데, 당연하지."

민철이 활짝 웃으며 말했다. 학교에서 자주 보는 사이지만 포교당에서 보니 더 반갑고 새로웠다. 작년 초파일 때 정선극장에서 열린 불교 예술제를 함께 준비하면서 고생했던 친구들이기도 했다. 올핸 계엄령 때문에 애초부터 포기한 축제인데, 다들 아쉽다고 했다.

저녁이 되자 포교당 마당은 더 붐벼 발 디딜 틈도 없었다. 저녁 공양을 한 민철은 지난해와 같이 친구와 함께 대형 연등을 들기로 했다. 어둠이 내리자 연등에 불이 밝혀졌고, 제복을 차려입은 밴드부가 앞에 섰다. 콘덕의 지휘로 찬불가가 연주되었고, 연등 행진이 시작되었다. 포교당을 출발한 연등 행렬은 관청이 밀집한 시내를 돌아 정선역까지 다녀오는 코스로 두 시간은 족히 걸렸다.

다음 날 아침 신문엔 최규하 대통령이 새 내각을 발표했다는 기사가 크게 나왔다. 국무총리 서리엔 박충훈을 임명했고, 부총리 겸 경제기획원장관에 김원기를 임명했다는 내용이었다. 신문엔 또 광주 시위대가 도청, 도경 및 광주교도소를 제외한 광주 시내 전 공공건물을 장악했다는 기사가 실렸고, 이희성 계엄사령관이 '광주 지역 소수의 폭력 난동자'에 대하여 강력한 조치를 취하겠다는 경고성 담화문을 발표했는데, 내용은 이러했다.

지난 18일 수백 명의 대학생들에 의해 재개된 평화적 시위가 오늘의 엄청난 사태로 발전된 것은 상당수의 타 지역 불순 인물 및 고정간첩들이 사태를 극한적인 상태로 유도하기 위하여 여러분의 고장에 잠입, 터무니없는 악성 유언비어의 유포와 공공시설 파괴, 방화, 장비 및 재산 약탈 행위 등을 통하여 계획적으로 지역 감정을 자극 선동하고 난동 행위를 선도한 데 기인된 것입니다. 이들은 대부분이 이번 사태를 악화시키기 위한 불순분자 및 이에 동조하는 깡패 등 불량배들로서 급기야는 예비군 및 경찰의 무기와 폭약을 탈취하여 난동을 자행하기에 이르렀으며 이들의 궁극적인 목표는 너무나도 자명하여 사태의 악화는 국가 민족의 운명에 파국적인 결과를 초래할 것이 명약관화한 사실입니다……

다음 날 2교시 수업을 하고 있는데, 사복을 입은 군인이 찾아왔다. 군인은 선생에게 무슨 말인가를 하더니 "강민철 나와!" 하고 소리쳤다. 느닷없는 일이라 민철은 선생을 바라보았다. 선생 또한 영문을 모르는지 "군인이라고 하는데, 잠깐 보자네"라고 할 뿐이었다. 민철은 올 게 왔구나, 하는 심정으로 군인을 따라나섰다.

군인이 학교에 왔다는 소식에 학생들은 무슨 일인가 싶어 창문을 열었다. 군인과 함께 연병장을 가로질러 가는 동안 학생들은 우우, 하고 소리를 질렀다. 민철이 교실을 향해 손을 흔들어 보이자 학생들은 더 큰 소리를 냈다. 그 모습을 본 군인이 피식 웃으며 "새끼들, 잘들 논다" 했다. 교문을 벗어나자 학생들의 소리는 들리지 않았다. 민철이 군인에게 물었다.

"저…… 무슨 일인데요?"

"가보면 알아."

군인은 짧게 말하더니 빠른 속도로 걸었다. 군인과 함께 간 곳은 경찰서가 아니라 마당이 있는 옛날 기와집을 현대식으로 고친 집이었다. 친구네 집에서 멀지 않은 곳인데, 담장과 대문이 있어 평소엔 가까이 하지 못했던 집 중 하나였다. 하지만 대문을 열고 들어가니 보통의 가정집과 달리 입구에서부터 사복을 입은 군인들이 근무를 서고 있었고, 분위기 또한 군부대를 연상케 할 정도로 삭막했다. 민철은 정선에 이런 공간이 있었나, 하면서 군인을 따라 실내로 들어갔다. 넓은 거실엔 응접용 탁자가 놓여 있고, 거실을 중심으로 여러 개의 방이 이어져 있었다. 군인이 어느 방에 멈추더니 "데리고 왔습니다" 했다. 잠시 후 계급장 없는 군복을 입은 누군가 방에서 나왔고, 민철을 데리고 온 군인은 돌아갔다.

"민철 학생이라고 그랬나?"

가르마를 8대 2로 정갈하게 탄 이가 물었다. 중저음의 정중한 느낌을 주는 음성이었다. 야비하진 않지만 영화에 등장하는 독일 게슈타포처럼 냉정한 인상도 엿보였다. 민철이 긴장하며 고개를 끄덕였다. 가르마는 민철을 자신의 방으로 들이더니 "앉지" 했다. 민철이 소파에 앉자 가르마가 인사를 나누듯 한마디 던졌다.

"세상에 관심이 많다고 들었네만."

"아닙니다."

민철이 하고 싶은 말은 아니었다. 예, 라고 했어야 하는데 이미 뱉은 후였다. 가르마가 민철의 마음을 알아차린 듯 풋, 하고 웃었다. 그리곤 담배 케이스에서 시가를 꺼내 한참 동안 불을 붙인 후 물었다.

"윤미옥 선생님 일 말야."

송희에게 선물했던 책과 관련된 일은 아닌 듯했다. 민철은 순간 다행이라는 생각을 했다. 가르마가 시가를 길게 빨더니 말을 이었다.

"그럴 것까지야 없었는데, 참 안된 일이야."

가르마가 잠시 말을 멈추며 민철의 반응을 살폈다. 민철이 벌떡 일어나 "선생님은 당신들이 죽였어요!"라고 소리치고 싶었지만 그렇게 하지 못했다. 민철이 가만히 있자 연기로 도넛을 만들던 가르마가 물었다.

"선생님을 좋아했나?"

민철이 아닙니다, 라고 둘러댈 수 있는 질문은 아니었다. 뭔가 다 알고 있으면서 묻는 것이라는 생각이 들었다. 민철은 "예"라고 대답했다.

"시골 학생들, 도시에서 온 여선생 좋아들 하더만. 러브였나?"

"선생님으로 존경했습니다."

"존경이라…… 그럴 수도 있겠지. 윤 선생에게 막스라는 약혼자가 있는데, 민철이도 알지?"

민철은 순간이지만 잠시 고민했다. 막스를 끌어들이는 거 보니 가르마가 원하는 게 있을 듯싶었다. 선생의 일기장에 언급된 이야기를 하려는 것인지도 모른다는 생각에 공포감이 와락 밀려왔다. 민철은 저도 모르게 움찔하며 고개를 끄덕였다.

"막스는 북한을 다녀온 간첩이야."

간첩이라는 말에 민철의 몸이 얼음처럼 굳었다. 방 안 공기 또한 겨울처럼 춥게 느껴져 찬 기운마저 돌았다. 하지만 선생의 일기장에 언급된 막스는 간첩이 아니라 군부 독재와 싸운 운동권일 뿐이었다. 민철은 군인들이 막스를 간첩으로 몰고 있다고 생각했다. 그럴 수 있는 시절이고 그렇게 여럿이 죽기도 했다는 걸 민철은 책을 통해 알았다. 그런 이유로 민철은 섣불리 "정말인가요?" 하고 묻지 않고 가르마의 다음 말을 기다렸다.

"간첩하고 접촉하면 어떻게 되는지 알지?"

가르마의 목소리는 차분했다. 민철은 자신과 막스를 엮으려고 했다는 선생의 일기 내용을 떠올렸다. 민철은 혹시 가르마가 선생과 광부들에게 한 것처럼 자신에게도 고문을 가하지는 않을까, 라고 생각했다. 겁먹은 얼굴을 한 민철은 눈을 들어 가르마를 쳐다보았다. 가르마는 태연한 얼굴이었고, 시가를 뻑뻑 소리가 나게 몇 차례 빨더니 연기를 길게 토했다. 민철은 가르마가 연기를 다 토할 때까지 기다렸다가 입을 뗐다.

"선생님을 뵈러 갔다가 우연히 만났을 뿐입니다."

"그러니까 막스가 간첩인 건 몰랐다, 이 말이로군."

민철은 막스가 간첩이라는 말은 믿을 수 없습니다, 라고 말하려다 "예" 했다.

"첨엔 다들 그렇게 말하더군."

가르마가 혼잣말처럼 중얼거렸다.

"……"

"뭐 좋아. 그렇다고 해두지. 한땐 날라리로 지냈지만 어릴 적부터 영화를 좋아해 영화감독이 꿈인 데다 성우가 되고 싶다고도 했다지. 그래서 대학은 가고 싶은데, 이런저런 일로 공부는 안 되고…… 많이 답답하겠어."

가르마가 민철의 머릿속에 들어왔던 사람처럼 말했다. 섬뜩하기 그지없는 일이었으나 민철은 애써 담담한 표정을 지었다.

"성장통이라고 여기며 견디고 있습니다."

"호웃, 책을 많이 읽은 학생다운 현답이군."

"아닙니다."

"책을 좋아한다는 거 다 알고 있으니 겸손 떨 거 없네. 그래서 말인데, 윤미옥 선생 방을 치우면서 뭐 특이한 거 못 봤나? 뭔가가 있을 법한데 우린 영 못 찾겠더란 말이지."

"못 봤습니다."

민철이 처음으로 고개를 흔들었다.

"잘 생각해봐. 이건 아주 간단한 문제야. 이 문제만 잘 풀면 민철이 원하는 거 다 해줄 수 있어. 원하는 대학도 보내줄 수 있고, 영화감독도 시켜줄 수 있고, 방송국에 성우로 취직도 시켜줄 수 있다 이 말이야. 물론 문제를 못 풀면 정반대의 일이 생길 수도 있고 말야."

"무슨 말씀인지 모르겠습니다."

민철은 가르마가 이해할 수 없는 말을 한다는 투로 말했다.

"우린 학생이라고 해서 봐주거나 그러진 않아. 국가를 위한 일이라면 갓난아기라도 불 속에 집어던지거든. 연민이라곤 눈곱만큼도 없는 사람들이라 이거지."

"선생님은 죄가 없습니다."

"그러니까 나도 죄가 없다, 이 말이네?"

"예."

"두고 보면 알겠지."

가르마의 말에 민철은 아무 답도 하지 않았다.

"말이 잘 통할 줄 알았는데, 실망이군."

가르마가 시계를 보더니 "알았으니 그만 가봐" 했다. 민철이 일어나며 인사를 꾸벅했다. 민철이 방을 나서자 역시 계급장 없는 군인 몇이 밖에서 기다리고 있었다. 그들이 거수경례를 하자 가르마는 군인들을 방으로 들였다. 거실을 나온 민철은 마당을 가로질러 대문을 나서고야 살았다는 생각이 들었다. 빠른 걸음으로 사거리까지 온 민철은 식은땀을 흘리며 서점 앞에 털썩 주저앉았다.

민철은 가르마가 원하는 것이 선생의 일기장일 수도 있다고 생각했다. 선생의 짐 중에서 일기장 말고는 가르마가 말한 '특이'한 것은 없었다. 일기장만 보면 선생과 막스의 관계는 물론이고 두 사람이 어떤 이야기들을 주고받았는지 또는 민철과 나눈 이야기나 막스가 어떤 일을 했는지도 다 알 수 있었다. 가르마가 일기장을 필요로 한다면 막스를 진짜 간첩으로 몰기 위한 일이기도 하겠고, 어쩌면 그 일에 민철 자신도 걸려들 수 있겠다는 생각까지 들었다. 그런 생각을 하니 갑자기 정신이 아득해졌다. 민철은 학교로 돌아갈 게 아니라 집으로 가야겠다고 생각했다. 하지만 그때까지 식은땀은 멈추지 않았고, 일어설 힘도 없었다.

해는 뜨거워져 정수리로 떨어졌고, 거리를 오가는 사람들은 그늘을 찾아 걸었다. 민철도 그들을 따라 플라타너스 나무 아래로 엉금엉금 기었다. 그늘에서 잠시 쉬고 있는데, 점심시간임을 알리는 사이렌이 울었다. 이어 KBS 정선중계소 스피커에서 '정오의 희망곡'이 흘러나왔고, 프로그램을 진행하는 친구 누나 목소리가 마을로 울려 퍼졌다. 친구 누나가 선택한 첫 곡은 김세환의 「사랑하는 마음」이었고, 노래는 민철이 앉아 있는 거리로 퍼져나갔다.

점심시간이라 공무원들이 우르르 거리로 몰려나왔다. 군청 직원이 지나가고 교육청 직원이 지나가고 경찰서장과 과장들이 각자의 식당으로 이동하는 중에도 민철은 자리에서 일어나지 못하고 있었다. 식당으로 향하는 이들은 교복을 입은 채 숨을 헐떡이고 있는 민철을 의아하게 바라보며 지나쳤는데, 그때 앞집 사는 이 순경이 자전거를 타고 가다가 멈춰 섰다.

"민철아, 너 여기서 뭐해?"

"형, 점심 드시러 가시는 길이면 저 좀 집까지 태워줘요."

"학교는 어쩌고 여기 있는 거냐?"

"그럴 일이 있어요. 집으로 안 가세요?"

민철이 힘들어하는 얼굴을 하자 이 순경은 "간다, 타라" 했다. 민철이 자전거 짐받이에 앉자 이 순경이 자전거를 출발시켰다. 다리를 건너 집에 이르자 이 순경이 "니 어디 아프나?" 하고 물었다. 민철은 "예" 하며 이 순경에게 물었다.

"형, 혹시 정선교회 옆에 군인들이 거주하는 집이 있던데 형도 알아요?"

"알지. 이번 사북 사태 때문에 온 보안사 군인들이 집 하나를 빌려서 머문다고 하더라. 그건 왜?"

이 순경의 말에 민철은 "그냥요. 고마워요" 했다. 민철이 가게로 들어서자 엄마의 눈이 동그래졌다.

"뭔 일이나?"

"몸이 안 좋아 조퇴했어."

방으로 들어가던 민철이 "형은?" 하고 물었다.

"갑자기 뭔 바람이 부는지 서울 간다며 가더라."

엄마는 민식이 형이 집에 있어도 걱정, 떠나도 걱정이라는 듯 말했다.

"언제 온대?"

"내가 아누. 돈 떨어지면 오겠지."

엄마가 고개를 설레설레 흔들었다. 학교를 그만둔 민식이 형이 집에 돌아온 후 집안은 불안 덩어리 하나를 안고 사는 듯했는데, 당분간은 평화로울 것 같았다. 방으로 들어간 민철은 문을 빼꼼 열며 집 주변을 살폈다. 거리를 오가는 사람들은 많았지만 민철의 뒤를 밟는 이는 없는 듯했다. 하지만 민철은 검은 그림자가 선생의 집을 지켜보았듯 자신도 그렇게 지켜보고 있을 것이라는 의심은 지울 수가 없었다.

방을 서성거리던 민철은 선생의 일기장을 어디에다 숨길 것인가 고민했다. 선생이 잡혀가고 난 후 난장판이 된 방을 청소해본 경험이 있는 민철이었다. 그때 군인들은 워커발로 방을 뒤집었고, 일기장은 찾지 못했다. 하지만 이번엔 다를 것이었다. 그들은 민철 방은 물론이고 아버지 방과 장롱까지 뒤질 것이 분명했다.

민철은 일기장을 뒤란에 묻기로 했다. 아무리 생각해도 그곳만큼 안전한 곳도 없었다. 언젠가 막스에게 전해줄 것이라 포장도 단단히 했다. 신문으로 몇 겹 싼 민철은 그것을 광목으로 감았고, 광목 위로 비닐을 또 몇 겹으로 감았다. 나무 상자에 일기장을 넣은 민철은 벌레나 물이 들어가지 않도록 비닐을 또 감았고, 흙을 깊이 파곤 묻었다. 흙을 정리한 민철은 그 자리에 대형 소금 항아리를 올려놓는 것으로 마무리를 했다. 방으로 들어오자 친구 누나가 진행하는 '정오의 희망곡' 마지막 곡이 울려 퍼졌고, 점심을 먹으러 왔던 이 순경이 부리나케 자전거 페달을 밟았다.

점심을 챙겨 먹은 민철은 라디오를 켰다. 첫 뉴스는 김대중이 폭력으로 정부 전복을 기도하고 학생 시위를 배후 조종했다는 내용의 내란 음모 중간수사 결과 소식이었다. 이어 광주에서 벌어진 소요 사태가 인접 시군으로 확산되어 다수의 사상자가 발생하였고, 군경이 광주에서 외곽으로 통하는 모든 도로를 차단했다는 뉴스와 함께 18일부터 닷새 동안 광주에서 벌어진 일들을 날짜별로 정리한 뉴스가 이어졌다. 아나운서는 계엄 철폐와 김대중 석방을 요구하며 시작된 소요가 인근 지역으로 번졌고, 무기를 탈취한 폭도들이 공포를 쏘며 광주를 무법천지로 만들었으며, 일부 폭도들은 시신을 차에 싣고 시내를 돌며 선동을 했으며, 그 과정에서 도청과 시청 세무서 등을 파괴하였고, 광주 일대 파출소와 방송국에 불을 지르고 파괴하는 등의 폭력이 난무하다는 내용을 숨차게 읽어 내려갔다. 이어 미국이 항공모함 코랄씨호를 한국 근해에 파견하여 만일의 사태에 대비하고 있다는 뉴스까지 나오자 민철은 광주에 큰일이 생긴 게 틀림없다고 생각했다.

민철은 아버지 방에 가서 아침에 읽지 못한 신문들을 챙겨 왔다. 어제만 해도 광주에 관한 보도는 짤막한 박스 기사 수준이었는데, 오늘 신문엔 '광주 데모 사태 닷새째'라는 제목을 단 기사가 대문짝만 하게 나왔다. 내용은 라디오에서 들은 것과 하나도 다르지 않았다. 계엄사에서 방송과 신문을 사전 검열한다고 했는데, 라디오와 신문 보도가 같은 걸 보면 그것이 사실인 모양이었다. 그렇다면 신문과 방송이 전하지 못하는 소식이 더 많을 것이었고, 그것은 지난 번 사북 사태가 그러했듯 이번에도 광주 사람 말고는 알아서는 안 될 내용이 더 많다는 걸 증명하고 있었다.

벽에 기댄 민철은 눈을 감았다. 박정희가 죽은 날부터 지금까지 정선에서도 많은 일들이 생겨났고, 사북 사태는 여전히 진행 중이기도 했다. 그 와중에 막스를 만났고, 국어 선생은 자살을 했다. 그 여파로 난생처음 군인에게 잡혀가 협박과 회유를 당해보기도 했다. 민철은 이 모든 것이 영화나 소설이었으면 싶었다. 하지만 자신과 주변에서 벌어지고 있는 일들은 모두가 현실이었고, 피할 수도 없는 것들이었다.

답답했던 민철은 학교로 돌아갈까, 하다가 마음을 바꿔 집에서 책이나 읽기로 했다. 어머니께 조퇴를 했다고 한 마당에다 선생들이나 친구들이 물어오는 질문을 다 받아주기엔 머리가 너무 복잡했다.

민철은 벽면 가득 채워진 책으로 시선을 던졌다. 눈으로 제목을 읽어내려가던 민철은 소설 『희랍인 조르바』를 꺼냈다. 이미 읽었던 책이지만 술꾼에다 호색한이기도 한 '조르바'와 젊은 '나'만 만나면 괜히 입가에 미소가 지어졌다. 작가 니코스 카잔차키스는 조르바를 통해 부조리한 세상을 조롱하기도 하고 자신의 대역을 맡기기도 했는데, 민철 입장에선 두 사람의 여정이 부럽기만 했다.

그리스 크레타 섬에서 태어나 크레타 섬을 무대로 자전적 소설 『희랍인 조르바』를 썼고, 죽어서 크레타에 묻혔다는 니코스 카잔차키스는 평생 자유를 갈망하며 살았던 작가였다.

책을 덮은 민철은 겨울 바다에서 조르바처럼 춤추며 외쳤던 기억을 떠올렸다. 민철은 그때처럼 두 손을 활짝 펴곤 "자유다! 나는 이 세상 모든 억압으로부터 자유다!"라고 소리쳤다. 그 소리에 엄마가 무슨 일이냐며 문을 왈칵 열었지만 '자유'를 외치고 나니 민철의 심장을 뛰게 했던 불안과 초조가 가시는 듯했다.

다시 책을 펼치던 민철은 문득 자신도 『희랍인 조르바』를 쓴 카잔차키스와 같은 작가가 되고 싶다는 생각이 들었다. 민철은 정선에서 태어난 자신이 정선을 무대로 자전적 소설을 쓰고 자유를 갈망하다 정선에 묻힌다면 카잔차키스처럼 될까? 하는 생각까지 해보았다. 아니, 군이 카잔차키스뿐 아니라 『레 미제라블』을 쓴 빅토르 위고나 『닥터 지바고』를 쓴 보리스 파스테르나크나 『전쟁과 평화』를 쓴 톨스토이나 『죄와 벌』, 『카라마조프가의 형제들』 등의 작품을 쓴 또스토예프스키 같은 작가가 되어도 상관없다고 생각했다. 아니, 차라리 이 시대는 존 스타인벡의 소설 『분노의 포도』와도 닮았으니 그런 소설을 쓰는 작가가 되어도 좋겠다고 생각했다. 이들 작가가 살아온 생이나 민철 자신이 살아내고 있는 생이 그리 다르지 않을 뿐더러 처한 상황도 비슷하다고 생각했기 때문이었다. 또스토예프스키는 소설 『카라마조프가의 형제들』에서 "아름다움을 서로 차지하기 위해 신과 악마는 전투를 벌이며 그 싸움터는 인간의 가슴"이라 했고, 카잔차키스는 "하느님과 악마를 두려워하지 말고 젊음을 던지라"고 했으니 뜨거움만 잃지 않는다면 못 이룰 것은 아니라는 생각도 들었다.

포르노에 가까운 영화가 판을 치는 세상에서 영화감독이 된들 무슨 소용이고, 건네받은 시나리오만 읽는 성우가 된들 무슨 소용인가도 싶었다. 힘들고 어렵고 고단한 길이겠지만 작가가 되기만 한다면 어둔 시대를 마음껏 담아낼 수 있겠다는 생각이 강하게 들었다. 그리하여 고문과 폭행을 무차별로 당하고 있는 사북 사람들의 이야기를 쓰고 막스와 국어 선생의 이야기와 보안사 군인이 던졌던 "첨에 다들 그렇게 말하더군"이나 "말이 잘 통할 줄 알았는데, 실망이군" 같은 말을 멋지게 돌려주는 날이 오면 좋겠다는 생각까지 들자 기분이 꽤히 좋아졌다.

민철이 그러한 꿈에 젖어 있는데, 미친소가 방문을 왈칵 열었다. 뒤에는 주기동이 민철의 가방을 옆구리에 끼고 있었다.

"어라, 니 집에서 뭐 하나?"

미친소가 어이가 없다는 듯 물었다.

"보다시피 독서 중이지."

민철이 책을 보여주며 대꾸했다.

"군바리한테 끌려간 놈 치곤 멀쩡한데?"

주기동이 민철의 가방을 방으로 던지며 고개를 갸웃했다. 민철이 "끌려가긴!" 하곤 엄마 계신데 시끄럽게 굴지 말고 얼른 방으로 들어오라며 손짓했다.

"집엔 언제 왔나?"

미친소가 물었다.

"점심 때."

"그럼 학교로 와야지 집으로 오면 어떡하나?"

"어차피 공부도 안 될 텐데 학곤 가서 뭐해."

"뭐 하긴, 담임이 뭔 일 난 줄 알고 걱정하잖아."

"걱정은."

민철이 피식 웃었다. 권력으로부터 학생을 보호하지 못하는 학교가 무슨 학교인가 싶었다.

"아참, 민철아. 어젯밤 광준이 형한테 전화 왔는데, 광주에 있다더라."

미친소가 광준이 형 소식을 전했다.

"또 데모 진압하러 갔대?"

주기동이 물었다.

"그런 모양이지 뭐. 뭐가 바쁜지 작년 부마 사태 때도 나 부산 왔으니 그렇게 알고 있어요, 하고 끊었거든. 이번에도 엄마가 받았는데, '나 광주 작전 나왔으니 그렇게 알고 있어요' 그 말만 하고 끊더래."

미친소의 말에 민철이 "광준이 형 성격이 원래 그렇잖아. 그래도 걱정하는 부모님께 그런 전화라도 해주는 게 어디냐. 민식이 형 같음 돈 떨어지기 전엔 죽었는지 살았는지 감감이다" 했다.

"아참, 민식이 형은 어디 갔어?"

주기동이 물었다.

"서울 갔대. 남산공전 다니는 친구들이 있다고 하더만 놀러 갔을 거야."

"남산공전이라면 남산 일대를 주름잡는다는 유명한 학교 아냐?"

주기동이 또 물었다.

"그래 맞어. 공업계 전수학교라 한가닥들 한다더만."

민철의 말에 미친소가 "삼촌이 그러는데, 곧 태풍이 불 것 같다며 민식이 형 조심해야겠다고 하더라" 했다.

"나도 말은 하는데, 말을 들어야지."

민철이 답답하다는 듯 한숨을 내쉬었다. 그때 민철의 아버지가 "누가 왔나?" 하며 방문을 열었고, 미친소와 주기동이 벌떡 일어나 인사를 꾸벅했다.

"이 녀석들 오랜만에 왔구나."

"민식이 형한테 걸리면 공부 안 하고 놀러 다닌다고 혼나요."

주기동이 목덜미를 긁적거리며 말했다. 그동안엔 민식이 형과 친구들이 집에서 기숙을 하다시피 했기에 미친소와 주기동은 민철 집으론 발걸음도 하지 않았다. 아버지는 "그느무 자슥, 저나 잘할 일이지" 하며 방문을 닫았다.

수상한 광주

다음 날 아침 아버지는 배달된 신문을 식사도 거른 채 읽었다. 워낙 꼼꼼하게 신문을 읽는 통에 민철은 그 사연이 궁금하기도 했다. 시간이 없던 민철은 아버지가 밀어놓은 신문을 챙겨 학교로 갔다. 교문을 지키고 있던 3학년 지도부 선배들이 민철에게 "군인에게 붙잡혀갔다며 괜찮나?" 하고 물었고, 교실로 들어서자 반 친구들도 박수를 치며 멀쩡하게 등교한 민철을 반겨주었다. 민철이 자리에 앉자 친구들은 어딜 갔었냐, 광부들처럼 고문은 당하지 않았냐, 총구를 얼굴에 들이대지는 않더냐, 등등의 질문을 쏟아냈다. 민철이 신문을 펼치며 말했다.

"짜식들, 내가 그렇게 당했음 좋겠나? 별 일 아니니 걱정 마라."

신문엔 '광주 사태 수습 움직임'이라는 제목과 함께 시위대에 의해 불타는 차량을 찍은 사진이 크게 실렸으며, 광주 시민수습 대책위원회와 학생 대표 대책회의가 일천여 정의 총기를 회수했다는 설명도 이어졌다. 신문 하단에는 전날 임명된 박충훈 국무총리 서리가 '광주는 치안 부재 상태이며 김종필 공화당 총재와 김대중 전 대통령 후보는 정식 영장 발부에 의한 구속이 아니라 포고령 위반으로 연행 조사 중'이라고 말했다는 기사가 실렸고, 한국군 일부를 소요 진압에 동원할 수 있게 해달라는 한국 정부의 요청에 위컴 한미연합사령관이 동의했다는 기사와 미국 조기경보기 두 대를 한국 지역으로 급파했다는 기사 등이 1면을 장식하고 있었다.

"야, 텔레비전 보니 방송국도 불타던데, 이건 전쟁이다 전쟁."

"그러게. 폭도들이 총을 들고 있다면 총을 쐈다는 거잖아."

"폭도만 있는 게 아니라던데. 광주엔 북괴에서 남파된 무장 공비도 있다고 하더라."

"울진 삼척 지역에 무장 공비가 나타났을 때보다 더한 거 보니 전쟁 맞네."

신문을 함께 보던 친구들이 한마디씩 했다. 울진 삼척에 나타났던 무장 공비 중에서 정선 읍내에서 사살된 공비도 서넛은 되었기에 당시를 기억하는 친구들도 제법 있었다.

"야, 내가 보기엔 소요 진압을 위해 한국군을 동원할 수 있게 해달라는 한국 정부의 요청을 미국이 승인했다는 게 더 중요한 거 같다. 내가 알기론 우리나라 군대를 움직이려면 미국의 승인을 받아야 하거든."

민철이 말했다. 미친소가 말을 받았다.

"그럼 군인과 광주 사람들 간에 전쟁이 시작된 건가?"

"그렇지."

"광준이 형 광주엔 벌써 갔는데, 지금쯤 총 쏘고 그러는 거 아냐?"

미친소가 걱정스런 얼굴을 했다.

민철이 "광주에 작전 나갔다고 했으니 그럴 가능성이 높다"라며 신문을 넘겼다. 사회면엔 '오열 광주 새 질서 찾기 진통'이라는 제목의 기사가 크게 실렸는데, 광주에 '엄청난 유혈 참극'이 벌어졌다면서 부상자를 위한 헌혈 운동과 부상자 돕기 모금이 진행 중이며, 도로에는 불탄 차량의 잔해가 즐비하다는 내용 등이었다.

"햐, 유혈 참극이라 하는 거 보니 사람이 많이 죽은 모양이다."

"전쟁 맞네. 여기도 전쟁 벌어지는 거 아니나?"

친구들의 목소리가 커졌다. 뉴스에 관심 없던 친구들까지 민철 주위로 몰려들었다. 광주에서 전쟁이 벌어졌다는 말에 친구들의 눈빛에 불안과 공포가 번지기 시작했다.

신문을 읽던 민철에게도 목포에서 군중 시위가 벌어졌다는 뉴스는 뉴스로도 생각되지 않을 정도로 광주에서 벌어진 일은 충격적이었다. 사전 검열을 맡은 기사가 저 정도라면, 광주의 현실은 더 참혹하고 끔찍하고 공포스러웠을 것이 분명했다. 신문은 광주에서 얼마나 많은 사람이 죽었고 다쳤는지에 대해선 한 마디도 하지 않았지만 민철은 사북에서 벌어진 것보다는 수천 배 아니 수만 배나 더 엄청난 일이 벌어졌을 것이라 생각했다.

더구나 시민들이 지닌 총기를 일천여 정이나 회수했다고 하니 아직도 더 많은 시민들이 총으로 무장을 하고 있다는 것이고, 총으로 무장한 시민들이 패를 나누어 서로에게 총질을 하지 않은 이상 시민들의 총구는 군인에게 향할 것인데, 그것은 무장을 한 군인과 무장을 한 시민이 서로를 향해 총을 쏘았다는 이야기였다. 이건 내란이나 전쟁 상황인 것이지 단순한 시위나 소요 정도로 볼 사안은 아닌 것이었다. 사북 상황을 겪은 민철로서는 미국까지 낀 광주 상황의 전모가 궁금했지만 달리 확인할 방법이 없어 답답했다.

"민철아, 신문 다 읽었으면 줘봐."

친구들이 신문을 가지고 가더니 한 장씩 돌려 읽기 시작했다. 사북을 경험한 친구들이라 광주 이야기가 남의 일은 아닌 듯했다. 아침 조회가 끝나고 담임은 민철을 교무실로 불렀다. 교무실로 가자 담임은 어제 어떤 일이 있었는지 물었고, 민철은 군인이 물어본 것에 대해 이야기했다.

"별 일 아니라니 다행이다. 그나저나 윤 선생님 때문에 니가 고생이 많구나. 앞으론 그런 일에 신경 쓰지 말고 공부나 열심히 해라. 측량 기능사 자격증이라도 따야 취직을 할 거 아니냐."

국어 선생 때문이라는 담임의 말이 목구멍에 걸렸지만 민철은 "예" 하곤 교무실을 나왔다. 그때 첫 수업을 알리는 종이 울렸고, 교실로 돌아온 민철은 교과서 대신 노트를 펼쳐놓고 송희에게 편지를 썼다.

기록이 기억보다 앞선다는 걸 증명하지 않는 한 내 생은 의미가 없다. 송희도 나와 같은 생각이길……;

편지 첫 장에 그렇게 쓴 민철은 그간에 있었던 일들을 기록하기 시작했다.

다음 날 신문에 난 톱뉴스는 '김재규 교수형'이라는 제목을 단 기사였다. 토요일 오전 서울구치소에서 집행되는 교수형 대상자는 10·26 사건의 주모자 김재규와 사건에 가담하여 역시 사형이 선고된 박선호, 이기주, 유성옥, 김태원 등이었다. 그들에게 내란목적 살인 및 내란수괴 미수죄로 사형이 선고되었는데, 오늘 사형이 집행되는 모양이었다.

"박정희 시대를 마감시킨 김재규가 오늘 사형 당한다는구나."

아버지의 말에 민철은 "지금 박정희보다 더 쎈 놈이 오고 있는걸요" 했다. 아버지가 "더 쎈 놈이라니? 누굴 말하는 거냐?"라고 물었다. 살아오면서 단 한 번도 자유를 누리지 못한, 그리하여 억압의 시대만 살아온 아버지도 '더 쎈 놈'이 누군지 궁금한 모양이었다.

"전두환이요."

"전두환?"

"예, 보안사령관에다 중앙정보부장까지 역임하고 있는 전두환이요."

"밖에 나가니 사람들이 물렁한 최규하보다는 강단 있는 전두환이 대통령감이라고 말하는 사람도 있긴 있더라. 그래도 큰일 날 말이니 어디 가서 그런 소리 말거라."

아버지는 대학생들이 전두환 퇴진을 외치고 있고, 광주에서 전쟁 같은 일이 벌어지고 있는 것도 전두환 때문이라는 건 모르고 있는 듯했다. 민철은 "알았어요" 하며 아버지가 밀어놓은 신문을 훑었다.

김재규가 교수형 당한다는 소식 옆에 광주 소식이 실렸는데, 광주에 생필품이 부족한 것은 물론이고 쌀이 동이나 먹을 게 없다는 이야기와 교통과 통신이 완전 두절되어 광주 사람과 연락은커녕 길이 막혀 들어가고 나오지도 못한다는 내용이었다. 기사 말미엔 '계엄사령부에서는 무기를 반납하면 책임을 전혀 묻지 않겠다고 반복적으로 방송 중'이라며 폭도들에게 무기를 반납할 것을 요구하고 있다는 내용이 덧붙었다.

사회면엔 광주 사태를 알리는 화보 사진이 처음으로 실렸는데, 총을 든 시민들의 모습과 불타고 있는 건물 사진, 거리로 쏟아져 나온 시민들, 소총과 기관총을 반납하고 있는 시민들의 모습 등이 담겨 있었다. 사진만으로도 광주는 전쟁 중임을 알 수 있었고, '극렬분자와 일부 폭도들이 탈취한 버스가 중심가를 누비고 있다'라는 사진 설명은 광주를 무법천지의 땅으로 보기에 충분하다는 생각이 들었다. 더구나 '광주에서 북괴 간첩 1명 검거'라는 큼지막한 기사까지 있어 광주에 간첩이 활동하고 있다는 소문이 사실처럼 느껴지게 했다.

"간첩은 왜 꼭 이럴 때 붙잡히는지 참."

민철이 신문을 읽으며 중얼거렸다. 광주에서 검거된 간첩은 북한에서 남파된 이창용이라 했다. 간첩이 사용하는 각종 장비와 난수표, 공작금 등을 소지했다는 내용까지 있는 걸 보니 이창용이 간첩은 분명한데, 늘 시기와 장소가 절묘했다.

민철이 보기에 오늘도 신문은 광주의 상황을 제대로 전하지 못하는 듯했다. 그럼에도 광주는 현재 고립 상태에 놓여 있고, 총을 든 시민과 군인이 총격 중이고, 총격으로 인해 사람이 죽어나가고 있다는 것 정도는 사설과 행간을 통해서 알 수 있었다.

요즈음 학교는 그야말로 설렁설렁 가방만 들고 다녔다. 공부가 머리에 들어올 리 없는 시절이고 영어 단어가 눈에만 머물러 있으니 시간을 들인다고 될 일도 아니었다. 그럴 때 민철은 극장을 찾아 영화를 봤고, 늦은 시간 집으로 돌아오니 송희가 보낸 편지가 도착해 있었다. 편지엔 일요일 정선으로 간다며 기차역에서 만나자는 내용이 짧게 들어 있었다.

밤 뉴스는 신문과 마찬가지로 광주에서 간첩을 검거했다는 소식으로 시작하여 광주의 소요 사태는 고정간첩과 국가 전복을 노리는 불순 분자와 깡패들에 의해 저질러졌다는 보도를 이어갔다. 방송은 폭도들이 상가를 약탈하고 방송국을 불태우는 등의 사회 혼란을 야기하는 것도 부족해 다량의 폭발물은 물론이고 총과 탄약을 탈취하여 거리를 활보하고 있어 시민들이 불안에 떨고 있다는 후속 보도를 이어나갔는데, 화염에 휩싸인 방송국과 불탄 차량 등이 어지럽게 널려 있는 거리 모습을 반복적으로 내보내는 통에 뉴스를 보던 엄마도 "아구야, 광주에 난리가 났다더니 북괴가 정말 쳐내려 왔나보네"라며 불안한 얼굴을 했다.

송희의 눈물

일요일 날씨는 화창했다. 아버지는 가게에 있던 약재를 꺼내 마당에다 널었고, 민철은 엄마를 도와 마당 한쪽에서 산나물을 삶았다. 화덕 아궁이에 장작을 넣던 민철은 기적 소리가 나자 얼른 자전거에 올랐다.

"나무 넣다 말고 어딜 가나?"

나물을 뒤적이던 엄마가 소리쳤다.

"역에 가! 저 기차로 송희가 온다고 했거든."

민철이 페달을 밟으며 소리쳤다. 그때 다시 한 번 기적 소리가 길게 울었고, 민철은 자전거 페달을 더 힘차게 밟았다. 기차와 나란히 달린 민철은 다행히 기차보다 먼저 정선역에 도착했다. 숨차게 뛰어 개찰구를 빠져나가니 기차가 플랫폼으로 들어왔고, 이어 검은 옷을 입은 광부들이 족대와 어항을 들고 기차에서 내렸다. 그들은 정선 강에서 천렵을 하며 하루를 보내다 저녁 기차로 돌아가는데, 벌써 천렵 철이 된 모양이었다.

검은 옷들이 우르르 지나가자 송희가 보였다. 송희는 봄의 나라에서 온 소녀처럼 흰 운동화에 흰 티셔츠를 입었고 나풀거리는 꽃무늬 치마

차림이었다. 풀어헤친 갈래머리는 바람에 날렸고, 가슴엔 책까지 안고 있어 마치 서울 거리에서 보았던 어느 여대생처럼 상큼하고 발랄해 보였다.

"송희야!"

민철이 소리치며 손을 흔들었다. 민철을 발견한 송희도 손을 흔들며 뛰어왔다. 뛸 때마다 찰랑찰랑 흔들리는 머리칼은 샴푸 광고에 나오는 모델처럼 느껴졌고, 바람에 날려 찰랑거리는 송희의 머리칼을 바라보던 민철의 가슴이 괜히 뛰었다.

"오래 기다렸어?"

송희가 민철의 손을 잡으며 물었다.

"아니, 엄마 일 돕다 막 도착했어."

"엄마 일도 돕고, 민철이 효자네."

"무슨 말씀! 늘 그러는걸."

민철의 말에 송희가 하늘을 올려다보며 말했다.

"나도 학교에서 돌아오면 탄가루 묻은 아빠 옷이며 장화를 빨아주고 씻어주곤 했는데……."

"송희야, 아빠 보러 갈까?"

민철의 제안에 어두웠던 송희 얼굴이 환하게 밝아졌다.

"그래줄래? 실은 나, 아빠 보고 싶어 왔거든."

"그럴 거라 짐작했어. 하지만 장담은 못해."

말처럼 장담은 할 수 없었다. 어쩌면 경찰서 입구에서부터 험상궂은 군인들에 의해 쫓겨날지도 모를 일이었다.

"나도 알아. 지난번 엄마랑 다른 가족들이랑 왔을 때도 그랬잖아."

"좋아, 가보자."

민철은 송희를 자전거에 태우고 경찰서로 갔다. 경찰서 앞에 도착한 민철은 어떻게 하면 송희 아빠를 만날 수 있을까, 궁리했다. 미친소 삼촌을 찾아왔다며 무작정 들어갈 것인가, 아니면 미친소 삼촌에게 송희 아빠를 잠시라도 만나게 해달라고 떼를 써볼까, 생각해보았지만 둘 다 마땅한 구실은 아니었다. 이런저런 궁리를 하던 민철은 경찰서 앞에서 구멍가게를 하는 친구 금숙이네 집으로 갔다. 금숙이네 집은 근무 경찰이나 유치장 수감자들을 상대로 사식을 넣어주는 일까지 하고 있어 방법이 있을 것도 같았다. 가게 안으로 들어가자 금숙이는 없고 금숙이 엄마가 반갑게 맞았다.

"어구야, 민철이가 어쩐 일이나. 금숙이는 오늘 교회에서 소풍 간다며 거 따라갔는데."

그래서인지 금숙이 엄마는 점심을 혼자 준비하고 있었다.

"오늘도 경찰서에 들어갈 사식이 많은가봐요?"

민철이 부엌을 기웃거리며 물었다.

"사북 사태가 일어난 후부터 바쁘네. 지금이야 사람이 좀 줄었지만 첨엔 얼마나 많이 끌려왔던지 밥 해대기도 힘들 정도였어."

금숙이 엄마가 그릇에 반찬을 담으며 말했다.

"이 많은 밥을 혼자 배달하세요?"

"금숙이가 가끔 돕긴 하는데, 가가 놀러갔으니 오늘은 내 혼자 해야지 어째."

"그럼 오늘은 제가 도와드릴게요."

민철이 얼른 말을 받았다. 식사 배달을 왔다면 군인들도 막아서진 못할 것이었다.

"아유, 그럼 고맙지만 미안해서 어째."

"괜찮아요. 금숙이도 가끔 우리 집에 오면 부모님 일 돕고 그러는걸요."

"그래? 그렇담 군인과 경찰 분들 식사는 내가 배달할 테니 광부들 것만 좀 날라줘."

금숙이 엄마가 국과 밥솥을 가리키며 말했다.

"어디로 가면 돼요?"

"유치장."

"무도관이 아니고요?"

"조사는 거서 받는데, 밥 먹다 도망이라도 칠까 싶어 그러는지 식사는 꼭 유치장에서 하던걸."

민철이 "그럴 수도 있겠네요" 하며 밥솥 뚜껑을 열었다. 밥은 꽁보리로만 했는지 푸슬푸슬 부풀어 올라 있고, 국이라고 건더기는 없고 멀건 물에 파와 된장 찌꺼기만 둥둥 떠다녔다.

"햐, 밥과 국만으로 식사가 돼요?"

민철이 물었다.

"어차피 먹지 못할 거라며 이것도 많이 하지 말라고 해. 다들 토한다나 어쩐다나. 실제로 돌아온 밥그릇을 보면 입에 대도 않은 게 많기도 하고."

금숙이 엄마가 쟁반에 밥과 반찬을 담으며 말했다.

"쟁반 음식은요?"

"이건, 경찰과 군인들 거야."

"밥이 다르네요."

"경찰서 밥이라는 게 원래 죄수 다르고 근무자 다르고 그래."

군인과 경찰이 먹는 식사는 쌀밥에다 생선과 구운 김, 계란 후라이, 미역국 등이 올라가 민철네 집보다도 식단은 좋아 보였다. 금숙이 엄마가 쟁반을 머리에 이며 "유치장은 어딘지 알지?" 하고 물었다. 민철이 고개를 끄덕거리며 "예" 하자 금숙이 엄마가 가게를 나섰다. 금숙이 엄마가 경찰서로 들어가자 민철은 밖에서 기다리던 송희를 가게로 불렀다.

"송희야, 잘하면 아빠를 만날 수 있겠다."

"어떻게?"

"경찰서에 밥을 대는 집인데, 유치장에도 간대. 친구 엄마가 나보고 갔다주라 하셨거든."

"그래? 어머 잘됐다."

송희가 두 손을 맞잡으며 좋아했다.

"송희야, 혹여라도 아빠 만나면 울지 마. 송희가 울면 아빠가 더 힘들어하실 거야."

"응, 그럴게."

송희가 고개를 끄덕였다.

민철을 도와 빈 그릇을 담던 송희가 "우리 아빠 어떤 반찬 드시는가 좀 볼까" 하며 국과 밥솥 뚜껑을 열었다.

"어머, 우리 아빠가 반찬도 없이 이런 밥으로 식사를 하신단 말야? 말도 안 돼."

멀건 국을 들여다보던 송희가 눈물을 글썽거렸다. 수천 미터 지하 막장에서 하는 식사지만 도시락만큼은 정성스레 쌌던 엄마였다. 송희가 울상을 짓자 민철이 "국에 뭐 좀 넣지 뭐" 하며 남아 있던 생선과 계란 후라이 등을 국에 넣었다.

"자, 이럼 어때?"

민철이 국자로 생선을 뜨며 물었다.

"고마워 민철아. 아, 이 생선 아빠에게 갔으면 좋겠다."

송희가 그릇을 챙기며 훌쩍거렸다.

"그렇게 될 거라 믿자."

"제발!"

"들어가자, 송희야."

민철이 국과 밥솥을 양손에 들었다. 송희가 그릇과 수저가 담긴 바구니를 챙기자 민철이 앞장섰다. 경찰서 정문을 지나 유치장까지 가는데 두 사람을 제지하는 군인은 없었다. 유치장 앞에 이르러서야 입구를 지키고 있던 군인이 막아섰다.

"점심식사인데요."

"들어가."

군인의 말에 두 사람은 유치장 안으로 들어갔다. 유치장은 어두컴컴했고 실내엔 역겨울 정도로 악취도 났다. 군인들은 런닝만 입은 채 금숙이 엄마가 배달한 점심을 먹고 있었는데, 험악스러운 표정들이라 민철과 송희는 눈도 마주치지 않았다. 민철과 송희가 쇠창살이 쳐진 방을 기웃거렸다. 식사를 하던 군인이 두 사람을 보더니 소리쳤다.

"어이, 뭐야?"

"점심 배달 왔는데요."

민철이 겁먹은 소리로 대답했다. 그러자 점심을 먹던 군인들이 저마다 한마디씩 했다.

"이 나라가 빨갱이 새끼들에게 밥은 왜 주는지 모르겠단 말야. 자유당 때처럼 그냥 묻어버리면 그만인데."

"그르게 말여."

"포로도 밥은 주게 되어 있으니 너무 그러지들 말게."

"포로면 차라리 낫게. 저놈들은 제 나라를 전복하려고 지랄을 했으니 그렇지."

군인들이 던진 한 마디 한 마디가 송희의 가슴을 아프게 짓눌렀다. 아빠를 두고 하는 말이라 생각하니 화가 치밀었지만 군인들을 노려볼수도 없고 뭐라 대들 수도 없었다.

"어이, 괜히 왔다 갔다 하지 말고 거다 놓고 가."

군인의 말에 두 사람은 각자 가지고 온 것들을 바닥에 내려놓았다. 두 사람은 바구니에 있던 빈 그릇을 하나씩 꺼내면서 각 방으로 시선을 던졌다. 쇠창살 안에 있는 사람들의 몰골은 눈 뜨고 볼 수 없을 정도로 처참했다. 다들 같은 군복 차림인데 어떤 이는 윗옷이 벗겨진 채 맨살로 누워 있고, 어떤 이는 바지가 벗겨져 있고, 어떤 이는 퀭한 눈에다 통통 부운 얼굴을 하고 있고, 어떤 이는 핏자국이 얼굴을 가렸고, 어떤 이는 고개를 들고 있는 것도 힘이 들었는지 얼굴을 창살에 박고 있고, 어떤 이는 얼굴이 일그러져 있고, 어떤 이는 겁먹은 얼굴로 구석을 찾아 숨었고, 어떤 이는 팔을 가누지 못하고, 어떤 이는 다리를 펴지 못해 고통스러워하고, 어떤 이는 훌쩍훌쩍 울고 있고, 어떤 이는 연신 비명을 지르고 있고, 어떤 이는 넋 나간 사람마냥 멍하니 천장을 올려다보고 있고, 어떤 이는 헛소리만 하고 있어 송희는 누가 누구인지 알아볼 수도 없었다. 더구나 머리까지 산발을 하고 있어 누가 여자인지 누가 남자인지도 구분이 되지 않았다. 저들 중엔 아빠가 있을 테고 자신을 아는 이들도 많을 텐데, 송희를 아는 체하는 얼굴은 없었다.

빠르게 시선을 옮기며 아빠를 찾던 송희는 어느 순간 아빠로 보이는 사람을 발견했다. 그는 어디가 아픈지 벽에 기댄 채 신음만 흘리고 있었다. 송희가 사내를 향해 헛기침을 하기도 하고 일부러 노래를 흥얼거려봐도 사내는 고개를 들지 않았다. 빈 그릇을 다 꺼낸 민철이 군인들의 눈치를 보며 말했다.

"송희야 가자."

민철의 입에서 송희 이름이 나오자 몇 사람이 시선을 돌리는가 싶더니 이내 제 자리로 돌아갔고, 사내의 고개 또한 잠시 들리는 듯했지만 다시 숙여지며 바닥에 핏덩이 같은 것들을 게워냈다.

"응, 그래."

206

송희가 큰 소리로 답하며 반응을 살폈지만 광부들은 그 자리에서 움직일 줄 몰랐다. 유치장을 나서자 송희가 눈물을 주룩 흘렸다.

"너무해……."

"여기서 울면 안 돼. 어서 나가자."

민철이 송희를 이끌었다. 금숙이네 집으로 돌아오자 금숙이 엄마가 부엌을 오가며 부산스럽게 말했다.

"아유, 애썼어. 덕분에 빨리 끝냈네."

"식사 배달은 끝난 거죠?"

"응, 나중에 그릇만 찾아오면 되는데 그건 내가 할게."

금숙이 엄마의 말에 민철은 더 이상 할 일이 없으면 그만 가보겠다고 인사를 했다.

"그냥 가면 어떡해. 점심땐데 뭐라도 먹고 가야지."

"아니에요. 그냥 갈게요."

민철이 다시 한 번 인사를 꾸벅했다. 가게를 나서자 금숙이 엄마가 따라나서며 고맙다는 말을 몇 번이고 했다.

경찰서를 나온 이후부터 송희의 표정은 내내 어두웠다. 말을 붙이기도 어려웠지만 민철은 송희의 마음을 풀어줘야 할 듯싶었다.

"우리도 점심 먹어야지? 뭐 먹을까?"

"아무거나."

송희가 짧게 대답했다.

"빵집 가긴 그렇고…… 짜장면 먹을까?"

민철의 말에 송희가 고개를 끄덕였다. 민철은 송희를 데리고 친구네 가족이 운영하는 중화요릿집인 동흥루로 갔다. 화교 아버지를 둔 친구는 민철과 같은 반으로 고등학교 1학년 때 남원에서 정선으로 전학을 왔다. 그래서인지 친구는 전라도 사투리를 구수하게 잘도 썼다.

"어따, 민철이 어쩐 일이다냐?"

홀을 지키던 친구가 반색을 했다.

"짜장면 먹으러 왔어. 곱빼기 하나 보통 하나 줘."

"응, 알았응게. 3번 방으로 들어가잉."

친구가 분위기를 살피더니 두 사람을 방으로 안내했다. 잠시 후 친구는 단무지와 양파를 내왔고, 이어 짜장면을 내오더니 탕수육과 빼갈까지 가지고 왔다.

"탕수육과 빼갈은 안 시켰는데?"

민철의 말에 친구는 "아따 그건 내가 내는 싸비스여. 민철이 왔는데, 그 정도 싸비스는 해줘야제" 하며 새끼손가락을 까닥거렸다. 친구는 송희가 민철의 애인이라고 생각했던 모양이었다.

"알았다. 잘 먹으마."

민철이 그렇게 인사를 하자 친구는 방문을 닫고 사라졌다. 친구와 대화를 나누는 사이에도 송희는 고개를 숙인 채 말이 없었다. 민철이 송희 앞에 놓인 짜장면을 비비고 자신의 것을 비비는 동안에도 송희는 고개를 들지 않았다. 빼갈을 딴 민철이 송희의 술잔을 채우며 말했다.

"한잔해봐. 기분이 좀 나아질 거야."

민철의 말에 송희가 고개를 들었는데, 곧 울음을 터트리기라도 할 듯 눈물이 가득 고여 있었다. 민철이 잔을 비우자 송희도 단숨에 잔을 털어 넣었다. 안주로 나온 탕수육을 한 점씩 먹고 짜장면을 먹고 술잔을 또 비웠지만 송희는 말이 없었다.

"나 아까 아빠 봤어."

송희가 입을 열었다. 눈엔 눈물이 그렁그렁했다.

"진짜?"

"응. 어디가 아픈지 무척 고통스러워하고 계셨어. 얼굴이 퉁퉁 부어 딴 사람 같았지만 분명 아빠였어."

"아빠도 널 알아보셨을까?"

"그랬을 거야. 아빠가 딸을 몰라볼 리가 없지."

"그랬다면 아빠의 반응이 있었을 거 아냐."

"아빠가 날 보며 고개를 힘없이 가로젓는데, 여기 오면 안 돼 이러는 거 같았어. 그러곤 고개를 푹 숙이는데 눈물이 나서 참느라 혼났어. 그 순간 아빠! 하고 소리치며 뛰어가야 했는데…… 그렇게 못 했어……."

송희는 더 이상 말을 잇지 못하고 울음을 터트렸다. 그리곤 어깨를 들썩이며 서럽게 울었다.

"우리 아빠…… 너무 불쌍해……."

민철이 자리를 옮겨 송희를 가만히 안아주었다.

"민철아, 우리 아빠 아무 죄도 없는데 왜 저런 꼴을 당해야 돼……."

"그래, 아빤 아무 죄 없어. 그러니 곧 나오실 거야."

"아까 군인들 하는 얘기 봐. 우리 아빨 빨갱이라고 하잖아. 죽여버리지 왜 밥은 주냐고 하는 군인들이 아빨 그냥 풀어주겠어? 너무 가슴이 아파…… 나 때문이라는 생각도 들고……."

"너 때문이 아니야. 그러니 자책하지 마."

민철이 할 수 있는 말은 그게 전부였다.

"내게 총이 있다면 아빨 저렇게 만든 군인들 다 죽여버리고 싶어……."

울음소리가 더 커졌다. 그만 울라고 할 수도 없어 민철은 송희의 머리를 쓰다듬어주었다.

"그놈들, 언젠간 벌 받을 거야…… 내가 그놈들 벌 받으라고 기도할 거야…… 매일 매일……."

송희가 어깨를 들썩이며 두 손을 모았다.

죽음의 행렬

다음 날 학교에 등교하자 짜장면집을 하는 친구가 "어제 느이 싸웠냐?" 하고 넌지시 물어왔다. 민철은 "싸우긴, 그럴 일이 있었다"라고 대충 얼버무렸다. 하지만 친구는 "까이가 슬프게 울더마잉" 하며 자꾸 물었고, 민철은 "어제 호의는 고마웠지만 우리 일에 자꾸 끼어들면 혼난다" 하며 인상을 썼다. 친구는 움찔하며 자기 자리로 돌아갔고, 민철은 송희에게 편지를 썼다.

광주에서 군인과 시민 간에 총격이 있은 지 열흘이 지났다. 저녁 뉴스는 계엄군이 광주에 전격 투입되어 광주 시내를 장악했다는 이야기로 시작되었다. 새벽 세 시 반 광주에 진입한 계엄군은 시가지를 장악하는 과정에서 폭도 이백여 명을 체포했으며, 계엄사의 진압 명령을 거부한 전남도경국장을 지역 계엄사에서 연행했다는 뉴스도 이어졌다. 다음 날 신문에는 계엄사령부 발표를 인용한 기사로 채워졌는데, 계엄군이 광주를 장악하는 과정에서 민간인 열일곱 명이 사망하고, 이백구십오 명을 검거했으며 계엄군 두 명이 순직했다는 뉴스가 비중 있게 보도되었다.

"야, 군인이 투입되었다더니 광주에서 사람이 열일곱 명이나 죽었단다. 광주 보니 사북은 아무 것도 아니었네."

신문을 보던 주기동이 고개를 설레설레 흔들었다.

"그럼 시민과 군인이 영화처럼 도심에서 시가전을 벌였단 이야기잖어. 얘기만 들어도 살벌하다 살벌해."

미친소가 몸을 움찔하며 말했다. 학교는 온종일 광주 이야기로 소란스러웠다. 점심시간엔 미친소 제안으로 학생들이 두 패로 나눠 책상을 사이에 두고 총격 장면을 재연했다. 상대에게 분필을 던지고 지우개를 던지고 도시락을 던지고 미사일을 쏜다며 가방까지 던졌다. 학생들은 전쟁놀이를 하면서 웃고 떠들었으나 실제 그런 일이 벌어진다면 끔찍한 일이었다.

다음 날 오후엔 사북 사태로 인해 수배 중이던 광부 셋이 또 잡혀갔다는 소문이 돌았고, 그들은 정선경찰서로 끌려온 광부들보다 죄가 무거운지 곧장 서울 계엄사로 압송되어 갔다고 했다.

사흘 후 학교 교실은 며칠 전보다 더 떠들썩했다.

"야야, 이거 봐라. 광주에서 죽은 사람이 열일곱 명이 아니었어."

처남이 가지고 온 신문엔 광주 사태로 인해 민간인 144명, 군인 22명, 경찰관 4명 등 총 170명이 사망했으며, 18일 이후 현지에서 시민 1,740명을 검거 조사하여 그중 1,010명을 훈방했고 현재 조사 중인 사람이 730명이라는 기사가 전면에 실려 있었다.

"백칠십 명? 햐, 광주 사태가 아니라 광주 전쟁 맞았네."

주기동의 말을 민철이 이어받았다.

"미친소야. 군인도 스물두 명이나 죽었다는데, 광준이 형한텐 소식 없어?"

"뭔 일 있었으면 지금쯤 연락 왔겠지. 광준이 형이 그래도 허투루 죽을 사람은 아니잖어."

미친소가 어깨를 으쓱하며 말했다.

"하긴, 선배들 죽통 날리고 다방 탁자 날리는 거 보면 쉽게 갈 인물은 아니지."

주기동의 말에 미친소가 "그럼" 했다.

그날 뉴스는 사실 광주 사태 사망자가 많다는 소식보다 정부에서 국가보위비상대책위원회라는 걸 신설했는데, 상임위원회 위원장에 전두환 중앙정보부장 서리가 취임했다는 뉴스가 더 크게 나왔다. 친구들은 그 소식에 별 반응을 보이지 않았지만 민철은 광주 사태가 정리되자마자 전두환이 등장하는 게 여간 신경 쓰이지 않았다. 내용을 살피니 국가보위비상대책위원회라는 조직의 의장이 대통령이라고는 하나 그건 허울뿐인 자리이고 조직 자체가 대통령을 중심으로 한 정부 내각보다 상위 조직처럼 보였다. 대한민국에서 생산되는 모든 정보를 한 손에 꿰고 있는 전두환이 그런 조직의 상임위원장 자리에 앉았다는 것은 국가의 권력을 통째 거머쥐는 걸 의미하기 때문이었다.

교실은 오전 내내 시끄러웠다. 토요일 마지막 4교시는 사회 시간이었는데, 미친소가 "선생님! 질문 있습니다!" 하며 손을 번쩍 들었다. 칠판에 백묵 글씨를 쓰던 사회 선생은 느닷없는 일이라 "광우가 질문을 다?" 하더니 "혹시 화장실을 가야 할까요? 가지 말아야 할까요? 같은 질문이라면 손들지 말고 조용히 다녀와라" 했다. 선생의 말에 노트를 펼쳐놓고 필기를 하던 학생들이 낄낄거리며 웃었다.

"그게 아니고요. 광주에서 경찰을 포함한 군인과 시민이 백칠십 명이나 죽었다는데요. 서로 죽이고 죽였으니 그걸 전쟁이라고 해야 합니까? 사태라고 해야 합니까? 내란이라고 해야 합니까? 그도 아니면 학살이라고 해야 합니까?"

미친소가 질문을 마치자 선생도 학생도 다들 놀란 듯 벌어진 입을 다물지 못했다. 민철과 주기동도 어안이 벙벙하긴 마찬가지였다. 잠시 후 정신을 수습한 선생이 강의 노트를 교탁에 올려놓으며 입을 뗐다. 선생이 "이거 굉장히 위험한 질문인걸" 하며 주변과 복도를 살폈다. 복도를 다녀온 선생이 헛기침을 몇 번 하며 숨을 고르더니 말을 이었다.

"정부나 언론에서 사태라고 하니 '사태'라고 부르는 게 맞겠지만, 개인적인 생각으로는 서로 총격을 했으니 전쟁도 맞고 시민이 더 많이 죽었으니 학살도 맞고 군인이 죽었으니 내란도 맞지 않을까 생각한다."

"선생님께선 4·19 때 경무대 담까지 넘으셨다고 하셨는데, 그때 4·19는 반란이었습니까? 혁명이었습니까? 폭동이었습니까?"

미친소가 또 손을 들며 물었다. 학생들은 미친소와 선생을 번갈아 보며 어떤 답이 나올까 주시했다.

"4·19로 인해 독재자 이승만이 물러났으니 민주 혁명이라 부르는 게 맞지. 그 당시 이승만은 4·19를 폭동 또는 반란이라고 규정했었거든. 하지만 이승만이 물러나고 제2공화국이 들어서면서 비로소 '4·19 혁명'이라고 규정했는데, 5·16군사쿠데타로 권력을 잡은 박정희가 4·19혁명을 '4·19의거'로 격을 낮춰버렸어. 그러니 지금 광주에서 일어나고 있는 광주 사태도 훗날 반란이든 항쟁이든 혁명이든 광주 정신이 담긴 이름으로 정명되리라고 믿는다. 답이 되었는지 모르겠지만 지금의 내 입장에선 이 정도 말밖엔 할 수 없다는 점을 이해해주었으면 좋겠다. 광우, 알겠지?"

선생의 말에 미친소가 "알겠습니다!" 했다. 선생이 "기왕 말이 나온 김에 나도 하나 묻자. 만약에 여러분에게 광주 사태에 대한 정명을 하라고 한다면 뭐라고 하겠나?"라고 물었다. 선생의 질문에 학생들이 웅성거리기 시작했다. 고개를 갸웃거리던 민철이 "광주 항쟁이요!"라고 답했고, 미친소는 "광주 혁명이요!"라고 답했고, 다른 학생은 "광주 전쟁이요!"라고 답했고, 또 다른 학생은 "광주 민란이요!"라고 답했고, 또 다른 학생은 "광주 반란이요!"라고 답했다. 선생은 학생들의 답을 들으며 고개를 끄덕였고, 이어 수업이 끝남을 알리는 종이 울렸다.

수업이 끝나자 학생들은 처음 질문을 던진 미친소에게 놀랍다는 반응을 보였다.

"야, 오늘 모처럼 미친소의 질주를 보는 듯했다."

"하하, 신문 보면 다 나오는 걸 물어본 거뿐인데, 뭘 그래."

미친소는 별 거 아니라는 듯 말했으나 민철은 누구나 할 수 있는 질문은 아니라고 생각했다. 평소 "지루와 조루의 정의는 몇 분을 기준으로 정하는 겁니까?"라는 등의 질문을 던져 선생들을 골려먹던 미친소였기에 사회 선생에게 던진 질문은 매우 신선했다.

"멋졌다. 미친소!"

민철이 엄지를 치켜세우자 미친소는 "너하고 다니다보니 나도 조금씩 미쳐가는갑다" 하며 낄낄 웃었다.

유월의 첫날은 일요일이었다. 민철은 그날도 가방을 싸들고 학교에 갔으나 공부는 되지 않았다. 이과생인 자신이 문과 공부에 매달리고 있는 것도 답답한 노릇인데, 작년 여름 동해안에 여행 갔을 때 만났던 대학생 형이 했던 말이 자꾸 떠올라 더욱 그랬다. 민철이 반에서 중간쯤 되는 성적이라고 했더니 대학생 형은 이렇게 말했다.

"우리나라 고등학교 졸업생 중에서 대학에 진학하는 학생이 얼마나 될 것 같으냐. 한 학년이 1백만 명이면 그중에서 4년제 대학에 진학하는 학생은 15만 명도 안 돼. 전문대학생이 15만여 명이니 다 포함해도 30만

명 정도야. 그러니 4년제 대학에 가려면 전국에서 15만 등 안에 들어야 하고 전문대학이라도 가려면 30만 등 안에는 들어야 한다는 거지."

그 말에 민철은 기가 푹 죽어 대학이라는 게 자신과 어울리지 않는 그릇이라고 생각했다. 그동안 여러 사람과 이야기를 나누었고, 그 끝은 언제나 대학에 가야겠다는 마음뿐이었으나, 기실 그것조차도 가뭇없는 다짐에 불과했다. 하지만 결심이 아무리 단단한들 무슨 소용인가 싶었다. 학원 하나 없는 동네지만 공부도 환경이 중요했고, 총격전이 벌어지고 고문을 당하고 사람이 죽어가는 세상에서 공부라는 게 얼마나 팔자 좋은 놀음인지도 알게 되었으니 '가뭇없음'은 늘 유효했다.

이런저런 생각을 하던 민철은 송희가 보내온 편지를 꺼냈다. 송희의 편지는 이번에도 노트 한 권 분량이었다. 민철은 오전 내내 송희의 편지를 읽었는데, 송희의 문체는 단단히 화가 나 있었다.

편지를 읽는 내내 민철의 마음은 무겁고 답답했다. 서울의 봄이 왔다고 할 때만 해도 '민주주의'라는 게 봄날 아지랑이처럼 하루아침에 올 줄 알았지만, 평화와 함께 오리라던 봄은 어디론가 사라지고 없었다. 급기야 사북에서 시작된 공포가 광주의 떼죽음으로 이어졌고, 누구든 잡혀가 맞고 고문당하는 세상이 되었다.

월요일엔 국군보안사령관 겸 국가보위비상대책위원회 상임위원장이 된 전두환이 중앙정보부장 서리직을 사임했다는 뉴스가 나왔다. 뉴스를 지켜보던 아버지께서 모처럼 뉴스 평을 했다.

"전두환 저 사람 보통내기가 아니다. 5·16을 일으킨 육군 소장 박정희가 군사혁명위원회를 구성하여 내각을 장악하고 그걸 바탕으로 국가재건최고회의를 만드는 것과 비슷해. 그때도 이랬는데, 하나도 다르지 않아."

"박정희가 그랬어요?"

민철이 물었다.

"그럼 박정희가 국가재건최고회의 의장을 하며 나라가 안정이 되면 정권을 민간에게 이양하니 어쩌니 하는 약속을 철썩같이 했지. 하지만 육군대장으로 예편하더니 스스로 대통령 자리에 앉았잖나. 전두환이도 소장에서 벌써 중장으로 진급했으니 지금까지 하는 짓으로 보아서 박정희처럼 곧 대장 달 거고 그러면 최규하 밀어내고 대통령 자리에 앉지 않겠나 싶다."

"그래서 김종필이나 김대중 같은 사람들을 잡아간 거네요?"

"그럼 다들 대통령 하겠다고 나선 사람들이니 미리 제거하는 거지."

격동의 시대를 살아낸 아버지였다. 아버지의 생각이 맞아떨어진다면 대학생들이 외치는 '전두환 퇴진'은 물 건너간 것이나 다름없었다.

뉴스 말미에 아버지는 민철을 앉혀두고 당부했다.

"날아가던 새도 떨어트린다는 김종필 같은 사람도 맥없이 잡혀가는 세상이다. 그 사람에 비하면 우리 같은 것들은 바람 앞에 등불보다 못하지. 그러니 이럴 땐 바람이 이쪽으로 불면 이쪽으로 넘어지고 저쪽으로 불면 저쪽으로 넘어지는 게 상수란다. 괜히 까불며 바람이 지나가기도 전에 일어나지도 마라. 꺾이는 건 순간이고 한 번 꺾이면 회복이 안돼. 그러니 너도 억울한 일이 있더라도 시키는 것만 하고 현실에 순응하며 살도록 해라. 애비 말 무슨 뜻인지 알겠지?"

송희 아빠를 봐도 막스와 국어 선생을 봐도 아버지의 당부는 틀리지 않았다. 민철은 작은 소리로 "예" 했다.

"민철이 너야 걱정이 안 되는데, 민식이 놈이 걱정이다. 어디 가서 뭘하는지 전화도 없으니 에휴 참."

아버지는 답답했던지 담배를 물었다. 민식이 형 이야기만 나오면 엄마나 아버지나 한숨부터 쉬었다.

다음 날 학교에 가니 정선경찰서 무도관에서 조사를 받던 광부들이 원주 1군사령부 헌병대 영창으로 이감되었고, 단순 가담자나 죄가 가벼운 이들은 풀려나 사북으로 돌아갔다는 소문이 돌았다. 학교가 파하자 민철은 경찰서로 갔다. 미친소 삼촌을 찾아간 민철은 송희 아빠에 대해 물었고, 삼촌은 "악질들은 다 원주로 갔어. 거 가서도 고생 좀 할 걸?" 했다. 민철은 그 소식을 송희에게 전화로 알렸는데, 송희는 통화 내내 울기만 했다.

"이제 군사 재판 받는 절차가 남았다니 결과를 기다려보자."

"경찰서 끌려갔다가 돌아온 이웃집 아줌마나 아저씨가 반병신이 되어서 풀려났다는 소문이 자자해. 아빠 더 심하겠지?"

"아빠 강하시니 잘 견디실 거야."

그렇게 말은 했지만 민철도 자신할 수는 없었다. 그 다음 날 미친소 삼촌은 정식으로 일 계급 특진 계급장을 달았고, 강력계 반장 자리에 앉았다.

다음 날 학교에 가니 미친소가 "민철아, 우리 현충일 날 사북 가자" 했다. 민철이 "사북엔 왜?" 하고 물었더니 왕창이 사북으로 돌아왔다는 전화를 간밤에 받았다고 했다. 사연인즉슨, 울산으로 갔던 왕창이 사고를 치고 다시 사북고등학교로 전학을 왔다는 건데 환영식도 해줄 겸 놀러 가자는 거였다. 주기동과 처남까지 사북에 함께 가기로 결정되자 민철은 송희에게 현충일 날 사북역에서 만나자는 내용의 편지를 썼다.

이틀 후 계엄사령부는 '광주 사태'로 인한 민간인 사망자가 148명이고, 이 중 신원이 확인된 사망자가 126명이라며 명단을 발표했다. 얼마 전 발표 때보다 네 명이 더 늘어난 숫자라 신문을 보던 주기동은 "며칠 후면 또 늘어나겠군" 했다.

화절령

현충일 아침 햇살은 상쾌했다. 열 시가 되자 거리에 묵념 사이렌이 울렸고, 길을 가던 이들은 그 자리에 서서 사이렌이 멈출 때까지 나라를 위해 순국한 선열들에 대해 묵념을 했다. 사이렌이 그치자 미친소와 주기동이 민철네 집으로 왔다.

"민철아, 가자."

"처남은?"

"역으로 바로 온댔어."

정선역으로 간 민철은 친구들과 기차를 타고 사북으로 갔다. 미친소와 주기동은 모처럼의 바람이라며 기대에 한껏 부풀어 있었고, 처남은 교육청에 근무하는 큰 매형 카메라까지 빌려와 틈틈이 기념사진을 찍었다.

증산행 비둘기호 열차는 늘 그러하듯 느릿느릿 달렸다. 선평과 별어곡을 지나 종점인 증산까지 온 정선선 열차는 오후 운행을 위해 휴식에 들어갔고, 민철 일행은 태백선 하행선 열차로 갈아타고 사북으로 갔다. 사북역에 내리자 왕창이 마중을 나와 있었는데, 예전에 함께 놀던 친구

218

들은 다 어디로 가고 새로운 얼굴 두엇이 함께 있었다. 왕창은 새로운 얼굴들을 민철과 친구들에게 소개시켰는데, 제천과 봉화에서 전학 온 문제아들이라 했다.

"전에 같이 놀던 놈들은 어디 갔나?"

주기동이 물었다.

"사태 때 우리 집에 돌 던진 놈들이여. 그런 의리 없는 새끼들하곤 안 놀기로 했다."

"의리 찾는 거 보니 왕창이 기 안 죽었구나."

"그럼 내가 누군데, 나 왕창이야! 다 나오라고 그래!"

왕창은 플랫폼이 떠나가도록 목소리를 높였다. 사북 사태 때 노조 간부였던 아버지를 따라 도망치듯 울산으로 떠났던 왕창이었다. 그런 왕창이 사북에 돌아와 죽지 않고 살아 있음을 알리고 있었다.

개찰구를 나가자 송희는 대합실에서 기다렸는데, 다들 아는 얼굴이라 자연스럽게 합류했다. 대합실을 나가자 왕창이 "어디로 갈까? 당구라도 한 판 칠까?" 했다. 미친소가 "환영식인데 술부터 퍼야 하는 거 아냐?" 했다.

"좋다, 그럼 내 자취방으로 가자."

왕창이 앞장을 섰고, 몇 걸음 걷지 않았는데도 석탄가루가 얼굴로 날아들었다. 사북 친구들은 일상이라는 듯 아무렇지 않게 걸었지만 정선에서 온 민철 일행은 진창을 걷듯 조심조심 걸었다.

"야, 날은 덥고 석탄가루는 날아오고 미치겠다. 왕창일 정선으로 오라고 할 걸 잘못했다."

미친소가 바짓가랑이에 묻은 석탄가루를 털며 말했다.

"흐흐, 미친소야. 니 까이들 만날 속셈이 있어 사북 온 거 아니나?"

주기동이 미친소에게 물었다.

"그거야 그렇지만 너무하잖어."

미친소는 석탄가루가 풀썩이는 길을 보며 툴툴거렸다. 왕창은 일행을 데리고 안경다리를 지나 동원탄좌 사북광업소 건물이 있는 곳으로 올라갔다. 사북 사태 때 광부들이 점거했던 곳이고, 경찰들과 대치했던 곳이기도 했다. 동원탄좌를 지난 왕창은 다시 언덕을 올라 따개비 같은 집들이 다닥다닥 붙어 있는 곳으로 갔다. 왕창은 사택을 가로질러 어느 집으로 들어갔고, 집은 여느 사택이 그러하듯 작고 보잘 것 없었다. 왕창의 자취방에서 내려다본 사북은 온통 검은색으로 덮여 있어 탄광 마을이라는 게 실감났다.

"오르내리기 힘들어 그렇지 전망은 좋구나."

민철이 사북 거리를 내려다보며 말했다.

"왕창아, 근데 이 집은 어떻게 구했나?"

주기동이 물었다.

"올 아버지가 꼬불쳐뒀던 집이다. 솔직하게 말하자면 아버지 바람피울 때 사용하던 세컨드 하우스라고나 할까."

왕창의 말에 다들 배꼽을 잡고 낄낄거렸다. 그래서 그런지 실내엔 대형 스피커가 있는 일제 전축이 가운데 자리하고 있었고, 금박이 있는 장식장엔 양주병도 즐비했다.

"야, 이게 양주라는 거구나. 왕창아, 오늘 이것들 털어버리자."

주기동과 처남이 신기한 듯 양주병을 이리저리 돌려봤다.

"그러지 뭐."

왕창이 장식장에 든 양주를 종류별로 꺼내더니 상 위에 올려놓았다. 송희가 나서서 술잔을 찾고 상을 차릴 때 정님이 안주를 들고 왔고, 갈래머리를 푼 여학생 셋이 뒤를 따랐다.

"야, 이거 누구나? 정님이 의리 있네."

미친소의 말에 정님이 "의리 하면 나 아니냐?" 하며 함께 온 여학생들을 소개했다.

"야 내들 나만큼 까진 애들이니까 맘 놓고 놀아도 돼."

정님의 말에 미친소가 "난 까진 애들이 좋더라" 했다.

정님과 함께 온 여자애들까지 상차림에 나서자 분위기는 잔칫집처럼 떠들썩했다. 정님은 안주인처럼 술상을 만들었고, 앉을 자리까지 정해주었다. 이윽고 술잔이 채워졌고, 왕창이 다시 사북으로 돌아왔음을 환영하는 건배가 있었다.

"자, 사북과 정선의 영원한 우정을 위하여!"

왕창이 술잔을 들어 어른 흉내를 냈다. 첫잔이 기분 좋게 비워지자 봉화에서 전학 온 친구가 축하 노래를 불렀다. 첫 소절이 시작되자 모두가 함께 불렀다. 술자리에서 가끔 나오는 「고아」라는 노래였다. 송희는 처음 들어보는 노래라고 했고, 민철은 아는 노래라 함께 불렀다.

날 때부터 고아는 아니었다
내 죄 아닌 내 죄로 태어나
들풀처럼 버려진 이 한 목숨
가시밭길 헤치며 살았다

배고플 땐 주먹을 깨물었고
서러울 땐 눈물을 삼켰다
의리로서 맺어진 우리 사이
목숨까지 바치며 살았다

노래가 끝나자 다들 고아라도 된 듯 눈시울을 적셨다. 정님이 "기쁜 날에 울면 되나" 하며 술병을 들어 비어 있는 잔들을 가득 채웠다. 양주는 알콜 도수가 높아 그런지 몇 잔을 마셨을 뿐인데도 말이 이상하게 꼬였다. 몇 잔을 더 마시자 말이 늘어지기 시작하더니 나중엔 늘어진 카세트테이프를 듣는 듯 무슨 말을 하는지 알아들을 수도 없었다.

"야, 취한다. 술 좀 깨고 마시자."

정님이 LP판을 꺼내 턴테이블에 올려놓으며 말했다. 바늘을 올려놓자 레이프 가렛의 노래 「I was made for dancing」이 흘러나왔고, 정님과 함께 온 친구들이 자리에서 일어났다. 여학생들은 좁은 공간을 넓혀가며 고고 춤을 추기 시작했는데, 미친소와 주기동이 여학생들을 따라 스텝을 밟았다. 노래가 끝나자 다시 술을 마시기 시작했고, 정님이 한마디 했다.

"야, 일주일 후에 레이프 가렛이 숭의음악당에서 내한 공연을 한다는데 같이 갈 사람 없니?"

"티켓 값이 엄청나다던데?"

"난 무슨 수를 써서라도 갈 거야. 가서 레이프 가렛에게 내가 입었던 빤쓰도 던지고 브라자도 던지고 그럴 거야."

정님이 공연장에 있기라도 하는 듯 자신의 브래지어를 벗더니 휘휘 흔들었다. 그러자 정님의 친구들도 하나둘 속옷을 꺼내더니 짝인 미친소와 주기동, 처남을 향해 차례로 던졌다. 속옷을 받아 든 친구들이 헤벌쭉 웃으며 술잔을 비웠고, 방 안은 후끈 달아올랐다.

술병은 빠르게 비워지고 있었지만, 주고받는 말도 흥얼거리는 노래도 화장실에 다녀오다 넘겨졌다 일어나는 움직임까지 모든 게 느릿느릿했다. 술 먹는 장면을 카메라에 담던 처남도 렌즈 조절이 안 되는지

"야, 사람이 안 보인다"라며 사진 찍기를 포기했다. 천천히 흘러가는 분위기 속에서 그나마 정신을 챙기고 있는 건 민철과 송희 둘뿐이었다. 민철은 송희를 생각해서 술을 마시지 않았고, 송희는 애초 술을 마시지도 않지만 아빠를 생각해서라도 술에 취할 수 없었다. 민철이 그런 송희에게 눈짓을 보내며 밖으로 나가자고 했다. 송희가 알았다며 고개를 끄덕이자 민철이 먼저 밖으로 나왔다. 송희가 뒤따라 나오자 민철이 물었다.

"송희야, 이 동네 어디 갈 만한 데 없을까?"

"사북극장에 영화 보러 갈래? 아니면 화절령에 철쭉꽃 보러 갈래?"

송희는 사북역 아래에 있는 지붕 큰 건물이 사북극장이고 화절령은 뒷산이라고 했다. 민철은 "어두침침한 극장 말고 바람도 쏘일 겸 철쭉꽃 보러 가는 게 좋겠다"라며 화절령으로 가자고 했다.

"대신 힘들다며 포기하기 없기."

"무슨 말씀, 어릴 적 우리 집 앞산이 내 놀이터였거든."

"좋아, 그렇다면 오늘은 내 놀이터를 보여주지. 가자."

이번엔 송희가 앞장섰다. 송희를 따라 올라간 검은 언덕 위에는 산중턱까지 석탄을 실어 나르는 길이 만들어져 있었다. 송희네 집도 산중턱에 있다고 했는데, 걸어서 학교에 다니는 일도 시장을 다녀오는 길도 만만찮다고 했다. 사택 마을을 지나 좀 더 오르자 시원한 바람이 불어왔고, 얼굴로 날아드는 탄가루도 날리지 않았다. 골짜기를 따라 오르자 마셔도 될 정도로 맑은 물을 가득 담은 연못도 있었다.

"어라, 산중에 연못이 다 있네?"

"어릴 적 내 놀이터인데 도롱이 연못이라고 해. 도롱뇽이 많거든."

"검은 땅 검은 물만 있는 동넨 줄 알았더니 맑은 물도 있었구나."

"그럼, 사북에서 오랫동안 살아왔던 원주민들 말 들어보면 탄광이

문 열기 전만 해도 사북이 무척 아름다운 곳이었다고 해. 그랬던 곳에 탄광이 문을 열었고, 전국에서 사람들이 몰려든 거지."

"정선이라는 곳이 역사적으로 그런 곳이라고 하더라. 일제 때는 금광이 많아 노다지를 캐려고 팔도 사나이들이 몰려들었고, 해방 후엔 탄을 캐기 위해 온 마을 사람들이 집단으로 이주했다고 해. 현대판 디아스포라가 따로 없지."

"하긴, 나도 세 살 무렵 아빠 따라 사북으로 왔는데 아빠 살던 마을에서 여럿이 함께 왔다고 하더라."

"생존을 위한 선택이 삶을 규정한다고 하더만 그 말이 하나도 틀리지 않는 것 같다."

연못은 태고적 신비를 간직한 원시 숲처럼 고즈넉했다. 쓰러진 나무 등걸과 막 피어나기 시작한 봄꽃이 발아래 채였고, 수면에 비친 하늘색은 영화의 한 장면처럼 아름다웠다.

"아랫동네는 덥다 싶었는데, 숲에 들어오니 시원한걸."

"가끔 오는 곳이야. 그나마 이곳에 오면 답답했던 마음이 조금은 풀리거든. 이전엔 아빠 엄마랑도 함께 오곤 했는데 요즘은 아빠 생각날까 봐 안 왔어."

송희가 앞서 걸으며 말했다. 조금 더 오르니 화절령이 나왔고, 송희 말처럼 산자락엔 연분홍 철쭉이 화사하게 피어 있었다.

"저 고개를 넘으면 영월 땅이래. 고개를 넘어가면 최시형 선생이 머물던 직동 마을이 나타나는데, 아빠는 가끔 고개를 넘어 그 마을까지 다녀오시곤 했어."

"최시형 선생은 정선 무은담에도 머물렀다고 하셨는데?"

"직동에서 화절령을 넘어 정선으로 오셨다는 얘길 아빠에게 들었어. 아빠 동학에 관심이 많으셨거든."

"그랬구나. 그러고 보니 지금 우리가 최시형 선생께서 넘어 다니셨던 길을 걷고 있는 거구나. 그 길을 송희와 함께 걸으니 기분이 남다른걸."

"민철이와 화절령을 걷게 되어 나도 좋아. 넌 내게 특별한 사람이거든."

"하하, 그런가?"

"그럼, 너만큼 멋진 남자는 세상에 또 없어."

송희는 말끝에 철쭉꽃 하나를 꺾어 민철에게 내밀었다.

"자, 선물."

"고맙다."

민철도 꽃을 꺾어 송희 머리에 꽂아주었다. 송희가 꽃을 만져보더니 "미친 여자 같겠다" 하며 웃었다. 민철은 "무슨 말씀을, 내 눈엔 예쁘기만 한데" 했다.

"민철아, 이 고개가 왜 화절령인지 모르지?"

"이 고개에 얽힌 전설이라도 있나?"

"그럼. 옛날 아주 옛날에 화절령을 넘어 전쟁터에 나간 남편이 있었대. 그 남편이 고갯마루까지 배웅을 나온 아내에게 꽃을 한 아름 꺾어주면서 이 꽃이 시들기 전까지 돌아오겠소, 하고 떠났다는 거지. 하지만 꽃은 시들었고 남편도 끝내 돌아오지 않았다는 거야. 고갯마루에서 이제나저제나 남편이 돌아오기만을 기다리던 아내는 병을 얻어 죽음을 맞이했고, 죽은 아내는 꽃으로 환생하여 전쟁터에 나간 남편을 기다렸다고 해. 그 이후로 사람들은 이 고개를 꽃꺾기재 또는 화절령이라 부르기 시작했다는 거지. 그때부터 화절령에서는 꽃을 꺾어주면 내가 돌아올 때까지 기다려, 라는 의미가 되었고 막장 광부들도 꿈자리가 좋지 않은 날이면 꽃을 한 아름 꺾어 아내나 가족에게 주면서 내가 돌아올 때까지 기다려, 했대. 슬픈 이야기지?"

"응, 슬프네. 가슴도 아프고."

"그러니 화절령에 있는 이 꽃들은 막장에 들어간 남편을 기다리는 아내의 꽃이라는 거지."

"그렇게 깊은 뜻이 있었네. 송희가 건넨 꽃에 그런 사연이 담겨 있었구나. 난 안 떠나니 걱정 마라."

민철이 송희를 가볍게 안아주며 말했다.

"나도 그럴 거야."

고개를 오르던 송희가 갑자기 생각났다는 듯 "나 화절령에 관한 시 쓴 거 있는데 읊어줄까?" 했다.

"외워?"

"응. 짧은 신데, 제목이 '화절령'이야."

"기대된다. 해봐."

민철의 말에 송희가 눈을 감으며 시를 암송했다.

꽃 꺾다 울던 동학군
꽃 꺾으며 웃던 일본군
눈물의 꽃 너는 아니
너는 아니 웃음의 꽃

군인들이 넘으며 꽃 꺾다 웃던
누이들이 넘으며 꽃 꺾다 울던
너는 아니 희망의 꽃
절망의 꽃 너는 아니

>

꽃 꺾다 웃던
꽃 꺾으며 울던

"끝! 싱겁지? 학교 백일장에 냈던 글인데 상도 못 받았어."

송희가 웃으면서 말했다. 민철은 "아냐 아냐, 노랫말처럼 입에 착 감기는걸" 했다.

"진짜?"

"응, 대학 가면 그 시에 곡을 붙여 대학가요제 출전해야겠다."

"와, 정말? 그럼 나도 대학 가서 민철이 응원 가야지."

"응원은, 함께 불러야지."

"나 노래 못하는데?"

"화음만 넣어줘."

"좋아, 그 정돈 나도 한다."

"오케이! 우리 꼭 대학 가자."

민철의 말에 송희가 활짝 웃으며 "민철아 고마워!" 했다.

화절령을 내려온 두 사람은 왕창의 아버지 집으로 돌아왔다. 닫힌 문을 여니 왕창과 정님이 시근덕거리며 어른 놀이를 하고 있었고, 다른 친구들은 각자의 짝을 부둥켜안은 채 잠이 들어 있었다. 민철과 송희는 방으로 들어가지도 못하고 하는 수 없이 사북극장으로 향했다. 사북극장에서는 정선극장과 같은 프로를 상영하고 있었는데, 코미디언 이주일이 주인공으로 나오는 영화 〈뭔가 보여드리겠습니다〉였다. 영화에 앞서 나온 대한뉴스에서는 광주 사태 후 광주 사람들의 하루를 담았는데, 다들 밝은 표정이라 영상만으로는 총싸움이 일어난 곳이라고 믿기지 않았다.

"우리도 사북 사태 후 동원되어서 마치 아무 일도 없었다는 듯 저렇게 거리 청소하고 그랬는데, 광주도 똑같네."

대한뉴스를 보던 송희가 민철에게 귀엣말을 했다.

"그래?"

"응, 아마 사북 사태 후 사북의 하루가 대한뉴스에 나왔으면 저런 모습이었을 걸."

송희가 우습다는 듯 말했다. 그 말에 민철도 풀썩 웃었고, 이주일의 성공 스토리를 담은 영화 〈뭔가 보여드리겠습니다〉가 벨소리와 함께 시작되었다.

끌려가는 사람들

《선데이 서울》과《주간경향》에 레이프 가렛 내한 공연 소식이 크게
나왔는데, 무대를 향해 손을 흔들고 몸을 흔드는 여자들의 사진도 실
렸다. 언뜻 보니 정님을 닮은 사람도 있어 왕창에게 전화를 걸었더니
사진 속 인물은 정님이 맞다고 했다. 그날 공연장을 채운 관객은 대부
분 여성들이었고, 김포공항에서부터 난리가 났다고 했다. 레이프 가렛
의 작은 움직임 하나에도 비명이 쏟아졌고, 공연 중 쓰러진 여성도 몇이
나 된다고 했다. 그때 무대에 쏟아진 속옷만도 한 트럭이 넘는 분량이
라며 그것은 1969년 이화여대 강당에서 공연을 한 클리프 리차드 때보
다도 많다고 했다.

"미쳤네, 미쳤어."

《선데이 서울》을 보던 미친소가 혀를 끌끌 찼지만 주기동은 레이프
가렛이 부럽다며 가수 흉내를 냈다.

유월 중순이 넘어서자 계엄사령부는 대형 사건을 줄줄이 발표했다.
그중 사람들을 놀라게 한 건 권력형 부정 축재자 명단이었다. 이번에 적
발된 부정 축재자는 모두 아홉 명으로 김종필 216억 4,648만 원, 이후락

194억 3,510만 원, 이세호 111억 5,100만 원, 김진만 103억 3,706만 원, 김종락 92억 2,987만 원, 박종규 77억 3,342만 원, 이병희 24억 1,850만 원, 오원철 21억 7,894만 원 등으로 모두 853억 1,154만 원이라고 했다.

뉴스를 본 사람들은 천문학적인 액수에 놀랐고, 그 많은 돈을 부정한 방법으로 벌어들였다는 데 더 놀랐다. 어른들은 그늘에 모여 앉아 집 한 채 값이 1천만 원도 되지 않는데, 853억이면 집을 몇 채나 살 수 있고, 담배가 몇 갑이고, 쌀은 몇 가마나 살 수 있는지 계산에 들어갔으며, 학생들은 짜장면을 몇 그릇이나 먹을 수 있고, 사 홉들이 소주가 몇 병인지를 가늠해보았는데, 그래도 답이 나오지 않자 급기야 주산과 계산기까지 동원하여 답을 만들어냈다.

"햐, 엄청나다. 짜장면을 1조 7천억 그릇이나 먹을 수 있는 돈이네."

"그럼 우리나라 인구가 3천 7백만 명이니 한 사람 당 짜장면을 다섯 그릇씩 먹을 수 있는 돈이라는 거잖아."

"계엄이 되니까 도둑놈들도 잡아들이고 좋은 걸."

말끝에 계엄사령부를 칭찬하는 친구도 있었다. 하지만 어른들은 상대적인 박탈감에 "에이, 시팔!" 하면서 쓴 소주를 들이붓는 이들이 많았고, 가족들과 고기 한 번 굽지 못하는 자신의 무능함에 고개를 떨구는 이도 있었다.

그 무렵 전두환이 상임위원장으로 있는 국가보위비상대책위원회는 대통령 자문기관 역할을 넘어 아예 정부기관 노릇을 했다. 대통령이 있었지만 허수아비에 불과했고 뉴스에도 상임위원장인 전두환 얼굴만 나왔다. 그는 특유의 톤으로 "본인은……" 하고 말을 시작했는데, 사람들은 전두환의 고압적인 말투에서 이미 대통령 분위기가 느껴진다고 했다.

주말을 앞둔 금요일, 처남이 지난 사북행에서 찍었던 사진을 가지고 학교에 왔다. 흔들린 사진이 절반인 데다 초점이 맞지 않아 흐릿하게 나온 사진이 또 절반이고 나머지 몇 장의 사진이 그나마 기념할 만한 사진처럼 나왔다.

"야, 사진이 이게 뭐나?"

미친소가 자신의 사진을 들여다보며 말했다.

"내 사진은 어떻고."

주기동은 어이가 없다는 표정까지 지었다. 둘은 서로 자신의 사진을 늘어놓고 한탄을 했지만 처남은 "술 취해 찍은 사진이 이 정도면 잘 나온 거지 뭘 그러나" 했다.

"내 까이 몸 좀 봐라. 이기 괴물이지 사람이나?"

미친소가 자신의 짝이었던 여자애의 몸매가 나온 사진을 가리켰다. 사진은 두 사람이 무슨 짓을 하는 듯 보였는데, (두 사람은 실제 그 시간 엉킨 채 물고 빨며 어른 놀이를 했다고 한다.) 심하게 흔들린 탓에 확인은 불가능했다.

"미친소야. 그기 예술이라는 거다. 니네가 헐떡거리는 장면을 정상적으로 찍으면 그기 포르노지 예술이나?"

처남의 말에 미친소가 "예술이라고 하니 그렇긴 하다만 멋진 까이 몸매를 이렇게 만든 건 마이 아쉽다, 이거지" 했다. 주기동과 미친소가 자신들의 사진을 이리저리 돌려보고 있을 때 앞줄에 앉은 학생들이 어깨너머로 사진을 훔쳐보았고, 미친소가 화를 버럭 내며 소리 질렀다.

"이 새끼들, 안 꺼져!"

미친소의 고함에 사진을 보려고 모였던 앞자리 학생들이 도망쳤고, 주기동은 그런 미친소에게 "사진 멋진데, 뭘 그래" 하며 낄낄거렸다.

칠월 들어 국가보위비상대책위원회 상임위원회의 활동은 눈부셨다.

2급 이상 공무원 숙정 작업 결과를 발표했는데, 정화 대상자가 장관 1명, 차관 6명 등을 포함해 모두 232명이며 이 가운데 15명은 당국에서 조사 중이라고 했다. 며칠 후엔 전국 3급 이하 행정공무원 중에서 4,760명을 숙정했다는 발표까지 나오자 겁먹은 군청 공무원들은 자체 회식도 하지 않았다.

다음 날 계엄사 합동수사본부는 내란 음모 혐의 등을 받고 있는 김대중 등 아홉 명을 계엄보통군법회의 검찰부로 구속 송치했다는 뉴스와 신부 등 가톨릭 인사 일곱 명을 '광주 사태'에 관해 유언비어를 유포한 혐의로 연행했다는 뉴스를 동시에 생산해냈고, 이틀 후엔 서산 앞바다에서 생포된 간첩 김광현이 자신은 유혈 폭동을 선동하기 위해 남파되었다는 내용의 기자 회견을 했다. 간첩 김광현의 기자 회견으로 인해 사람들은 사북이나 광주에서 벌어진 폭동 또한 북한의 지령이나 간첩의 조종을 받아 벌인 것으로 인식하게 되었고, 교장은 애국조회를 통해 또 한 번 고정간첩과 남파 간첩 등의 색출에 대해 강조했다.

며칠 후 계엄사 합동수사본부는 또 하나의 대형 뉴스를 만들었는데, 전직 장관 김현옥, 구자춘, 고재일과 국회의원 길전식, 구태회, 김용태, 신형식, 장영순, 현오봉, 정해영, 고흥문, 박해충, 박영록, 김수한, 최형우, 김동영, 송원영 등을 연행 조사 중이라고 발표해 국회의원도 맥없이 잡혀가는 세상임을 만천하에 공표했다. 이어 언론인들이 잡혀가고 권력에 비판적인 글을 싣는《창작과비평》등의 정기 간행물이 줄줄이 등록 취소당하면서 계엄사는 할 말도 들을 말도 없는 세상을 만들었다.

원주 헌병대로 이감된 광부들의 재판이 시작된 것도 그 즈음이었다. 가족들은 재판이 열리는 날마다 군사 재판소에 가서 방청을 했다. 광부들을 위해 변호사로 선임된 이들은 모두 셋이었다. 그들은 모두 무료 변론에 나섰는데, 변호사 선임은 천주교 원주교구장인 지학순 주교가 나서주었다.

검찰 구형이 떨어지는 날은 마침 방학이기도 하여 송희는 엄마와 함께 기차를 탔다. 원주역에서 내린 가족들은 1군 사령부에 마련된 군 재판정으로 갔고, 아빠를 본 송희는 눈물만 펑펑 흘렸다. 군검찰은 기소된 광부 81명에 대해 징역 10년에서 3년까지 구형을 내렸고, 송희 아빠는 징역 7년을 구형받았다. 구형이 내려질 때마다 안타까움과 탄식이 이어졌고, 마지막 구형이 내려질 땐 울지 않은 이가 없었다고 송희는 전했다. 송희는 그 장면을 노트 한 권 분량에 기록을 했고, 그 편지는 폭우가 쏟아지는 날 민철에게 도착했다.

여름 방학과 함께 시작된 장마는 중부 지방에 많은 인명 피해를 낳았고, 집을 잃은 사람들은 눈물을 쏟으며 하늘을 원망했다. 정선강에도 연일 흙탕물이 흘렀는데, 물 구경을 나온 사람들은 상류에서 떠내려오는 통나무를 건져 올리거나 족대를 허리에 묶고 황톳빛 강으로 뛰어들어 물고기를 잡았다. 그렇게 잡은 물고기는 먼 길을 돌아 민철네 집까지 왔는데, 엄마는 매운탕을 끓여 동네잔치를 했다.

길고 긴 장마가 끝나자 팔월이 왔고, 동네 전파사에도 컬러 티브이가 놓였다. 사람들은 영화처럼 컬러로 나오는 티브이를 보기 위해 전파사 앞으로 몰려들었는데, 아이나 어른이나 신기하다며 눈을 떼지 못했다. 컬러 티브이에 나오는 여가수들의 몸매는 흑백보다 더 굴곡졌고 화려한 조명 아래에서 「제3한강교」를 부르는 가수 혜은이의 얼굴은 남학생들을 설레게 할 정도로 예뻐 보였다. 다음 날은 처남이 자기 집도 컬러 티브이를 샀다며 자랑을 했고, 하루 뒤엔 미친소네 집에도 컬러 티브이가 놓였다.

"야, 컬러가 좋긴 좋다. 몸에 난 솜털 하나까지 다 보여. 지난 달 한국에서 열렸던 미스 유니버스 대회를 컬러 티브이로 봤으면 얼마나 좋았 겠냐."

미친소가 아쉽다는 듯 말했다. 그때 한국 대표로 나선 미스코리아 김 은정은 예선을 통과해 열두 명을 뽑는 명단에 오르긴 했지만 그 이상의 상은 받지 못했다. 대회 그랑프리는 금발의 미국 여자가 받았는데 미친 소는 "저런 여자랑 자는 놈은 좋겠다"라며 부러워했다.

서울을 오르내리던 민식이 형은 어느 날 방송통신고등학교에 편입 했다며 교재를 잔뜩 가지고 왔다. 아버지는 "저놈이 그래도 뭔간 할 놈 인데" 하며 나름 대견스러워했지만 며칠 못 가 사달이 또 났다. 술집에 서 선배들과 싸움을 벌인 민식이 형은 집으로 돌아와 가게 유리창을 또 박살냈고, 그 길로 방통고등학교 교재를 꺼내더니 오랜 시간 불을 질렀 다. 민식이 형은 책을 태우며 엉엉 울었는데, 화가 난 아버지도 자식의 눈물 앞에선 어쩔 줄을 몰라 했다.

그랬던 민식이 형은 다시 서울을 다녀왔고 장마가 끝나자 어천 개울 에 텐트를 쳤다. 민식이 형이 텐트를 치자 친구들은 술과 안주를 챙겨 개울로 나갔고, 그들은 담배나 술이 떨어질 때에야 집으로 왔다. 민식 이 형이 텐트를 친 지 닷새째 되던 날 계엄사령부는 '불량배 검거 포고 령'을 내렸다. 같은 날 문교부도 각급 학교에 과외 금지와 학원 폭력 등 비리를 일소하는 정화위원회 구성을 지시했다는 뉴스가 떴다.

다음 날 전두환은 아버지의 예견대로 대장으로 진급하였다. 뉴스를 보던 아버지는 담배를 찾았고, 이튿날 전두환은 국가보위비상대책위 원회 상임위원장 자격으로 뉴스에 나와 국운 개척의 사명을 기필코 완 수하겠다고 했다. 민철이 보기에도 전두환은 이미 대통령이었고, 그의 말을 거스르는 사람은 없는 듯했다.

불량배 검거령이 떨어진 이틀 후 사북 사태 관련 구속자들에 대한 1심 선고 공판이 있었다. 원주에 있는 1군 사령부 군 재판정에 다녀온 송희는 울면서 민철에게 전화를 걸었다.

"아빠가 5년 형을 언도받았어. 말도 안 돼……."

송희는 말을 잇지 못하고 울기만 했다.

"그래, 말도 안 된다. 나쁜 놈들, 아빠가 무슨 죄가 있다고……."

민철이 함께 분노했지만 송희의 울음은 그치지 않았다. 그 울음소리는 방 안에 다 퍼져 저녁 식사를 앞둔 민철네 집을 울적하게 만들었다. 사북 사태 기소자 81명 중에서 21명에게 집행 유예를 선고했고, 주동자 7명에겐 최고 5년에서 1년 6월까지 실형이 선고되었다는 티브이 뉴스가 나올 때 엄마는 "에구, 저런 쯔쯔……" 했고, 아버지는 헛기침을 두어 번 했다.

불량배를 검거한다는 뉴스가 나오자 정선 거리는 한순간에 조용해졌다. 낮밤 가리지 않고 본드에 취해 협박하듯 "백 원만!"을 외치던 선배들은 자취를 감췄고, 눈치 빠른 선배 몇은 소리 소문 없이 밤도망을 치기도 했다. 그날 밤 민철은 미친소로부터 뜻밖의 전화를 받았다.

"민철아, 나 여기 서울이다."

"서울은 왜?"

"몰라, 삼촌이 도망치라고 해서 무작정 튄 거야."

"삼촌이 갑자기 왜 그래?"

"삼촌이 폭력계 반장이잖아. 폭력배 검거령이 떨어졌는데, 나도 리스트에 들어가 있다면서 서울 이모 집에 가 있으라는 거야."

"그래? 나는? 아니 민식이 형은?"

"그건 못 물어봤어. 하여튼 이번엔 그냥 넘어가지 않을 것 같으니 민식이 형이나 너나 조심해야 할 거야. 특히 민식이 형은 삼촌이 전에부터 조심하라 그랬으니 피해 있는 게 좋을 거야. 난 삼촌이 내려오라고 할 때까지 서울에 있을 거니까 서울 오면 전화해."

미친소는 이모네 집 전화번호를 남기고 전화를 끊었다. 아닌 밤중에 홍두깨라고 뭔가 일이 벌어지고 있음이 실감났다. 방으로 돌아온 민철은 어떻게 해야 하나 고민했으나 달리 도망칠 곳도 없고, 이유도 없었다. 다만 민식이 형이 걱정되었는데, 날이 밝으면 이야기해주어야겠다고 생각했다.

다음 날 민철은 가방을 메고 민식이 형 텐트로 갔다. 주변엔 술병이 여기저기 쓰러져 있었고, 텐트는 조용했다. 안을 들여다보니 술 냄새가 진동했고, 다들 취해 잠이 들어 있었다. 민철은 깨우기도 뭐해서 그 길로 학교로 갔는데, 일은 한낮에 벌어졌다. 먹을 것이 떨어진 민식이 형이 집으로 왔을 때 마침 군인들이 집에 들이닥쳐 민철의 방을 뒤지고 있었다. 총 든 군인들이 집에 들이닥치자 놀란 엄마와 아버지는 마당에서 발만 동동 구르고 있었고, 동네 사람들은 구경거리가 생겼다며 죄다 모여들어 주변은 시끌벅적했다. 민식이 형이 집 마당에 들어선 건 그때였다. 아직 술기운이 남아 있던 민식이 형이었다. 평소 성격으로 미루어 군인이라고 해서 겁먹을 사람은 아니었다.

"야이, 군바리 새끼들아! 남의 집에서 뭐하는 짓거리야!"

민식이 형이 삿대질을 하며 욕설을 퍼부었다. 구경꾼들의 시선이 민식이 형에게 쏠렸다 군인들에게 쏠렸다 하는 사이, 계급장 없는 군인이 권총을 뽑아 들었다. 사람들은 비명을 질렀고, 엄마가 "안 된다! 내 새끼는 안 된다!" 하며 뛰어나왔다. 민식이 형이 엄마를 밀치며 배를 훌렁 걷었다.

"야 새꺄! 쏠 테면 쏴봐! 이 새끼들 완전히 깡패 아냐!"

236

민식이 형이 총구를 향해 걸어갔다.

"어어, 이 새끼! 더 가까이 오면 쏜다!"

권총을 든 군인이 당황해하며 한 걸음 뒤로 물러났다. 그 순간이었다. 민식이 형의 돌려차기가 군인의 권총에 닿았다. 총이 바닥에 떨어지는 것과 동시에 민식이 형의 무릎이 권총을 뽑았던 사내의 턱을 강타했다. 군인이 비틀거리다 쓰러지자 구경을 하던 아이들은 철도 없이 "민식이 형, 이겨라!" 응원을 했다. 그 소리에 집을 수색하던 군인들이 우르르 몰려나왔다. 워커를 신은 군인이라고 하나 킥복싱으로 다져진 민식이 형에게 군인들은 상대가 되지 않았다. 하나씩 픽픽 쓰러지는 모습을 본 구경꾼들은 뭔가 신났던지 박수를 치며 좋아했다. 하지만 군인들에겐 실탄과 대검이 장착된 M16총이 있었고, 개머리판의 위력 또한 무시할 수 없었다. 어느 순간 민식이 형은 군인이 휘두른 개머리판을 맞고 그 자리에 쓰러졌다.

"어린놈의 새끼가 감히 누구에게 덤벼!"

인솔자인 듯한 군인이 침을 퉤 뱉으며 욕설을 섞었다. 이어 군인들이 의식을 잃은 민식이 형을 몇 번 더 걷어찼고, 축 늘어진 민식이 형을 트럭에 던졌다.

"신고 가!"

인솔자의 명에 트럭이 떠났고, 몇 명의 군인은 집 여기저기를 더 뒤지다 오후가 되어서야 돌아갔다. 군인들이 왔다는 소식을 들은 민철은 가르마 부하들이 일기장을 찾으려고 왔을 것이라고 짐작했다. 민철이 집으로 돌아왔을 땐 이미 모든 상황이 종료된 후였고, 엄마는 난장판이 된 집을 정리하고 있었다.

"아이고 민철아, 군인들이 니 형을 잡아가고 니 책도 다 까뒤집어 보더라. 대체 무슨 일이냐?"

엄마의 눈엔 눈물이 그렁그렁했다.

"아무 일도 없어. 계엄이니까 군인들이 괜히 날뛰는 거겠지 뭐. 아버지는?"

"니 아버지는 민식이가 어떻게 됐는지 알아보러 경찰서에 가셨다."

"형은 괜찮어?"

"그느무 자식이 죽었는지 살았는지 낸들 아나. 아버지가 오시면 알겠지. 지금이 어느 세상인데, 군인들에게 싸움은 왜 거누. 아이구 참."

엄마는 땅이 꺼져라 한숨을 내쉬었다. 민철은 그런 엄마를 쉬게 하고 군인들이 어질러놓은 것들을 정리하기 시작했다. 민철은 일기장부터 확인했다. 군인들의 손이 소금 단지까지 닿은 흔적이 있었으나 일기장은 무사했다. 안방으로 들어가니 장롱의 옷가지와 이불 등이 쏟아져 있었고, 반닫이 서랍에 들어 있던 각종 서류도 여기저기 흩어져 있었다. 안방을 정리한 민철은 자신의 방으로 들어갔다. 방은 아수라장이 따로 없었다. 국어 선생 방을 뒤졌을 때보다 더 심해 어떻게 정리를 해야 할지 엄두도 나지 않았다. 군인들은 책을 하나씩 다 살폈는지 책 포장지까지 벗겨놓았고, 벗겨진 포장지는 밟히고 찢겨 방바닥을 가득 채웠다. 책상 서랍에 있던 십 원짜리 동전이 방바닥에 떨어져 있고, 앨범 속에 넣어둔 사진들도 무사하진 못했다.

방 정리가 끝나갈 즈음 아버지가 돌아왔다. 엄마가 뛰어나가며 "왜 혼자 와요? 민식이는?" 하고 묻자 아버지는 고개를 설레설레 흔들었다.

"민식이가 어디에 있는지 알려주지도 않더만."

"대의원댁이라도 찾아가 부탁을 해봐요. 군인들의 힘이 아무리 쎄기로서니 대통령을 뽑는 분들보다 쎌까요. 예?"

엄마는 이웃에 사는 통일주체국민회의 대의원을 찾아가보라고 했다.

"그래보지."

아버지는 걸어서 오 분 거리에 있는 대의원 집으로 갔다. 방 정리를 마친 민철도 가만히 있을 수만은 없어 집을 나섰다. 민식이 형이 있을 곳은 광부들이 머물렀던 무도관이 아니면 경찰서 유치장일 게 분명했다. 민철은 다리를 건너 경찰서로 갔다. 건물 안으로 들어간 민철은 미친소 삼촌을 찾았다. 삼촌은 마침 자리에 있었고, 서류를 훑어보고 있었다.

"삼촌!"

"어, 민철이 왔구나."

삼촌이 자리에서 일어나며 밖으로 나가자고 했다. 삼촌은 경찰서 마당 나무 그늘로 민철을 데리고 갔다.

"너 민식이 때문에 왔지?"

"예, 군인들에게 잡혀갔다고 해서요."

"내 그느무 새끼 땜에 골머리가 다 아프다."

"왜요?"

"군인들과 싸움은 왜 해서 일을 복잡하게 만드는지 원."

"뭐가 복잡한데요?"

"너 불량배 검거령 내린 거 알지?"

"예."

"민식인 거기에 명단이 들어 있는 놈이야. 하지만 잡혀온다 해도 내가 조서를 잘만 쓰면 적당히 고생하다가 집에 보낼 수 있었는데, 군인들과 싸움을 하는 통에 이젠 적당히도 어렵게 되었다 이 말이다."

"민식이 형은 그럼 어떻게 돼요?"

"뭘 어떻게 돼. 죄가 더 무거워지는 거지. 이번에 검거되는 사람들은 다 군부대에 가서 순화 교육이라는 걸 받는데, 민식인 고생 좀 할 거다.

에휴 참."

"삼촌이 어떻게 해주실 순 없어요?"

"이미 잡혀온 놈을 내가 어떻게 하나? 군인들이 화가 단단히 나 있어 나도 언감생심이다."

"엄마가 걱정을 많이 하시거든요. 아버지는 민식이 형이 어디에 있는지 알려주지도 않는다며 대의원을 만나러 가셨어요."

"계엄령 하에선 경찰도 대의원도 힘이 없어. 군인 말이 법인데, 그걸 누가 누르나. 지금 군인들을 움직이려면 보안부대장 빽 정도는 있어야 가능해."

삼촌의 말에 민철이 입에선 한숨이 절로 나왔다.

"민식이 형은 지금 어디 있어요?"

"무도관에 있는데, 군인들이 조사 중이야."

민식이 형이 무도관에 있다면 광부들처럼 맞는 일부터 시작할 게 분명하다고 생각했다.

"삼촌, 광우가 서울 있다며 전화를 했던데요?"

민철이 미친소 이야기를 꺼냈다.

"서류에 보니 광우가 들어 있지 뭐겠니. 그래서 당장 도망치라고 했지."

"광우는 무슨 죄로 들어가 있어요?"

"학교 폭력으로 적혀 있더만."

"혹시 저도 있는 건 아니죠?"

"넌 아직 없더만. 하지만 이번 작전은 인원 할당이 되어 있는 데다 기간도 길어. 더구나 넌 군인들이 지켜보고 있다고 하니 매사 조심해야 될 거야. 군인이나 경찰이나 막 잡아들이고 있거든. 그게 싫으면 차라리 광우처럼 멀리 떠나 있거나."

"예. 알겠어요."

삼촌의 말에 민철은 고개를 끄덕였다.

"그리고 민식인 낼쯤 유치장에 들어올 거야. 모레부터는 면회가 되니까 집에 가서 그렇게 말씀드려라. 응?"

"예. 삼촌, 고마워요."

민철이 미친소 삼촌에게 인사를 꾸벅하곤 경찰서를 나섰다. 군인들이 자신을 지켜보고 있다는 삼촌의 말은 아직 막스가 잡히지 않았다는 이야기와 같다는 생각이 들었다. 집으로 돌아오자 엄마와 아버지는 한숨만 내쉬고 있었다. 아버지는 대의원을 만났으나 별무소득이었다며 지금은 군인들의 세상이라고 말했다. 민철은 미친소 삼촌을 만났다는 이야기와 이틀 후엔 민식이 형 면회가 이루어질 거라는 소식을 전했다.

"언제 풀려난다고 하다나?"

엄마가 민철에게 물었다.

"풀려나긴, 뉴스에 불량배들 소탕한다고 나오잖어. 형이 거기에 걸렸는데, 곧 군부대로 가서 순화 교육인가를 받는대."

"박정희가 혁명 후 사회 정화니 뭐니 하면서 넝마주이 같은 부랑아들 잡아들여 국토재건대 만든 것과 비슷한 거지. 전두환이 얼마 전 대장에 진급했던데, 지금 하는 거 보면 박정희처럼 곧 대통령 하겠다."

아버지의 말에 엄마는 근심 가득한 목소리로 물었다.

"정선에 왔던 재건대 사람들 죽기도 하던데, 민식이도 그런 건 아니겠지요?"

"군부대에서 교육받는다고 하는데, 설마 그런 일이야 생기겠어."

"아이고, 군대 가서 죽은 사람이 얼만데요. 왜 죽었는지도 모르고 죽는 데가 군대라고 하잖아요."

엄마의 근심을 아버지는 풀어주지 못했다. 끌려가듯 군대에 입대한 젊은이들이 뼛가루로 돌아오는 경우가 정선에도 있었으나 사망 원인이나 이유는 언제나 불문이었다.

"재건대 이야기하니까 그때 피던 '재건' 담배가 생각나네. 맛이 독특했었는데."

아버지가 청자 담배를 빼물며 말했다.

"아 때문에 심란해 죽겠는데, 담배 좀 그만 먹어요!"

"심란하니 담배를 먹지 왜 먹나!"

엄마의 말에 아버지가 언성을 높였다.

엄마와 아버지가 민식이 형 면회를 다녀온 며칠 후엔 사북 사는 왕창과 정님이 잡혀갔다는 소식이 들렸고, 고한과 북면에서도 외상술을 먹던 주정뱅이 몇이 잡혀갔다는 소문이 돌았다. 그와 동시에 민철네 학교 사회 선생이 군인들에게 끌려갔다는 소문까지 돌았는데, 확인할 길은 없었다. 3학년 선배들은 사회 선생이 자율 학습 감독에 나오지 않는 걸로 봐서 사실일 것이라 했다. 사회 선생이 끌려갔다면 수업 시간에 말한 게 씨가 되었을 것이라 생각했다. 어쩌면 수업 중 미친소 질문을 받았을 때 광주 이야기를 하면서 반란이니 항쟁이니 언급한 것이 죄가 되었을 수도 있었다.

민식이 형 면회를 간 건 다음 날이었다. 광부들로 채워졌던 유치장이 이번엔 동네 건달들로 가득했고, 몇을 빼고는 민철도 아는 얼굴들이었다. 정님인 여성들만 따로 쓰는 유치장에 들어가 있었는데, 서로 보이지 않아 왕창과는 목소리로 안부를 주고받는다 했다. 민철은 민식이 형에게 왕창이 친구니까 잘 돌봐주라는 말을 남기고 돌아왔고, 다음 날엔 정님과 왕창에게도 생선 토막이 든 사식을 넣어주었다.

그렇게 이틀이 지나갔고, 그 사이에도 몇이 또 잡혀갔다는 소문이 돌았다. 사북 사태가 일어났을 때처럼 누가 누구를 신고하고 고발하는 일도 늘어나 과거에 당한 일까지 끄집어내 상대를 끌려가게 했고, 억울하게 누명을 쓰고 끌려가는 이도 있었다. 서로가 서로를 신고하는 분위기가 생기자 여름인데도 거리는 한겨울처럼 냉랭했고, 공포와 살벌함이 거리를 둥둥 떠다녔다.

미친소 삼촌에게 전화가 온 날은 아침부터 땀이 흐를 정도로 더운 날이었다. 삼촌은 민식이가 곧 군부대로 호송되니 먼발치에서라도 보고 싶으면 경찰서 앞으로 오라고 했다. 그 사실을 아버지께 알리니 엄마가 따라나섰고, 민철은 택시를 불렀다. 택시를 타고 경찰서로 갔을 때 경찰 호송 버스 한 대가 정문 앞에 서 있었다. 그늘을 찾아 잠시 기다리니 유치장에 있던 사람들이 포승줄에 묶인 채 줄줄이 나오기 시작했다. 고개를 푹 숙인 채 끌려나오는 민식이 형을 본 엄마는 눈물부터 뚝뚝 흘렸다.

"아이구, 내 새끼가 왜 저기에 있누……."

버스엔 정님이를 비롯한 여성 수감자들이 먼저 올랐다. 이어 민식이 형과 왕창 등 남성 수감자들이 포승줄에 엮여 버스에 올랐는데, 경찰은 서로 아는 체할 시간도 여유도 주지 않았다. 민식이 형이 탄 호송 버스가 떠나자 엄마는 자리에 주저앉아 호곡을 했고, 그 울음소리는 자식을 잃었을 때의 울음과 비슷했다.

그날 밤 뉴스엔 전두환 국가보위비상대책위원회 상임위원장이 〈뉴욕타임즈〉와의 회견에서 '한국민은 새로운 지도자를 필요로 한다고 언명했다'는 뉴스가 첫 순서로 나왔고, 이틀 후엔 전두환이 '사회 안정과 발전을 위해서는 대통령제가 바람직하다고 천명했다'는 기자 회견 뉴스가 또 크게 났다. 다음 날엔 김영삼 신민당 총재가 총재직을 비롯한 모든 공직에서 사퇴하고 정계를 은퇴한다는 발표가 나왔다. 신문을 읽던 아버지가 들릴 듯 말 듯 혼잣말을 중얼거렸다.

"대통령 하겠다던 김종필은 부정 축재자로 잡혀가고 김대중은 내란죄로 재판 중이고 김영삼까지 전두환에게 항복을 선언했으니, 전두환이가 대통령 하겠다고 나서겠다."

광주여, 우리나라의 십자가여!

말복도 지나 더위가 한층 꺾인 날이었다. 민철은 빈 교실에 앉아 송희에게 편지를 쓰고 있었다. 민철은 며칠 동안 정선에서 있었던 일들을 편지에 적었고, 민식이 형 이야기도 썼다. 마지막으로 정님이와 왕창이 끌려가는 모습도 보았다며 그 모습을 송희가 봤다면 어쩔 수 없이 눈물을 흘렸을 것이라고 썼다. 편지를 마무리한 민철이 교실을 나와 우체국으로 가고 있을 때였다. 자전거를 탄 주기동이 민철을 급히 찾아왔다.

"무슨 일이나?"

"미, 민철아! 광준이 형이 왔어!"

주기동이 얼굴로 흐르는 땀을 닦으며 말했다.

"광준이 형이? 광주에 작전 나갔다더만 휴가 왔나보네."

"휴가가 아니야."

"그럼 탈영했나?"

"에이, 그런 게 아니라 방금 미친소 집에 들렀다가 방에 있는 광준이 형을 봤는데 광준이 형이 이상해."

"이상하다니, 대체 뭔 소리야?"

"날 보더니 막 울어. 내가 깜짝 놀라서 형 왜 그래요? 했더만 이불을 푹 뒤집어쓰더니 미안합니다 잘못했습니다 하는데, 미친소 엄마가 나보고 그냥 모른 척하고 가래."

"허, 뭔 일이야?"

지난 휴가 때 온 동네를 주름잡았던 광준이 형이었다. 그랬던 형이 이상한 사람이 되어 돌아왔다는 주기동의 말을 민철은 도무지 믿을 수가 없었다.

"미친소한테 전화해보자. 그럼 알겠지."

민철은 주기동과 함께 우체국으로 갔다. 서울에 있는 미친소 이모 집에 장거리 전화를 신청한 민철은 그 사이 송희에게 쓴 편지를 부쳤다. 1910년 무렵에 만들어졌다는 정선우체국은 오랜 세월 사람들의 마음과 마음을 이어준 곳답게 정겨웠다. 민철은 근무자에게 혹, 일제 때 정선우체국 모습이 사진으로라도 남아 있는지 물었다. 근무자는 전쟁 중자료가 다 소실되었다며 고개를 흔들었다.

"일제 때는 우체국장이 일본 사람이었겠지요? 그죠?"

옆에 있던 주기동이 물었다.

"통신이라는 게 통치 전략상 중요한 거니 당연히 그랬겠지요."

"그땐 우체국에서 무슨 내용인지 다 확인하고 보냈을 거 같아요."

주기동이 또 물었다.

"야야, 그래서 독립군이 나오는 영화 보면 암호를 정해 전보나 편지를 보내잖아. 편지에다 날이 더워져 음식이 많이 상했습니다 하면, 아 돈이 떨어졌구나 하고 알아듣고 말야."

"호호, 학생 말이 맞아요. 일제 땐 그랬다고들 해요."

우체국 여직원과 이야기를 주고받는 사이 서울에 신청한 전화가 연결되었다. 달려가서 받으니 마침 미친소였다.

"명동 가서 여자나 꼬실 줄 알았더만 이 시간에 어쩐 일이냐 전화를 다 받고?"

"서울은 정선보다 더 무서워. 거리에 경찰과 군인이 쫙 깔렸어. 밖에 나가 돌아다니지도 못하고 이건 완전히 징역살이가 따로 없다."

"하하, 이런 촌놈! 미친소 너 기죽었구나. 서울 군인들은 니가 누군지 모를 테니 걱정 말고 명동 나가봐라. 정선 사내의 기개를 보여줘야지. 안 그래?"

"서울 까이들 이쁘긴 하더라. 뽀얀 얼굴에다 쭉쭉빵빵인 까이들이 민소매에 미니스커트를 입고 댕기는데, 몸이 불뚝불뚝 일어나고 눈이 홱홱 돌아간다. 그랬니 저랬니 하는 말씨는 또 얼마나 부드러운지 살살 녹는다 녹아."

"야, 그러다가 이참에 정선 뜨는 거 아니냐?"

"그럴지도 모르지."

미친소가 낄낄거리며 웃었다.

"야, 그나저나 기동이 말로는 광준이 형이 집에 돌아왔다는데 형한테 무슨 일 있나?"

민철이 물었다.

"야, 그기 참…… 기동이가 형을 만났구나. 나도 이틀 전에 엄마한테 전화를 받고야 알았는데, 형이 제대를 했다고 하더만."

"벌써 제대야?"

"엄마 말로는 병가 제대라는 걸 했다고 하네. 광준이 형이 어디가 아픈가봐. 나도 그 정도밖엔 몰라."

미친소의 말에 "알았다. 알았으니 잘 놀다 개학 전엔 내려와라" 하며 민철이 전화를 끊자 주기동이 물었다.

"미친소가 뭐래?"

"광준이 형이 아파서 군 생활을 할 수 없어 제대했다는 건데, 어디가 아픈지는 모른대."

"그 형 겉보기엔 건강해 보였는데, 어디가 아픈 걸까?"

"겉보기에 괜찮았으면 속이 아픈 거겠지."

민철이 말은 그렇게 했지만 광준이 형이 군에서 제대한 것은 다른 이유가 있을 거라 짐작했다.

광복절 날 국가보위비상대책위원회는 '폭력배 26,786명 등 30,578명을 검거해 1,079명을 구속하고 357명은 군사 재판에 회부하였으며, 722명은 검찰에 송치하고 19,857명을 군부대에 입소시켜 순화 교육 중'이라고 발표했다.

"아구야, 그새 많이도 잽혀갔구나. 저 중에 우리 민식이도 있다는 거지?"

뉴스를 보던 엄마의 입에서 탄식이 나왔다.

"응."

열흘 만에 올린 성과치곤 대단하다고 생각했다. 그것은 마치 6·25 전쟁이 터지자 국민보도연맹 회원들을 집단 학살하듯 검거할 사람들을 사전에 준비해놓지 않고서는 불가능한 숫자이기에 더 그랬다. 그중에서도 구속된 사람이 적지 않은 거보니 민식이 형이 군부대로 간 게 어쩌면 다행이라는 생각까지 들었다.

"뺴낼 방도가 없으니 이젠 무사히 오기나 했으면 좋겠구나."

"민식이 형은 깡다구가 있어서 잘 버틸 거야."

"그느무 깡다구부리다 잽혀갔는데, 군대에선 때려도 무조건 참아야지 집에 멀쩡하게 돌아오지 않겠나."

엄마의 한숨이 더 깊어졌다. 다음 뉴스는 전매청에서 오늘부터 한 갑에 450원 하는 신종 담배 '솔'을 시판했다는 소식이 나왔고, 민철은 그 담배를 학교에 가서야 맛을 보았다. 주기동이 사온 담배 '솔'은 부드러운 데다 필터까지 고급이라 향도 좋았다.

"야, 이거 맛이 기막히다. 학생들 생각해서 진작 이렇게 만들지."

주기동이 도넛을 만든다며 연기를 퐁퐁 뿜었다.

"비싼 값을 하긴 하네."

그 모습을 보며 민철이 맞장구를 치자 주기동이 한술 더 떴다.

"이제부턴 애들한테 솔 담배 사오라 해야겠다."

"야 기동아, 그러다 너도 끌려간다. 조심해."

"민식이 형 군부대 끌려간 게 끝이 아닌가?"

"미친소 삼촌이 그러는데, 그건 시작이란다. 검찰, 군부대, 경찰 같은 곳에 할당이 떨어져서 서로 막 잡아간다는 거야. 애들 삥 뜯다 걸리면 빼도 박도 못해."

"그렇다면 참아야지. 그나저나 여름 방학도 오늘이 끝인데 미친소는 안 내려오나보다."

"그 녀석 정선 떠나고 싶다는 말을 버릇처럼 하더니 이참에 서울에서 뿌릴 박으려나."

"미친소가 없으면 내가 심심해서 안 되는데."

"하하, 그럼 너도 삥 뜯고 서울로 도망치던가."

"미친소는 서울에 이모 집이라도 있지만 난 도망치라고 도와줄 삼촌도 없고 아는 곳도 없고 갈 데도 없다."

주기동은 미친소가 부러운 듯 고개를 흔들었다.

"그나저나 광준이 형은 미친소가 서울로 도망간 거 알고나 있나?"

"광준이 형 정신이 오락가락한다는 소문도 있던데, 그래도 동생 일이니 알고 있겠지."

"이젠 오락가락이야?"

"울 어머이가 그러더만. 광준이 형이 군에서 제대한 게 그거 때문이라고."

"지난 휴가 때만 해도 멀쩡하던 광준이 형이 왜 그럴까?"

"그건 나도 모르지. 하여간 엄마가 미친소네 집에 갔었는데, 실성한 사람처럼 막 웃고 울고 그러더라는 거야."

"그게 사실이라면 광주에서 뭔 일이 생긴 게 틀림없다."

민철이 담뱃불을 퉁기며 한숨을 쉬었다.

광복절 다음 날은 토요일이었고, 2학기가 시작되는 개학날이었다. 어쩐 일인지 교문을 지키는 지도과 선생도 없고 3학년 지도부원들도 보이지 않았다. 다들 개학날이라 그런가 싶었는데, 교문에서 주어진 평화는 진정한 평화가 아니었다. 떠들썩한 교실과 달리 그 시간 교장실에서는 회의가 열렸고, 회의가 끝나자 참석자들은 서로 눈빛을 주고받으며 교실로 향했다. 이른바 교실 습격 사건이 그것인데, 지도과 선생들은 3학년 교실을, 1, 2학년 교실은 학도호국단 간부와 지도부원들이 들이닥쳤다.

1, 2학년 교실로 들어온 3학년 선배들은 손엔 몽둥이를 든 채 큰 소리로 호통을 쳤다.

"다들 눈 감아!"

놀란 학생들이 눈을 감자 선배들은 앞자리에서부터 가방과 소지품을 뒤지기 시작했다. 늘 그러했듯 뒷문으로 슬그머니 빠져나온 민철과 주기동은 화장실 뒤로 갔다. 민철이 먼저 와 있던 선배들에게 물었다.

"형, 개학날부터 뭔 일이래?"

"교장 특별 지시란다."

"학원 폭력을 단속하려면 화장실 뒤를 뒤져야지 학생들 가방을 뒤진다고 답이 나오나?"

"두고 봐라, 재수 없이 걸리는 놈이 몇은 나올 거다."

선배의 말처럼 전교생 가방 검사에서 걸린 학생들이 제법 있었다. 그들의 가방엔 담배나 라이터, 성냥, 본드, 재크나이프, 포르노 잡지 등이 들어 있었고, 다들 지도과로 끌려갔다가 애국조회가 열리기 전 경찰서로 인계되었다. 이어 애국조회가 열렸고, 교장이 불편한 얼굴로 사열대에 올랐다.

"에, 학생 여러분. 이 교장은 개학날이 되면 여러분을 만날 수 있다는 생각에 늘 가슴이 설레곤 했습니다. 하지만 오늘 이 교장은 가슴이 무척 아픕니다. 웃으면서 만나야 할 이 자리가 불순하고 불량한 몇몇 학생들로 인해 소란스러운 자리가 되고 말았기 때문입니다. 지난 8월 초 정부는 폭력배 검거령을 내리면서 학원 폭력도 예외를 두지 않았습니다. 학원 폭력이 그만큼 심각하다는 반증이라 하지 않을 수 없습니다. 정부의 지시로 우리 학교에도 학교정화위원회가 꾸려진 만큼 이 시간 이후부터 교내외에서 술 담배를 먹는 것은 물론이고 주먹질을 하거나 도시락을 빼앗거나 돈이나 학용품을 빼앗거나 본드를 불거나 미성년자 관람 불가 영화를 보거나 학생들을 선동하는 등 학생 신분으로 교칙에 어긋나는 행위를 하다가 걸리면 학원 폭력으로 간주할 수밖에 없음을 분명히 밝히며 경고합니다. 학생 여러분은 이 점을 각별하게 인식하여 불상사가 생기지 않도록 하여야 할 것이며 교직원 여러분도 순찰 활동에 더욱 매진해주시길 당부드립니다. 더하여……."

교장의 훈시는 길었지만 요점은 간단했다. 하지만 학교의 불상사는 학생이 아니라 교직원에게서 먼저 났다. 작년부터 고등학교 선생 누구가 누구 엄마와 묘한 관계를 유지하고 있다는 설이 학생들 사이에서도 돌았는데, 그 선생이 가정 파괴범으로 잡혀갔다는 것이었다. 누군가 선생을 밀고한 것인지 또는 고발한 것인지 알 순 없었지만 선생이 잡혀간 이야기는 한동안 교실을 떠돌았고, 읍내 호사가들의 입에도 오르내렸다.

선생이 잡혀간 날 최규하 대통령이 특별 성명을 통해 대통령 자리에서 물러난다며 사임을 직접 발표했는데, 저녁 뉴스를 본 아버지는 버릇처럼 담배를 물며 한마디 했다.

"봐라, 최규하도 떨려나잖나."

"그럼 전두환이 대통령 되는 거네요?"

아버지의 말은 예언처럼 맞아 들어갔다.

"그렇겠지."

아버지가 고개를 끄덕이며 답했다. 최규하 대통령은 대통령 취임식 날 '새 헌법을 만들어 빠른 시간 내에 총선을 실시하겠다'고 힘주어 말했지만 그는 아무 것도 이루지 못한 채 아버지 말처럼 대통령 자리에서 '떨려'나고 말았다. 며칠 후 전국총학장회에 참석한 전두환 국가보위비상대책위원회 상임위원장이 학원 내외에 벌어지고 있는 소요 사태에 대해 용납하지 않겠다고 천명했다는 뉴스가 떴고, 미친소가 서울로 전학했다는 이야기가 돌았다. 종례를 마친 민철은 주기동과 함께 소문이 사실인지 확인하러 갔는데, 미친소 엄마는 사실이라고 했다.

"광우가 정선에 오기 싫다는데, 우짜겠나."

"광우가 그래요?"

"그렇대두."

주기동은 미친소 엄마의 말이 아직도 믿기지 않는 표정이었다.

"하, 이놈 보게. 의리라고는 쥐똥만치도 없네."

"미친소 소원인데 냅둬라. 그리고 학교 졸업하면 어차피 떠날 동네 아니냐."

"부러워서 그렇지."

주기동이 한숨을 섞으며 말했다.

"아참. 광준이 형 오셨다고 하던데, 형 어디 갔어요?"

민철이 미친소가 쓰던 방을 들여다보며 물었다.

"광준이 방금 전까지 방에 있었는데?"

미친소 엄마가 화들짝 놀라며 방으로 들어갔다.

"아구야, 이 놈이 또 어딜 갔네. 니들 광준이 좀 찾아봐라. 찾으면 곧장 집으로 오고. 알았지?"

방에서 나온 미친소 엄마가 민철과 주기동이 대답도 하기 전에 먼저 집을 나섰다. 두 사람은 광준이 형이 어딜 갔을까 짐작해보다가 읍내 다방과 술집을 뒤지기로 했다. 아직 늙은 햇발이 남아 있는 시간이었지만 친구도 별로 없는 광준이 형이 갈 곳은 뻔해 보였다.

두 사람은 관청이 있는 시내를 돌며 광준이 형을 찾았다. 다방과 음식점을 돌고 통닭집을 돌고 즐비하게 늘어서 있는 장터 선술집을 순례해도 광준이 형은 없었다.

"허, 없네. 어딜 갔을까?"

주기동이 난감하다는 표정을 지었다.

"부산집 가보자."

부산집은 읍내에서 가장 큰 기생집이었다.

"광준이 형이 설마 거길 갔을까."

"그거야 모르지."

민철과 주기동은 부산집으로 향했다. 권력자들이 주로 찾는 부산집은 계엄하에서도 밤낮이 따로 없었다. 한복을 입은 아가씨들이 주방을 오가며 음식과 술을 부지런히 나르고 있었고, 방에서는 노랫소리도 들려왔다. 댓돌에 놓인 신발들은 번쩍번쩍 광을 낸 구두와 군인들이 신는 워커뿐이라 광준이 형이 있을 것 같진 않았다.

민철과 주기동이 마당을 기웃거리고 있는데, 미닫이문 하나가 드륵 열렸다. 댓돌이 비어 있어 빈방이거니 했던 방이었다. 문이 열리며 한복을 입은 아가씨가 먼저 나오고 권총을 허리에 찬 군인이 따라나왔다. 아가씨를 뒤따르던 군인과 민철의 눈이 마주친 건 그때였다. 군인이 먼저 말을 걸었다.

"이런 데서 만나는 거 보니 우리 인연이 꽤 질기군."

중저음의 목소리, 가르마였다. 방에서 무슨 일이 있었는지 가르마의 머리는 적당히 흐트러져 있었고, 더운지 땀도 흘렸다.

"……."

민철은 답을 하지 않았다. 군인이 민철을 아는 척하자 아가씨가 "대장님, 먼저 들어가 있을게요" 했다. 군인이 고개를 끄덕이자 아가씨가 젓가락 장단이 한창인 방으로 들어갔다.

가르마가 더운지 손을 펴 머리를 빗어 올리며 마당으로 내려섰다. 두어 발짝 걸음을 떼던 가르마가 상의 주머니에 꽂혀 있던 시가를 꺼냈다. 가르마가 성냥을 칙, 그어 불을 붙이더니 길게 한 모금 빨았다. 허공을 향해 도넛을 만들던 가르마가 말을 이었다.

"이번엔 운이 좋았지만 다음은 아냐."

무슨 말인가 싶었다. 민철이 가르마를 향해 고개를 돌렸다. 가르마가 빙긋 웃으며 권총을 뽑더니 민철에게 겨누었다. 민철이 깜짝 놀라며 한 걸음 물러나자 가르마가 방아쇠에 손가락을 걸었다.

"꺼져 새끼야!"

낮고 단호한 음성이었다.

"갈게요! 민철아 가자!"

깜짝 놀란 주기동이 민철의 팔을 잡아끌었다. 도망치듯 부산집을 나서자 주기동이 물었다.

"야, 저 싸가지 없는 새낀 누구냐?"

"지난 번 수업 중에 끌려갔다가 만난 새끼야. 윤미옥 선생님 죽음과 관련이 있는 놈이기도 하고."

"민철아, 우리 저 새끼 기다렸다가 다구리 한번 놓을까?"

"아서라. 그러다 한 방에 간다."

"그까짓 권총, 선방 까면 우리가 이겨."

"윤미옥 선생님 생각하면 나도 그러고 싶은 마음이 굴뚝이다."

"굴뚝이면 한탕하자."

"기동아, 지금은 광준이 형 찾는 게 더 급하니 참자."

"그렇긴 하네. 야, 그나저나 광준이 형은 어디로 간 거야?"

"역전으로 가보자."

민철이 턱짓으로 역전 마을을 가리키며 말했다. 거리로 나오니 늦은 해가 산을 넘고 있었고, 산자락엔 어둑발이 내리기 시작했다. 곧 어둠이 내릴 것이라 둘은 서둘러 다리를 건넜다. 역전으로 간 두 사람은 또 다시 다방과 음식점을 돌고 방석집인 연자집과 영등포관을 돌고 몇 안 되는 술집과 구멍가게까지 돌았으나 광준이 형은 보이지 않았다. 길을 가면서 사람들에게 물어도 못 봤다는 답만 돌아왔다.

광준이 형을 찾은 건 의외의 장소인 정선역 아래에 있는 여인숙 방이었다. 좁은 골목 안에 숨어 있는 여인숙이라 민철과 주기동은 기대도 하지 않았다. 혹시나 하는 생각조차 하지 못했던 곳에 광준이 형이 있었고, 게다가 혼자가 아니라 근처에 있는 다방의 레지와 함께였다.

민철이 여인숙 방문을 열었을 때 술잔을 들고 있던 레지는 깜짝 놀라며 일어났고, 광준이 형은 문밖에 서 있는 두 사람을 한참 바라보다가 들어오라고 짧게 말했다.

"광준이 형, 형 엄마가 우리보고 형 찾아오라고 해서 정선을 다 뒤지고 있는 중인데 여기 있었네요."

민철과 주기동이 방으로 들어가자 레지가 두 사람 자리를 만들어주었다.

"나 집 나왔어. 그러니 애쓰지 말고 한 잔씩들 마시고 돌아가라."

레지가 급히 잔을 준비해 두 사람 앞에다 놓았고, 광준이 형이 술을 채웠다. 민철과 주기동은 광준이 형이 하는 말과 행동을 멀뚱히 지켜보며 고개를 갸웃했다.

"형 괜찮아요?"

주기동이 술잔을 들며 물었다. 광준이 형이 피식 웃으며 말했다.

"나 안 미쳤으니 술이나 마셔 임마."

"정말요?"

"그래 임마. 나 정상이야."

"근데 지난번엔 왜 그랬어요? 울 엄마도 형 미쳤다고 하던데."

"미친 척하는 거뿐이야. 미쳐야 사는 세상이잖아."

"형, 군대에서 무슨 일 있었어요?"

민철이 술잔을 내려놓으며 물었다.

"아무 일 없었어. 술 마셨으면 그만 돌아가. 울 엄마한텐 나 못 봤다하고, 알았지?"

"아무 일 없었는데, 제대는 어떻게 해요?"

"허, 그놈 참 궁금한 것도 많네. 술이나 한 잔 더해라."

광준이 형이 술병을 들어 민철과 주기동의 잔을 채웠다. 하지만 이번엔 둘 다 술잔을 들지 않았다.

"형, 지난 봄 광주에서 무슨 일 있었지요?"

민철이 단도직입적으로 물었다.

"내가 광주에 있었던 거 어떻게 알아?"

"광우한테 들었어요. 형이 광주에 작전 나왔다며 전화했었다고요."

"흠…… 말하자면 길다. 술이나 하면서 이야기하자."

광준이 형의 말에 민철과 주기동은 술잔을 비웠다.

"이봐, 동생들이 왔으니 술과 안주 좀 챙겨다 주지."

"알았어요, 오빠."

레지가 방을 나서자 광준이 형이 말을 이었다.

"엄마 아버지 앞에서 미친 척하는 것도 그렇고 해서 집 나왔다. 내일 새벽 기차로 저 애랑 정선 뜰 거야. 지난 번 첫 휴가 때 만났는데, 레지 하긴 아깝기도 하고 착하기도 해서 내가 저 애를 해방시켜줬거든."

광준이 형이 레지와 함께 있는 사연에 대해 말했다.

"이제부터 형수라고 불러야겠네요."

주기동이 웃으며 말했다.

"그래주면 좋아할 거야."

광준이 형의 말이 끝나자 레지가 술과 안주를 한 아름 안고 왔다.

"아이고 형수님, 이리 주세요."

주기동이 벌떡 일어나며 너스레를 떨었다. 레지는 부끄러운 듯 얼굴을 붉혔다. 다시 술자리가 만들어지고 광준이 형은 레지에게 민철과 주기동을 소개했다.

"인사해. 광우 친구들인데, 친동생이나 마찬가지야."

"반가워요. 혜숙이라고 해요. 김혜숙."

레지가 민철과 주기동에게 인사를 건넸다. 광준이 형의 여자가 된 혜숙은 사실 민철과 주기동도 아는 여자였다. 읍내 다방 몇 군데에 있었는데, 말수가 적어 큰 인기는 없었다. 그래서인지 누구와 사건다는 등의 소문은 없었다. 시골 다방이라는 게 이 손님 저 손님을 가리지 않고 애교를 떨어야 티켓도 끊고 가게 매상도 많이 올리는데, 혜숙은 손님 앞에서 가볍게 구는 그런 성격이 아니었다.

혜숙은 술도 조용조용 마셨다. 민철과 주기동의 빈 잔을 채울 땐 무릎까지 꿇고 두 손으로 따랐다. 민철이 그러지 말라고 하자 광준이 형이 나섰다.

"술은 예의로 마시는 거라고 배웠다니 불편해하지 마라."

"주도엔 꽝인 민식이 형 같은 사람이 배워야 할 매너네요."

민철의 말에 광준이 형이 뭔가 생각난 듯한 표정으로 물었다.

"아참, 민식인 학교 그만뒀다더니 요즘 뭐해?"

"얼마 전에 끌려갔는데, 지금 군부대에서 순화 교육인지 받고 있을 겁니다."

"저런, 그거 공수 훈련보다도 훨씬 빡쎈데 고생 좀 하겠다."

"이참에 사람 되어서 나오길 바래야지요. 그나저나 형 이야기 좀 해주세요. 광주에서 뭔 일이 있었는지."

민철의 말에 광준이 형이 술잔을 비웠고, 잠시 후 작심한 듯 입을 뗐다.

"말은 한다만, 계엄하라 입 한 번 잘못 벙긋하면 큰일 날 세상인 거 다들 알 거야. 광주 사태에 관해선 더욱 그렇지. 그러니 지금 내가 하는 이야기는 한 귀로 듣고 한 귀로 흘려라. 그렇지 않으면 나도 느이들도 위험해진다. 무슨 이야긴지 알겠지?"

광준이 형이 심각한 얼굴로 말했다.

"예, 알았어요."

민철이 대답했다.

"오빠, 무서워요."

혜숙은 붉게 핏발이 선 광준이 형의 얼굴을 보며 몸을 가볍게 떨었고, 주기동은 잔뜩 겁먹은 얼굴로 술잔을 들었다. 광준이 형도 긴장했던지 연거푸 두 잔을 비운 후에야 말을 이었다.

"지난 5월 광주는 전쟁터였어. 끔찍할 정도로 무서운 전쟁터. 다신 떠올리고 싶지 않은 기억이지만 지금 다시 그때를 생각해도 두렵고 몸서리가 쳐지고 광주 사람들에게 미안하고 죄송하고 그래. 월남 다녀온 간부들 말로는 월남보다 더하면 더했지 덜하진 않았다고 하더만. 그 말이 틀리진 않을 거다."

광준이 형이 말을 멈추곤 술잔을 들었다. 민철과 주기동도 술잔을 들어 말없이 술잔을 부딪쳤다.

"그럼 사람 목도 자르고 그랬어요?"

민철이 물었다. 어릴 적 친구 형이 월남 다녀오면서 가지고 온 앨범에서 본 사진이 생각나서였다. 앨범에는 아오자이를 입은 월남 여자와 연애하는 사진도 있었지만 목 잘린 베트콩의 머리채를 양손에 들고 목에는 베트콩 귀를 잘라 만든 목걸이를 걸고 찍은 사진도 많았다. 목이 잘린 채 얼굴만 남은 베트콩은 피투성이에다 머리는 산발이었는데, 어린 민철의 눈에도 그 장면은 충격으로 다가왔고 사진 속 군인들 또한 사람으로 보이지 않았다. "목과 귀만 자른 게 아냐. 베트콩 가죽을 나무껍질 벗기듯 칼로 벗기기도 했어." 그때 들었던 친구 형의 말을 민철은 아직도 생생하게 기억하고 있었다.

"그것까진 모르겠지만 여고생 유방을 잘라 나무에 매달았네, 임신부를 강간했네 하는 등의 유언비어는 많이 돌았지. 하지만 마치 말이 통하지 않는 나라에 간 군인들처럼 무자비하게 죽인 건 사실이야. 애 어른 여자 남자 할 것 없이 닥치는 대로 죽였어. 살려달라 애원하는데도 적을 죽이는 거보다 더 악랄하고 잔인하게 말야. 광주 사람들은 '계엄령을 해제하라!', '전두환은 물러가라!' 등의 구호를 외쳤을 뿐인데, 군인들은 그들의 가슴에 총탄을 박았고 곤봉으로 머리통을 깨고 대검으로 배를 쑤셨지. 대한민국에 군대가 존재하는 이유는 나라를 지키는 데 있지 국민을 죽이기 위해 존재하는 건 아니거든."

광준이 형이 고개를 절레절레 흔들며 술잔을 들었다.

"출동한 군인에게 광주 사람들을 죽이라고 명령을 내린 사람이 있을 텐데, 누군가요?"

혜숙이 술잔을 채우며 조심스럽게 물었다.

"국군 통수권자가 대통령이니 대통령 아닌가요? 아, 아니다. 계엄 상황이니까 계엄사령관인가? 그것도 아니면 광주 사람들이 물러나라고 했다는 전두환인가?"

주기동이 고개를 갸웃거리며 말했다.

"그 셋 중 하나겠지."

민철이 말을 받았다. 누구라고 꼭 집어 말하고 싶었지만 지나가는 바람에도 귀가 있는 법이었다.

"생각해보면 광주 사태라는 게 작년에 벌어진 12·12 때와 비슷해. 병력을 준비하고 출동시키는 게 아주 닮았어. 군이 출동하고 작전을 펴는 게 하루아침에 이루어지는 게 아니거든. 누군가 그러더만. 12·12 땐 정승화를 비롯한 별들을 제거했고, 광주 사태 땐 대통령 하겠다고 나선 김대중이와 그의 텃밭인 광주를 동시에 작살냈다고 말야. 지금 돌이켜 생각해보니 그 말이 맞는 듯도 싶어. 실제 그랬으니까. 그 모든 일을 첨부터 작심한 사람이 누군지 나도 궁금해 무척. 그 사람 덕분에 미친 척하면서 군에서 제대할 수 있었으니 나름 고맙기도 하고."

광준이 형이 소태를 씹은 듯 씁쓸한 표정을 지었다.

"근데, 광주 사태는 불량배와 북괴 사주를 받은 간첩들이 일으켰다고 하던데요. 형 이야길 들으니 그 말은 사실이 아닌 모양이네요?"

민철이 물었다.

"나도 그런 줄 알았는데, 알고 보니 거리에 나온 사람들 대부분이 다 평범한 시민들뿐이었어. 우리가 적이라 규정지은 광주 사람들이 끝도 없이 거리로 쏟아져 나왔는데, 부녀자들이 돌을 나르고 밥을 짓고 주먹밥을 나르고 물을 나르고 하더라. 임진왜란 때 행주산성에서 권율 장군이 왜놈들하고 싸웠던 이야기 알지? 그거랑 비슷해. 정작 소요를 진압하던 우리는 밥도 제대로 못 먹고 있었는데, 광주 사람들은 그렇지 않았던 거야. 그 순간 '어, 저건 뭐지? 내가 왜 저 사람들을 죽여야 하고 싸워야 하는 거지?' 그런 생각이 퍼뜩 들더라. 그때부터 난 슬슬 뒤로 빠지긴 했지만, 광주 진압에 출동한 군인들 작전명이 '화려한 휴가'였다는 것만 알아둬라."

"화려한 휴가라…… 작전명이 참으로 역설적이네요."

민철이 술잔을 비우며 말했다. 민철의 빈 잔을 혜숙이 무릎을 꿇고 또 채웠다.

"얼마나 많이 죽었는지 모르지만 계엄사에서 발표한 건 새 발의 피다. 불태우고 땅에 묻은 시신만도 엄청나."

"시신을 불태워요? 정말요?"

주기동의 눈이 동그래졌다.

"응, 죄도 없는 시민을 너무 많이 죽였거든. 감추지 않으면 나중에 그 죄를 누가 어떻게 감당하나. 그래서 누군지 확인할 수 없게 시신을 불태우고 땅에 묻기도 하고 그랬지."

"오빠도…… 사람 죽였어요?"

오빠가 설마, 하는 표정으로 혜숙이 물었다. 혜숙의 말에 광준이 형이 술잔을 들다 말고 멈칫했다. 광준이 형은 가슴까지 든 술잔을 내려놓지도 그렇다고 잔을 들어 마시지도 못했다. 방 안엔 침묵이 흘렀고, 움직임을 멈춘 광준이 형은 무슨 생각을 하는지 한동안 술잔만 응시했다. 잠시 후 술잔이 미세하게 흔들리더니 술이 넘쳤다.

"힘들면 말 안 해도 돼요, 오빠."

혜숙이 급히 바닥에 수건을 깔며 말했다.

"아니야, 말하는 게 좋겠어. 말하지 않고 이대로 있다간 내가 진짜로 미쳐버릴지 몰라."

혜숙이 미안한 표정을 짓자 다시 말을 꺼낸 광준이 형이 반쯤 남은 잔을 비우더니 한숨을 길게 쉬었다. 혜숙이 다시 잔을 채웠고, 광준이 형이 술자리 내내 쥐고 있던 오른손을 펴들었다.

"이 손을 봐."

"어머, 오빠 손가락이 왜 그래요?"

광준의 형의 손을 처음 본 듯 혜숙이 깜짝 놀라 물었다. 그러고 보니 광준이 형의 검지가 뭉툭하게 잘려져 있었다.

"내가 자른 거야."

"오빠가요? 왜요?"

혜숙이 울상을 지으며 물었다.

"이 손가락으로 사람을 죽였거든. 그래서 더 이상 총을 쏘지 않으려고 잘라버린 거야."

"무서워요 오빠……."

혜숙의 눈에 눈물이 그렁그렁 고였다. 광준이 형이 그런 혜숙을 가만히 안았다.

"부대로 돌아온 후 내가 광주 사람들에게 무슨 짓을 한 거지? 스스로에게 수도 없이 질문을 던졌지만, 답을 찾을 수 없었지. 군복을 입고 있는 것도 괴로웠고, 내가 군인이라는 사실까지 견디기 힘들 정도였어.

군복이라도 벗으면 그 괴로움이 사라지지 않을까 싶었지."

"그래서 형이 미친 척을 하신 거네요."

주기동이 고개를 끄덕였다.

"제대를 하려고 손가락을 잘랐는데, 영창에 집어넣더라. 그래서 미친 척을 했지. 광주에 다녀온 병사들 중 여럿이 이미 트라우마를 겪고 있었고, 정신병 증세도 호소했었거든."

"이해할 수 있을 거 같아요, 오빠."

혜숙은 안쓰럽다는 듯 광준이 형의 잘린 손가락을 쓰다듬었다. 광준이 형이 눈가에 맺힌 눈물을 잘린 검지로 쓸어냈다. 술잔을 비운 광준이 형이 지갑에서 뭔가를 꺼냈다.

"읽어봐."

광준이 형이 접혀 있던 종이를 펴며 말했다. 광준이 형이 편 것은 신문을 오린 것으로 한 편의 시가 들어 있었다. 제목은 '아아, 광주여!'였다. 신문을 받아 든 민철이 시를 읽어 내려갔다. 김준태 시인의 「아아 光州여, 우리나라의 十字架여!」였다.

아아, 광주여 무등산이여
죽음과 죽음 사이에
피눈물을 흘리는
우리들의 영원한 청춘의 도시여

우리들의 아버지는 어디로 갔나
우리들의 어머니는 어디서 쓰러졌나
우리들의 아들은
어디에서 죽어 어디에 파묻혔나

우리들의 귀여운 딸은
또 어디에서 입을 벌린 채 누워 있나
우리들의 혼백은 또 어디에서
찢어져 산산이 조각나버렸나

하느님도 새떼들도
떠나 가버린 광주여
(후략)

"아, 형 말대로 광주에서 두렵고 무서운 일이 벌어졌네요."

시를 다 읽은 민철이 몸을 후둑 떨었다.

"저도 보여주세요."

혜숙이 신문을 넘겨받았고, 신문에 실린 시를 한 줄 한 줄 읽기 시작한 혜숙의 눈에 눈물이 고이기 시작했다.

"남편을 기다리다가 죽은 임산부 이야기는 너무 마음이 아파요."

혜숙이 코를 훌쩍이며 광준이 형의 손을 잡았다.

"이 신문은 어디서 났어요?"

"군 병원에 있을 때 부상을 입고 입원한 병사가 있었는데, 그 친구가 광주에서 나온 신문이라며 건네주기에 가지고 있었지."

"계엄 중인데 신문이 이런 시를 실을 수 있나요?"

"안 되지. 시인은 잡혀가고 신문은 당연히 폐간당했지."

"살아남은 사람들은 모두 죄인처럼 고개를 숙이고 있다는 시인의 말처럼 저도 형도 민철이도 형수님도 모두 죄인이네요."

주기동이 숙였던 고개를 들며 말했다. '살아서 죄인이 된 세상이 또 언제 있었을까?' 민철은 답답했던지 한숨을 길게 쉬었다. 민철이 술잔을 비우며 물었다.

"형, 정선 떠나면 어디로 가실 건데요?"

"집에서 나올 땐 머리 깎고 절에나 들어갈까 했거든. 근데 혜숙이가 함께 가겠다고 하니까 이젠 먹고살 데를 찾아봐야지."

"서울로 가시겠네요?"

주기동이 물었다.

"그럴 생각이야. 사람 많은 데가 일자리도 많지 않겠니?"

"저도 무슨 일이든 할게요."

광준이 형의 말에 혜숙이 덧붙였다.

"아냐. 내가 뒷바라지 해줄 테니 넌 하고 싶은 미용 공부나 해."

광준이 형이 혜숙의 손을 꼭 잡으며 말했다. 민철은 광준이 형에게 광주에서 있었던 일에 대해 더 이상 묻지 않았다. 두 사람 표정을 살피던 민철은 그만 가자며 주기동에게 눈치를 줬다. 민철과 주기동이 슬그머니 일어났다.

"왜 가려고?"

"예. 형 엄마가 기다리실 거 같아서요."

"불쌍한 우리 엄마. 엄마 생각하니 가슴이 아프네."

광준이 형의 눈가에 이슬이 맺혔다.

"오빠 울지 마."

혜숙이도 따라서 눈시울을 적셨다. 민철과 주기동은 방문을 열지도 못하고 다시 자리에 앉았다.

"그래 울지 말자. 더 이상 미안해하지도 말고 죄인처럼 숨지도 말자."

광준이 형이 검지 잘린 손으로 눈을 훔치며 말했다. 먹먹해진 민철은 빈 잔을 만지작거렸고, 주기동은 고개를 숙인 채 가만히 있었다. 무겁게 가라앉은 방안 분위기를 견딜 수 없었던지 민철이 입을 열었다.

"그만 가볼게요."

"그래, 느이도 나 때문에 고생했다."

"뭘요. 이렇게라도 형과 이야기를 나눈 게 얼마나 고맙고 다행스런 일인가 싶은데요."

"엄마 만나거든 나 미치지 않았다고 사실대로 말해주는 게 좋겠다. 불효자로 떠날 순 없잖니."

"예, 그렇게 할게요."

민철과 주기동은 광준이 형과 혜숙에게 인사를 하곤 여인숙을 나왔다. 두 사람은 다리를 건너 미친소네 집으로 가 광준이 형에 대해 말했다.

"그렇담 다행이구나. 광준이 땜에 걱정을 얼마나 했던지…….."

미친소 엄마가 가슴을 쓸어내리며 말했다. 늦은 시간 미친소네 집을 나온 민철과 주기동은 사거리에서 헤어졌다. 술도 몇 잔 마신 데다 광준이 형에게 들은 이야기도 있어 민철의 마음은 복잡했다. 집으로 향하던 민철이 국어 선생 자취방으로 걸음을 옮겼다. 국어 선생이 사용하던 방은 어둠 속에서 형체만 보였다. 사람이 죽은 방이라 하여 아무도 들어오지 않았을 것이다. '이럴 때 국어 선생이 곁에 있었으면 얼마나 좋을까.' 민철은 어두운 방 안을 둘러보며 울먹였다.

"선생님, 전 이제 고작 고등학교 2학년일 뿐인데 사는 게 왜 이렇게 벅차고 삭여야 할 게 많은 걸까요…….."

꿈속의 사랑

　꿈을 꾸었다. 정신이 든 후까지도 꿈 내용은 선명했다. 꿈에서 민철은 국어 선생의 자취방에 있었다. 민철은 자신이 왜 국어 선생 방에 등장했는지는 알 수 없었다. 아무튼 그랬다. 꿈속에서 민철은 선생의 방에서 배를 깔고 책을 읽고 있었다. 집처럼 편안한 복장이었다. 옆에서 함께 책을 읽던 선생이 부엌으로 나가더니 포도를 씻어 왔다.

　"민철아, 먹으면서 봐."

　선생의 목소리는 포도 향만큼이나 새콤달콤했다. 두 사람은 포도를 먹으면서 읽은 책에 대해 서로 이야기를 나누고, 물가가 천정부지로 올라 걱정이라는 이야기도 했다. 그러면서 서로 상대의 입에 포도 알을 넣어주기도 했는데, 민철은 국어 선생과 자신이 스승과 제자가 아닌 오랜 연인 사이 같다는 생각이 들었다. 포도 접시를 비운 민철은 다시 배를 깔고 책을 읽었고, 깜박 잠이 들었다. 도롱도롱 코도 골았나보다. 한 시간쯤 잤을까? 문득 깨어보니 국어 선생이 옆에서 새근거리며 자고 있었다. 민철의 눈에 작고 아담한 선생의 몸이 들어왔다. 이어 봉긋하게 솟아오른 젖가슴이 보였다. 젖가슴은 선생이 숨을 쉴 때마다 위아래로 리

듬을 맞추듯 오르내렸다. 민철은 고개를 숙여 선생의 얼굴에 자신의 얼굴을 맞댔다. 선생의 얼굴에선 로션 향이 은근하게 났고, 입술은 붉은 앵두 같았다. 민철은 데생을 배우는 신입생처럼 잠든 선생의 이목구비와 턱선과 목선을 차례로 살폈보았다. 그 순간이었다. 선생이 눈을 스르륵 뜨더니 잠결인 듯 꿈결인 듯 "오, 막스. 언제 왔어요. 보고 싶었어요, 막스" 하며 활짝 웃었다. 깜짝 놀란 민철이 "선생님, 전 민철이에요" 하며 제 자리로 돌아오려는데, 선생의 팔이 민철의 목을 휘감았다.

"막스, 두 번 다시 내 곁을 떠나지 말아요. 예?"

그렇게 속삭이는 선생의 목소리는 라일락 향보다 달콤하여 정신이 다 아득해질 지경이었다.

"선생님, 저 민철이라니까요."

민철이 선생의 품으로 쓰러지며 다시 한 번 말했다. 하지만 선생은 민철을 더욱 끌어당기며 속삭이는 것이었다.

"안 돼요. 떠나지 말아요. 사랑해요. 막스……"

귓전에 머물던 선생의 음성이 이내 온몸으로 나른하게 퍼졌는데, 그 순간 민철은 잠에서 깼다. 잠시 멍한 상태로 생각을 더듬던 민철은 '아, 꿈이었구나' 하며 끊어진 꿈을 이어보려 잠을 청했다. 하지만 한 번 달아난 꿈은 돌아오지 않았고, 시간이 지나자 달콤하게 속삭이던 선생의 목소리조차 멀어져갔다.

간밤 선생의 자취방을 찾아가긴 했지만 느닷없는 꿈이었다. 선생의 방에 막스가 아닌 자신이 누워 있는 것도 비현실적이었고, 자신을 끌어안고 막스를 찾는 선생의 표정은 더욱 비현실적이었다.

현실에선 있을 수 없는 이상한 꿈이었지만 기분은 나쁘지 않았다. 선생이 비록 자신을 막스라고 착각했어도 꿈이었으니 상관없었다. 국어 선생이 살아 있어 꿈 이야기를 들려준다면 어떤 표정을 지을까 상상하던 민철은 실성한 사람마냥 혼자 실실거리며 웃었다.

천장을 보고 누운 민철은 필름을 되감듯 꿈을 더듬었고, 선생이 자신의 목을 휘감는 장면에선 혼자 또 웃었다. 만약이지만, 민철은 꿈에서 깨어나지 않았다면 선생과 뜨거운 사랑을 나누었을지도 모른다는 발칙한 상상까지 해보았다. '꿈이기에 가능한 상상이지만 꿈에서라도 그런 일이 생긴다면?' 민철은 거기까지 생각하다 머리를 흔들었다.

"어휴, 내가 지금 무슨 생각을 하는 거야?"

상상이 꼬리를 무는 통에 잠은 달아난 지 오래였다. 민철은 책이라도 읽어야겠다 생각하고는 자리를 털고 일어났다. 벽에 쌓여 있는 책을 살피던 민철은 책 한 권을 뽑았다. 민철의 손이 닿은 책은 콜롬비아 출신 작가 가브리엘 가르시아 마르케스가 쓴 장편소설 『백 년 동안의 고독』이었다. 지난 봄 읽은 소설이지만 내용이 다 이해된 책은 아니었다. 마콘도 마을에 사는 부엔디아 가문이 겪었던 백 년간의 이야기를 단숨에 이해하기도 어려웠거니와 소설은 현실과 환상의 세계가 혼재되어 있는데다, 그들이 지니고 있는 '고독'을 이해하는 것은 더더욱 어려웠다.

민철은 책을 가슴에 품고는 선생을 생각했다. 책에선 선생의 몸에서 나던 향이 은은하게 풍겼고, 책을 안고 있는 것만으로도 선생과 함께 있는 느낌이 들었다.

선생을 생각하던 민철은 방문을 열고 어둔 거리를 내다봤다. 곧 나전역을 출발한 기차가 들어올 것이고 정선역을 떠난 새벽 기차는 종착역인 청량리를 향해 떠날 것이었다. '아, 광준이 형이 동차로 떠난다고 했지!' 어둠을 바라보던 민철이 문득 무릎을 쳤다. 시계를 보니 기차는 곧 도착할 시간이었고, 미친소가 있었다면 "야, 광준이 형 정선 떠난단다. 배웅하러 가자"라고 했을 시간이기도 했다. 하지만 미친소는 없고 민철은 혼자 새벽을 맞이한 채 흐르는 시간만 주시하고 있었다. 어쩔까 잠시 생각하던 민철은 옷을 챙겨 입고 광준이 형에게 선물할 책을 한 권 뽑았다. 민철이 뽑은 책은 러시아 작가 막심 고리끼가 쓴 장편소설『어머니』로 밑줄을 그어가며 읽은 책이었다.

우리 모두는 두려움 때문에 파멸하는 거예요! 우리들을 지배하고 있는 사람들은 그런 우리의 두려움을 이용해서 우리를 더욱더 겁에 질리게 하는 겁니다.

민철은 주인공이 어머니와 나누는 구절을 떠올리며, 고리끼의『어머니』가 지금 광준이 형에게 어쩌면 도움이 될지도 모른다고 생각했다. 책을 챙겨 든 민철은 마당으로 나가 자전거에 올랐다. 힘차게 페달을 밟자 싸한 새벽 공기가 얼굴로 날아들었고, 멀리서 기적 소리가 들려왔다. 역에 도착했을 때 대합실은 비어 있었고, 개찰구를 지키던 역무원이 집게를 들고 민철에게 소리쳤다.

"뛰어오세요. 기차가 들어옵니다!"

민철은 역무원에게 배웅을 나왔다 말하고 플랫폼으로 뛰었다. 가로등이 훤하게 밝혀진 플랫폼엔 대처로 나가는 이들이 기차를 기다리고 있었고, 나전역을 출발한 기차가 뻘건 불을 켠 채 플랫폼으로 들어오고 있었다. 광준이 형은 혜숙과 플랫폼 후미에 서 있었는데, 모자를 푹 눌러 쓰고 있었다.

"광준이 형!"

민철이 소리치며 두 사람에게 달려갔는데, 광준이 형은 미친 사람처럼 헤헤실실 웃으며 딴청을 피웠다.

"형……?"

민철이 의아한 표정을 짓자 혜숙이 입을 열었다.

"여긴 어쩐 일이세요?"

그러면서 혜숙은 모른 척 냅두라는 듯 눈을 끔쩍끔쩍하며 민철에게 눈치를 주었다. 그제야 알았다는 듯 민철이 고개를 끄덕였다.

"책인데, 형한테 선물 드리려고 가지고 왔어요."

민철이 혜숙에게 가져온 책을 내밀었다. 그 사이 기차는 떠날 준비를 했는지 기적을 두어 번 길게 울렸고, 차장이 후레쉬를 빙빙 돌리며 출발 신호를 보냈다.

"고마워요. 우리 갈게요."

혜숙이 책을 받아 들고 미친 척하는 광준이 형의 손을 이끌었다.

"오빠, 가요."

두 사람이 객차에 오르자 기차는 기적을 다시 길게 울리고는 선평역을 향해 출발했다. 민철은 기차가 시야에서 사라진 후에야 플랫폼을 빠져나왔는데, 집에 돌아오니 먼 산에서부터 뿌옇게 동이 트고 있었다.

기계가 만든 대통령

광준이 형이 정선을 떠난 날이었다. 최규하 전 대통령이 '새 지도자는 국민은 물론 군의 지지를 받을 수 있는 사람이어야 한다'고 강조했다는 뉴스가 나왔고, 정부 부처인 국방부는 전군 주요지휘관회의를 열고 차기 대통령으로 전두환 국가보위 상임위원장을 추대 결의했다는 뉴스가 이어졌다. 그 다음 날엔 전두환 상임위원장의 육군대장 전역식이 열렸다는 뉴스가 나왔는데, 주기동이 한마디 했다.

"세상 모든 게 전두환이라는 사람을 위해 움직이는 기계들 같다."

"그 기계를 억압하고 조종하는 사람이 나쁜 거지."

민철이 그렇게 말은 했지만 기계는 오작동이나 고장도 없이 잘 돌아갔다. 그 무렵 신문들은 보름 넘게 전두환 특집 기사를 경쟁적으로 실었는데, 조선일보가 단연 압권이었다. 조선일보는 '인간 전두환' 판을 전면 기사로 실었는데, 한 편의 휴먼 드라마가 따로 없었다.

기자는 전두환 상임위원장이 부인에게 "여보, 나 나갑니다"라고 다정하게 인사하며 출근하는 모습을 시작으로 그의 한 생애를 다루었는데, 어릴 적부터 인간미가 있는 것은 물론이고 육사의 혼이 키워낸 신넘과 의지의 사나이에다 축구면 축구 럭비면 럭비 못하는 운동이 없다며 극찬을 아끼지 않았다. 업무에 있어서도 이해관계에 얽매이지 않은 데다 남에게 주기 좋아하는 성격까지 타고 났다는 인간 전두환. 사적인 일보다 늘 공적인 일에 앞장서며 나보다는 국가를 먼저 생각한다는 애국주의자이기도 한 전두환. 무엇보다 자신에게 엄격하고 책임 회피도 하지 않는다는 대목에 이르면 누구나 전두환이 대통령감이라고 인정할 수밖에 없었다. 아니, 신문만 본다면 전두환은 대통령감 정도를 넘어서 신이 내린 사람처럼 보였다. "군인 출신이라 근엄한 줄 알았는데, 이 양반 보기보다 인간적이네." 신문을 정독한 아버지도 이렇게 말할 정도였으니 신문이 만들어낸 전두환의 이미지 메이킹은 대성공이라 할 만했다.

이틀 후 통일주체국민회의 이춘기 운영위원장 등이 참여한 대의원 737명은 전두환을 제11대 대통령 후보로 추대했다. 월요일이었고, 민철은 멍한 기분이 되어 평화극장에서 임권택 감독이 만든 영화 〈복부인〉을 봤다. 아파트 청약에 당첨되어 하룻밤에 거액을 번 평범한 여인이 복부인이 되어 사내들과 놀아나다 사기단에 휘말려 패가망신한다는 내용인데, 영화 포스터에 적힌 문구가 재미있었다. "허약한 자여, 그대 이름은 남자이니라"라는 문구와 "명장이 휘두른 섹스의 반란", "만일 이 영화가 탄생하지 않았더라면 1980년은 흥미 없는 해가 되고 말 것이다"라는 문구들이 민철을 자극했지만, 막상 화면에서는 주인공인 한혜숙과 박원숙의 은밀한 곡선은 보여주지 않았다.

다음 날 신문엔 역시 전두환을 대통령 후보로 추대했다는 소식이 크게 실렸고, 전두환을 조명하는 기사들이 쏟아졌다. 민철은 '일출여인숙'에서 만난 릴리 이근영이 보낸 편지를 들고 학교로 갔고, 수업 시간에 편지를 읽었다. 편지 말미에는 민철이 선물로 보낸 시집 『슬픔이 기

쁨에게』 중 표제작을 적어 보냈는데, 근영은 그 시를 읽고 한참이나 울
었다고 했다.

나는 이제 너에게도 슬픔을 주겠다.
사랑보다 소중한 슬픔을 주겠다.
겨울밤 거리에서 귤 몇 개 놓고
살아온 추위와 떨고 있는 할머니에게
귤값을 깎으면서 기뻐하던 너를 위하여
나는 슬픔의 평등한 얼굴을 보여주겠다.
내가 어둠 속에서 너를 부를 때
단 한 번도 평등하게 웃어주질 않은
가마니에 덮인 동사자가 다시 얼어 죽을 때
가마니 한 장조차 덮어주지 않은
무관심한 너의 사랑을 위해
흘릴 줄 모르는 너의 눈물을 위해
나는 이제 너에게도 기다림을 주겠다.
이 세상에 내리던 함박눈을 멈추겠다.
보리밭에 내리던 봄눈들을 데리고
추워 떠는 사람들의 슬픔에게 다녀와서
눈 그친 눈길을 너와 함께 걷겠다.
슬픔의 힘에 대한 이야길 하며
기다림의 슬픔까지 걸어가겠다.

— 정호승, 「슬픔이 기쁨에게」

근영은 마지막 편지지에 자신의 현재 모습이라며 자화상을 그려 보냈다. 강릉에서 헤어질 때보다 맑은 눈이었고, 머리도 갈래머리로 따 착하고 예쁜 학생처럼 보였다. 민철은 근영에게 화가나 만화가가 되어도 될 정도로 그림에 소질이 있다며 답장을 보냈다.

근영에게 편지를 보내던 날 국보위 상임위원장 전두환이 대통령에 선출되었다는 뉴스가 첫 머리에 나왔다. 장충체육관에서 실시한 대통령 선출 통일주체국민회의 대의원 투표에서 총 투표자 2,525명 가운데 2,524표를 얻은 전두환 후보가 제11대 대통령에 선출되었다는 거였다.

"니가 말한 박정희보다 더 쎈 놈이 드디어 대통령이 되었구나."

뉴스를 보던 아버지가 한마디 했다.

"대통령이 생겼으니 이젠 다락처럼 오른 물가나 좀 잡았으면 좋겠네."

민철이 대꾸도 없이 가만히 있자 엄마가 대신 거들었다.

전두환이 대통령에 선출되자 1, 2교 다리 아치와 거리 곳곳에 '제11대 전두환 대통령 취임'을 축하하는 경축 현수막이 걸렸다. 신문과 뉴스는 연일 전두환 대통령에 대한 기대로 넘쳐났고, 읍내 거리도 장터도 새봄을 맞은 듯 활기찼다.

다음 날 오전엔 민철네 학교에서 '정선 군민 사회 정화 궐기대회'가 열렸다. 연병장을 가득 채운 군민들은 '사회악 일소하여 건전 사회 건설하자' 등의 문구가 적힌 피켓과 어깨띠를 두르고 한 목소리로 사회악 일소와 사회 정화를 외쳤다. 사열대에 올라 마이크를 잡은 이의 목소리는 교실까지 들렸는데, 불량배가 없고 폭력배가 없고 강력 범죄가 없고 부조리가 없는 정선을 건설하자는 구호를 웅변하듯 외쳐 수업을 받던 학생들을 웃게 만들었다. 그렇게 이틀이 흘렀고, 지난 8월 검거되어 군부대에서 순화 교육을 받던 불량배 2만여 명 중 9,600여 명이 4주간의 교육을 마치고 사회에 복귀했다는 뉴스가 나왔다.

"딴 사람들은 나왔다는데, 민식이는 왜 안 오나. 민철아, 형한테 무슨 일이라도 생긴 건 아니나?"

티브이를 지켜보던 엄마가 탄식했다. 하지만 민철도 아는 게 없어 엄마의 근심을 덜어주진 못했다. 민식이 형 얘기에 집 안은 일순 정적이 돌았고, 전두환을 조명하는 다큐멘터리 프로는 저 혼자 떠들었다.

날이 밝자 늦은 아침을 먹은 민철은 일요일임에도 가방을 쌌다. 학교를 가기 위해 방을 나서는데, 민식이 형과 함께 끌려갔던 왕창에게 전화가 왔다.

"민철, 나 살아 돌아왔다."

"왕창이 나왔구나. 근데 너 민식이 형은 못 봤나?"

민철은 대뜸 민식이 형 소식부터 물었다.

"니네 형은 딴 부대로 갔어."

"넌 어디 있었는데?"

"인제에 있는 군부대에서 돌았는데, 죽을 뻔했다야."

"정말?"

"야, 두 번 다시 갈 곳이 못 된다. 군바리 새끼들이 얼마나 쥐 잡듯 하는지 징역살이도 그거보담은 편하다. 이 새끼들이 사람 취급을 아예 안 해. 주면 주는 대로 먹고 때리면 때리는 대로 맞으라 하는데, 개도 그렇겐 안 하겠다. 시팔. 내 그 새끼들 길에서 만나면 대갈빡을 깨버릴 거다."

왕창의 목소리가 높아졌다. 4주간 단단히 당한 모양이었다.

"정남이는?"

"정남이도 나왔는데, 지금 나랑 같이 있다."

"둘이서 뭐해? 회포 푸나?"

"회포는, 새벽에 도착했는데 둘 다 아픈 데가 많아 끙끙대고 있다."

"알겠다. 몸조리 잘하고 곧 보자."

"아, 민철아. 나 이참에 학교 그만둘 거니까 언제든 놀러 와라."

"뭐할 건데?"

"술집을 차릴까 당구장을 차릴까 생각 중이야."

"이놈의 나라가 학생 하나를 작살냈구나."

"그런 셈이지."

낄낄거리던 왕창이 웃으니 더 아프다며 전화를 끊자 옆에 있던 엄마가 물었다.

"민식이와 함께 간 그 아인 돌아왔다지?"

"응, 근데 민식이 형 소식은 모른대."

"어이구, 나쁜 놈들. 민식이가 뭘 잘못을 그리 크게 했다고 집에도 보내주지 않누."

엄마가 땅이 꺼져라 한숨을 내쉬었다.

"엄마, 내가 광우 삼촌에게 알아볼 테니까 너무 걱정하지 마."

민철이 방을 나서며 말했다.

"그래봐라. 그인 경찰이니 알지 않겠나."

엄마가 마당까지 따라나오며 근심을 쏟아냈다. 다리를 건넌 민철은 다리목에 있는 미친소 삼촌 집부터 들렀다. 삼촌은 없었고, 미친소 숙모가 삼촌은 아침에 출근했다고 했다. 민철은 그 길로 경찰서로 갔지만 삼촌은 자리에 없고 부하 한 사람만 자리를 지키고 있었다.

"반장님은 외근 중인데, 점심 전엔 돌아오실 거야."

민철은 경찰서 마당에서 삼촌을 기다리기로 하고 은행나무 아래로 갔다. 그늘 아래에 자리를 잡은 민철은 가방에서 읽던 소설을 꺼냈다. 매미 소리를 들으며 소설을 읽기 시작한 지 한 시간쯤 지났을까, 미친소 삼촌이 민철을 불렀다.

"민철아, 거기서 뭐 해?"

"삼촌 기다리고 있었어요. 어딜 다녀오세요?"

"아, 파견 나왔던 보안대가 철수한다고 해서 인사차 다녀오느라고."

"그 군인들 떠난대요?"

"그래. 골치 아픈 사건이 하나 있었는데 정리가 되었다고 하네."

"사건을 정리해요?"

"그런 게 있어. 그 사람들 그런 일이 전문이거든."

"그게 뭔데요?"

"넌 몰라도 돼."

삼촌이 쓸쓸한 웃음을 지었다.

"근데 날 왜 기다렸어?"

"민식이 형 때문에요."

"민식이가 왜?"

"이번에 풀려나지 않았는데, 무슨 일이 생기지나 않았는지 궁금해서
요."

"뭘 일이야 있겠나. 이번에 나온 사람들은 D급인데, 민식이가 군인과
싸우지만 않았어도 당연히 풀려났지. 민식인 C급으로 분류되었으니 더
있어야 할 거야."

"언제까지요?"

"군인들이 하는 일이니 그거야 나도 모르지."

미친소 삼촌이 고개를 흔들었다.

"민식이 형 때문에 엄마 근심이 큰데요. 혹시라도 민식이 형 소식을
알게 되면 알려주세요. 예?"

삼촌이 그러마 하고는 경찰서로 들어갔다. 민철은 그 길로 군인들이
머물던 기와집으로 갔다. 마당에 들어서니 집주인이 정리를 하고 있었

고, 군부대 같던 분위기 또한 사라지고 없었다. 민철이 마당을 서성이자 집주인이 물었다.

"무슨 일이냐?"

"군인들에게 빌려준 게 있는데, 돌려받지 못했거든요."

민철은 그렇게 둘러댔다.

"그래? 그 사람들 다 가지고 간 거 같던데. 빌려준 게 뭔데?"

"책이요."

"니 책인지는 몰라도 책이라면 방에 몇 권 남아 있더라."

집주인의 말에 민철은 거실로 들어갔다. 군인들이 사용하던 테이블과 소파는 거실에 그대로 있었다. 하지만 가르마가 쓰던 책상 같은 것들은 다 실어갔는지 방은 텅 비었다. 민철은 거실과 방을 오가며 군인들이 남긴 책과 서류 같은 종이들을 주워 가방에 담았다. 책 중에는 송희에게 선물했던 『解放前後史의 認識』도 있었는데, 펼쳐보니 막스에게서 받은 책이 맞았다. 군인들은 책에다 '불온도서' 도장을 찍었다가 그 아래 '불온해제도서' 도장을 또 찍어놓았다. 군인들이 찍은 도장에 의하면 책이 판금 도서에서 판금 해제 도서가 되었다는 건데, 민철은 그 사실을 책에 찍힌 도장을 통해 알게 되었다.

기와집을 나온 민철은 곧장 학교로 갔다. 이제 자신을 지켜보는 눈도 없을 것이니 걸음도 당당했다. 운동장에선 아이들이 축구를 하고 있었지만 교실은 일요일이라 한가했다. 민철은 기와집에서 챙겨온 것들을 책상 위에 쏟았다. 군인들이 버리고 간 것은 책이 여섯 권이고, 나머지는 민철의 방과 선생 자취방에서 가지고 간 사진과 편지 그리고 군인들이 적은 메모와 서류 등이었다. 누가 썼는지 지우개가 달린 연필도 있고 볼펜도 두 자루나 있었는데, 담배를 피면서 썼던지 니코틴 냄새가 배어 있었다.

민철은 군인들이 남긴 메모부터 살폈다. 휘갈겨 쓴 메모엔 이해할 수 없는 말들이 적혀 있었지만 책상에 펼쳐놓으니 그들 사이에 무슨 말이 오고갔는지 짐작이 되었다. '고문' '도주' '의문사로 처리' '윤미끼' '민철X' 등의 메모지를 이리저리 옮겨보던 민철은 군인들이 어떤 사건을 다루었는지 추리할 수 있었는데, 민철이 보기엔 막스와 국어 선생이 관련된 메모가 틀림없는 듯했다.

메모에 적힌 내용을 맞춰보던 민철은 '의문사로 처리'라는 메모를 뚫어지게 바라보며 '누굴 고문했고, 누가 죽었고, 누굴 의문사로 처리했다는 걸까' 하고 생각했다. '윤미끼'로 쓴 메모는 국어 선생을 의미할 것이나 선생은 스스로 죽음의 길을 선택했고, 남은 것은 자신과 막스뿐인데 자신은 가르마 말처럼 운이 좋은 건지 멀쩡했다. '그렇다면 막스가…… 막스를?' 거기까지 생각이 미친 민철은 미친소 삼촌이 한 말을 떠올렸다.

"골치 아픈 사건이 하나 있었는데 정리가 되었다고 하네."

정리되었다는 사건이 막스에 관한 거였고 그 '정리'는 막스의 죽음이라는 말인가? 민철은 갑자기 정신이 아득해져 의자에 털썩 주저앉았다. 민철은 자신이 상상한 것이 사실이라면 눈물이 나와야 하는데, 갑작스런 충격이라 눈물도 나오지 않았다.

"막스!"

한참 만에야 메모를 정리한 민철은 군인들이 버리고 간 서류를 책상 위에 펼쳤다. 서류는 사북 사태와 관련된 것들인데, 국어 선생을 감시한 내용을 기록한 서류도 있었다. 서류에는 몇 시에 누가 들어가고 누가 나왔는지 등이 기록되어 있었는데, 민철이 선생 집을 찾아갔던 것은 물론 이웃집 아줌마가 다녀갔다는 내용까지 들어 있었다. 군인들은 그

서류에다 색연필로 X자 표시를 해두었는데, 사건이 끝나자 폐기한 모양이었다. 하지만 민철은 사북 사태와 국어 선생 사건을 이해하는 데 중요한 것들이라 생각하고 따로 챙겨두었다.

군인들이 민철의 집과 선생의 자취방에서 압수한 사진은 여러 장이었다. 민철이 소풍 가서 병나발을 부는 사진도 있고, 고고 춤을 추는 사진도 있었다. 민철은 군인들이 이런 사진은 뭐 하려고 가지고 갔을까 생각해보지만 불량 학생이라는 걸 증명하기 위한 목적이 아니라면 딱히 떠오르는 건 없었다. 자신의 사진을 챙긴 민철은 국어 선생의 사진을 펼쳤다. 사진은 국어 선생이 대학생 시절 캠퍼스에서 찍은 사진과 엠티 장소에서 찍은 사진이 유독 많았는데, 막스와 함께 찍은 사진은 없었다. 나머지 사진들은 국어 선생의 어릴 적 모습이 담긴 사진들로 부모님과 찍은 사진이 대부분이었다. 사진 속 부모님은 선생의 죽음 이후 방을 찾아왔던 이들이 맞았고, 선생은 민철이 보기에도 깜찍한 데다 귀엽고 예쁜 아이였다. 사진 중에는 교복을 입은 선생이 집 마당에서 부모님과 찍은 사진도 있었는데, 배경으로 나온 집과 정원만으로도 선생은 부잣집 딸이 분명해 보였다.

사진과 서류 등을 가방에 챙겨 넣은 민철은 송희에게 긴 편지를 썼다. 군인들이 떠난 집에서 사북 사태 관련 서류를 발견했는데, 아빠 이름도 있었다는 내용과 군인들이 정선에서 한 일들을 적었다. 편지를 마무리한 민철은 『解放前後史의 認識』을 찾았다며 책까지 넣어 포장을 했다.

집으로 돌아온 민철은 소금 단지 밑에 묻어놓았던 선생의 일기장을 꺼냈다. 일기장은 물이 스며든 흔적이나 벌레가 먹은 흔적도 없이 무사했고, 민철은 '의문사 처리' 등이 적힌 메모지를 끼워주면서 두 사람의 행복을 빌었다.

민철은 두 사람 가는 길에 무슨 노래라도 불러야 할 것 같았다. 기타를 집어든 민철은 기타를 둥당거리며 백영규의 「꽃상여는 떠나가네」를 부르기 시작했다.

부슬부슬 비 내리는 메마른 가지 위에
꽃망울도 서러워 저만 홀로 슬퍼우네
긴긴 사연 애달퍼라 산새들도 저울음도
가는 물도 안타까워 가지 못해 슬퍼우네
송이송이 엮어진 꽃상여는 떠나가네
산길 따라 한없이 꽃상여는 떠나가네

어야 어이어 어이야어야 어어
어야 어이어 어이야어야 어어

가는 님도 서럽지만 보내는 님도 서러워
걸음걸음 한이 맺혀 하늘도 붉게 타네
그리운 님 그리운 님 꽃 한송이나 따서 내게
남겨나 주고 가오……

"저느무 새긴 누가 죽기라도 했나 왜 저 지랄이야!"
민철이 꺽꺽 노래를 부르자 마당에서 아버지의 고함이 들려왔다. 노래를 마친 민철은 일기장을 품에 안고 서럽게 울었다.
"선생님, 막스! 투쟁도 고문도 죽음도 없는 평화의 땅으로 가셨기를요……."

그날 저녁 뉴스는 늘 그랬듯 대통령으로 선출된 전두환이 내일 취임식을 한다는 내용이 줄을 이었다.

"저 살인마 새끼!"

말없이 뉴스를 지켜보던 민철이 화면에 대고 욕설을 퍼부었다. 아버지와 엄마는 민철의 갑작스런 욕설에 깜짝 놀란 표정이었지만, 왜 그러냐고 묻지는 않았다.

다음 날 아침 신문엔 연예인 스물네 명의 방송 출연을 금지했다는 기사가 사회면을 장식했는데, 그들은 남진, 나훈아, 정훈희, 태진아, 심수봉, 옥희 등 가수 일곱 명과 강부자 등 탤런트 열세 명, 배삼룡, 이기동, 이주일 등 코미디언 네 명이었다. 출연 금지 이유는 가사나 사생활이 건전하지 못하고, 혐오감을 주고, 창법이나 연기가 저속하고, 퇴폐적이고, 저질 코미디를 한다는 것 등이었다. 민철은 속으로 심수봉이 무슨 잘못이지 하며 큭큭 웃었다. 짐작컨대, 박정희 시해 사건 때 동석했던 심수봉을 출연 금지시킨 것은 노래 〈그때 그 사람〉이 죽은 박정희를 떠올리게 했기 때문일 것이라고 생각했다.

학교로 가는 길 곳곳엔 전두환 대통령 취임을 축하한다는 현수막이 걸려 있고, 정선도 경축 분위기로 달아올라 있었다. 학교에 가자 주기동이 호들갑을 떨었다.

"야야, 민철아. 신문 봤지?"

그러더니 교단으로 나가 학생들을 향해 "야야, 조용히 해봐!" 하곤 이주일 목소리를 흉내내기 시작했다.

"남진, 나훈아를 빼면 누가 노래를 하고 배삼룡, 이기동, 이주일을 빼면 이 험한 세상에서 누가 우릴 웃겨주나? 안 그러나?"

학생들이 책상을 치며 웃자 이번엔 슬픈 표정을 지으며 배삼룡 춤과 이기동 춤과 이주일 춤을 연이어 추기 시작했다. 학생들은 주기동에게 박수를 치며 환호했지만 주기동은 하나도 웃지 않았다. 이어 애국조회가 열렸고, 학생들은 교장의 훈시를 들었다.

"학생 여러분, 오늘은 새로운 시대 새로운 나라를 여는 데 주저하지 않으신 전두환 각하께서 대통령에 취임하시는 날입니다. 이미 여러분도 방송과 신문을 통해 알겠지만 전두환 각하의 대통령 취임은 이 시대의 요구이자 뜨거운 국민적 요청이 있었기에 가능한 일이라 하겠습니다. 우리 모두 전두환 각하의 대통령의 취임을 다 같이 축하드리며 각하께 뜨거운 박수를 보내드립시다."

교장이 훈시 중간에 박수를 유도했다. 느닷없는 제안에 학생들은 전두환 대통령을 위해 박수를 쳤고, 교장의 훈시는 이어졌다. 교장은 늘 그랬듯 불순분자나 고정간첩 색출에 학생들이 앞장서줄 것을 당부했고, 폭력배 소탕이나 비리 등의 사회악 일소에도 적극적인 참여를 부탁했다.

그날 저녁 뉴스는 전두환 대통령 취임에 관한 내용으로만 채워졌다. 대통령 취임 장면을 지켜보던 아버지는 "박정희도 저랬다" 했고, 엄마는 "대통령이 물가를 안정 시켜주겠다고 하니 얼마나 다행스런 일이에요"라고 대꾸했다.

민철은 다음 날 배달된 신문에 난 전두환 대통령 취임사를 꼼꼼히 읽었다.

친애하는 국민 여러분! 내외귀빈 여러분!

오늘 새 역사의 장을 여는 뜻 깊은 식전(式典)에서 먼저 본인을 제11대 대통령으로 선출해주신 통일주체국민회의 대의원과 국민 여러분에게 심심한 감사를 드립니다. 동시에 이 국가적 일대 전환기에 대통령의 책무를 맡게 된 데 대하여 무거운 사명감을 느낍니다.

앞으로 전개되는 80년대는 우리 현대사에 있어서 대내외적으로 획기적인 의미를 갖는다고 생각합니다. 조국이 광복된 후, 한 세대의 시간이 흐르는 동안 우리 사회의 중추 세력이 바뀌었고 불의의 10·26 사태는 결과적으로 한 시대를 마무리 짓는 전기가 되었습니다. 그뿐만 아니라 구시대의 그릇된 기풍을 과감하게 청산하고 깨끗하고 서로 믿는 정의로운 새 사회와 부강한 복지 국가를 건설하는 것이 오늘을 사는 우리의 시대적 사명이라고 확신합니다.

또한 눈을 밖으로 돌려볼 때 80년대 역시 국제 정치와 세계 경제 질서에 격동과 격변이 계속될 것으로 예상됩니다. 우선 미소 간의 긴장이 고조되는 가운데 세계 도처에서 분쟁과 군사적 충돌이 계속될 것이며, 특히 동북아 지역에 있어서는 강대국 간의 전략적 균형이 구조적으로 변화되어 가는 징후가 나타나고 있습니다.

그리고 이러한 열강의 움직임은 한반도 주변 환경에 긴장을 고조시킬 우려가 있습니다. 또한 세계 경제도 가중되는 자원 난과 만성적인 경기 침체로 계속 진통을 겪게 될 것으로 보입니다. 이렇게 어려운 국제 환경 속에서 우리는 북한 공산집단의 침략 위협에 항상 대비해야 하는 이중의 부담마저 안고 있는 것입니다. 따라서 앞으로 우리가 생존권을 지키고 밝은 장래를 기약하기 위해서는 국민적 결의와 단합이 요청됩니다.

국민 여러분!

우리는 지난 60년대와 70년대에 걸쳐 갖가지 내외의 도전과 시련에도 불구하고 경이적인 국가 발전을 이룩하였습니다. 그러나 급속한 발전 과정에서 많은 모순이 부산물로 생겨났습니다. 이른바 권력형 부정 축재, 부의 편재 현상, 황금 만능주의, 도의(道義)의 타락, 정치적 이견(異見)의 극단화, 공직자들의 무사안일주의 등이 그 대표적인 예가 될 것입니다.

권력을 이용하여 수십억 또는 수백억 원의 재산을 긁어모은 정치인이 있고 일부 부유층이 사치를 위해 낭비에 흐르는가 하면, 나만 잘 먹고 잘살면

된다는 사고방식이 팽배하였으며 정직, 성실, 근면한 사람이 사회로부터 존경받고 대우받기는커녕 오히려 못난 사람 취급을 받기도 하였습니다. 이와 같은 부조리와 부패를 그대로 놓아둔다면, 외부로부터의 침략이 아니라 하더라도 내부의 분열과 갈등으로 나라의 존립마저 크게 위협을 받게 될 것입니다. 백수의 왕인 사자도 다른 맹수의 공격 때문에 죽는 것이 아니라 내부의 병균이나 기생충에 죽는 것에 비유할 수 있을 것입니다. 이 나라는 우리 모두가 피로써 지켰고 땀 흘려 이룩한 국민의 것입니다. 몇몇 특혜받은 사람들을 위한 나라가 결코 아닐 것입니다. 따라서 80년대에는 이 같은 구시대의 잔행을 추방하고 참다운 민주복지국가를 건설해야겠습니다.

우리가 지향하는 민주복지국가는

첫째, 우리 정치 풍토에 맞는 민주주의를 이 땅에 토착화하고 둘째, 진정한 복지 사회를 이룩하여 셋째, 정의로운 사회를 구현하고 넷째, 교육 혁신과 문화 창달로 국민정신을 개조하려는 것입니다. 본인은 제11대 대통령으로서 이와 같은 국가 지표를 달성하기 위한 그 기초 작업에 착수하겠습니다. 우선 참다운 민주 역량의 축적은 우리의 당면 과제 중의 하나입니다.

민주주의는 인류의 보편적 가치입니다. 그러나 이것은 원래 우리의 것이 아니라 8·15 해방과 함께 외부로부터 받아들인 것이기 때문에 그동안 우리 국민이 민주 정치를 해보려고 여러 가지로 노력을 해왔으나 민주주의를 실현할 수 있는 기반이 약해 값비싼 시행착오만을 되풀이해왔다고 생각합니다. 민주 제도는 어렵고 정교한 정치 제도이기 때문에 조건이 성숙되지 않으면 제대로의 기능을 발휘할 수 없는 것입니다. 따라서 새 정부는 민주주의가 성장할 수 있는 기반을 다지는 일을 하나씩 해나갈 것입니다.

우선 헌법 개정 문제에 있어서는 정치 과열의 방지와 정치 풍토 쇄신을 기할 수 있는, 다시 말해 우리 현실에 맞는 능률적인 헌법안을 마련할 작정입니다. 이 헌법 개정안은 늦어도 10월 중에는 국민 투표에 붙일 생각입니다.

그리하여 정부가 누차 밝힌 대로 내년 상반기 중 새 헌법에 의한 선거를 실시하며 신정부를 출범시킬 예정입니다. 정치 활동은 새 헌법이 확정된 후, 빠른 시일 내에 재개토록 하겠습니다.

계엄령은 정국이 안정되고 소요의 우려가 없다고 판단되면 어느 때라도 해제할 방침이며 새 헌법에 의한 선거는 계엄이 해제되고 자유 분위기가 보장된 상황하에서 과열이 배제되고 질서와 법이 존중되는 가운데 공정한 자유 경쟁을 통해 실시할 것입니다.

이와 같은 정치 일정이 차질 없이 진행될 수 있도록 국민 여러분의 적극적인 협조를 당부하는 바이며, 아울러 이와 같은 협조 분위기가 원만히 성숙된다면 이미 최규하 전직 대통령께서 밝혔던 정치 일정이 앞당겨져 추진될 수도 있다는 점을 밝혀두고자 합니다.

참다운 민주주의가 이 땅에 뿌리를 내리기 위하여는 정치 풍토부터 개선되어야 하겠습니다. 과거처럼 선동, 비리, 파장, 권모, 사술, 부정부패 등이 판을 치던 풍토 속에서는 민주주의가 제대로 성장할 수 없습니다. 우리는 그동안 이 같은 정치 작태에 대하여 책임을 져야 할 상당수의 구정치인들을 정리하였으며, 그 외에도 이런 폐습에 물든 정치인들에게 앞으로의 정치를 맡길 수 없다는 것이 본인의 소신입니다. 따라서 정세의 개편과 정치인의 세대 교체는 불가피하다고 봅니다. 이러한 개편과 교체를 통해 지난날 노출되어온 정치적 이견의 극단화는 앞으로 점차 중화되고 조정되리라고 본인은 기대하고 있습니다.

우리가 정착시켜야 할 민주주의는 자유민주주의 이념을 바탕으로 하여 우리의 생존과 안전을 보장할 수 있어야 하고, 정치 운영상의 비능률을 제거할 수 있는 제도적 장치를 갖추고 있어야 하며, 자유 경쟁 원칙하에 고도의 경제 발전을 뒷받침할 수 있어야 하고, 우리의 고유한 민족 전통과 문화 배경에 합치되어야 합니다. 그뿐만 아니라 권한과 책임의 한계를 분명히 함으로써 책임 정치와 책임 행정을 구현할 수 있어야 하겠습니다. 특히 대통령 자신부터 국민 위에 군림하는 것이 아니라 국민이 일정 기간 맡겨놓은 것에 불과하다는 생각을 가져야 한다고 믿습니다. 본인은 민주주의를 이 나라에 토착화하기 위하여 헌법 절차에 의한 평화적 정권 교체의 전통을 반드시 확립할 것입니다. 이와 관련해서 최규하 전직 대통령께서 지난 8월 중순 평화적 정권 이양의 모범을 보여주신 데 대하여 본인은 깊이 감명을 받았습니다.

참다운 민주주의의 실현은 정부나 정치인의 힘만으로 될 수는 없으며, 국민 한 사람 한 사람이 일상생활을 통해, 작게는 공중도덕을 지키는 일에서부터 크게는 국가관에 이르기까지 건전한 민주 시민으로서의 뚜렷한 윤리관을 정립하고 생활화하는 것이 민주 사회 건설의 첩경이라고 믿습니다.

더욱이 전쟁의 참화를 경험하지 못한 전후 세대에게 공산주의를 극복할 수 있는 확고한 가치관과 투철한 안보 의식을 심어주는 것은 긴요한 과제가 아닐 수 없습니다. 다음, 복지 사회의 기반 조성을 위해서는 자유 경제 체제에 바탕을 두고 지속적인 경제 발전을 이룩해나가는 것이 절대 필요합니다.

경제 발전은 사회 복지의 기본 전제가 되기 때문입니다. 정부는 앞으로 기업의 창의성을 존중하고 자유롭고 정상적인 기업 활동을 최대한 보장하는 동시에 지금까지의 기업에 대한 과잉보호를 지양하고 지원 시책을 재검토 정비하여 기업 체질을 강화해나갈 것입니다. 즉 경제 운용 방식을 민간이 주도하는 방향으로 발전시키며 기업은 대소를 막론하고 경영 결과에 대해 스스로가 책임을 지는 풍토를 조성할 것입니다.

한편 국제 경제면에서는 개방 체제를 유지하면서 외국의 자본과 기술을 과감히 도입하여 우리 기업의 국제 경쟁력을 강화해나갈 것입니다. 아울러 외국인의 국내 경제 활동을 적극 유치, 장려하고 그들의 권익을 보장하겠습니다. 정부가 추구하는 사회 복지 정책은 고용 기회의 확대에 중점을 두어 모든 국민이 각자 자기의 능력에 따라 경제 활동에 참여할 수 있으며, 풍요

롭고 인간다운 생활을 영위할 수 있도록 공공 투자를 확대해나가는 데 있습니다.

정부는 근로자의 노동 조건을 향상시키고 임금 격차의 완화와 근로자의 재산 형성을 촉진하며, 기업과 근로자가 공존 공영할 수 있도록 노사 협력 체제를 계속 확립해나가겠습니다. 농가 소득의 증대와 농촌 근대화에 박차를 가하기 위해 새마을운동을 계속 발전시켜나가는 한편, 도시와 공장에도 새마을운동을 지속적으로 확산, 정착시켜나가겠습니다.

중화학공업의 국제 경쟁력 제고로 수출 진흥에 주력하고 금융 질서의 쇄신, 공정 거래 질서의 확립 등을 추진할 것입니다. 당면 시책으로는 물가를 안정시키고 생활 필수품을 원활하게 공급하는 등 민생 안정에 역점을 두겠습니다.

지속적인 경제 성장과 발전이야말로 복지 국가 건설의 밑거름이 될 뿐만 아니라, 우리가 지금까지 추구해왔고, 앞으로도 계속 추구해야 할 튼튼한 자주 국방의 초석이 된다고 믿습니다. 우리의 막강한 군사력 유지는 아직도 한반도 문제의 평화적 해결을 외면하고 있는 북한 공산집단의 무력적화 야욕을 분쇄하는 데 있어 필요불가결한 전제임은 두말할 나위도 없습니다. 본인은 자주 국방 태세를 더욱 확고히 하기 위해서 군의 정예화, 그리고 사기 앙양을 촉진하고 방위산업의 착실한 발전을 계속 추진해나가겠습니다. 자주 국방 없이 민주 복지 사회를 구현하려고 한다면 이것은 사상누각과 다름 없는 것이라고 생각합니다.

다음, 정의로운 사회를 구현하기 위해서는 서로 믿고 살 수 있는 사회가 되어야 합니다. 국민 간의 불신도 문제이지만 국민이 정부를 불신하는 것은 더욱 큰 문제입니다. 본인은 그 일차적인 책임이 정부와 공직자에게 있다고 봅니다. 앞으로는 나 자신과 내 주변의 부정과 부패를 스스로 용납치 않을 것이며, 모든 공직자의 부정부패도 계속 척결해나감으로써 국민의 불신소지를 가능한 한 간소히 없애는 데 주력하겠습니다. 그렇게 하는 것만이 정직한 정부로서 국민으로부터 신뢰를 회복하는 유일한 길이라고 본인은 확신하고 있기 때문입니다.

동서고금을 막론하고 사회 개혁 주도 세력이 처음에는 대단한 열의와 정의감을 가지고 출발하지만, 시간이 흐름에 따라 그들이 부패하고 사명감을 상실하기 때문에 국민으로부터 불신을 받는 경우가 허다했습니다. 새 시대에는 결단코 이와 같은 전철을 밟아서는 안 될 것입니다. 우리가 새 시대를 여는 데 있어서는 국민 개개인의 의식 구조가 바뀌어야 하고 가치관이 정립되어야 합니다.

새 가치관이라고 결코 고답적인 개념이나 거창한 내용이 아닙니다. 규칙을 지키지 않고, 약속을 어기고, 남을 헐뜯고, 거짓말을 하고, 불로소득을 꾀하고, 사치와 낭비를 일삼고, 돈으로 매사를 해결하려 하고, 압력으로 이권을 청탁하는 등의 폐습을 우리 일상생활 주변에서부터 하나씩 고쳐가려는 마음가짐, 이것이 바로 새 가치관인 것입니다.

정부는 이러한 새 가치관이 우리 국민 의식 속에 뿌리를 내려 정의로운 사회가 구현될 수 있도록 새마을운동과 연계시켜 범국민적 사회 정화운동을 지속적으로 전개해 나가겠습니다. 지금까지는 사회 정화운동이 다만 부정적 요소를 물리적 힘으로 제거하는 데에 그쳤으나, 앞으로는 긍정적 요소를 고취하는 방향으로 계속 전개되어야 합니다. 그리고 이 운동이 성공하려면 가정과 학교 교육을 통해 어릴 때부터 정직, 질서, 창조의 정신을 생활화하는 것이 무엇보다도 중요한 것입니다. 이와 같은 사회 기풍은 단시일 내에 정착될 수 없고 몇 세대가 걸릴 것으로 보지만 우선 그 기틀을 마련하자는 것이 본인의 확고한 신념입니다.

이상과 같은 민주, 복지, 정의 사회는 획기적인 교육 혁신과 민족 문화의 창달을 통해서만 이룩할 수 있다고 확신합니다. 지금까지의 교육은 단순히

지식의 주입에만 치우치는 경향이 있었으나 앞으로는 민주 시민으로서의 자질 향상, 인격의 함양, 확고한 안보 의식의 정립, 창의력 개발에 역점을 둔 전인 교육이 되어야 할 것입니다.

이를 위하여 우선 의무 교육의 내실화를 기하고, 과외의 폐풍을 근절하여 학교 교육에 대한 신뢰를 회복시켜야 하겠습니다. 특히 대학은 앞으로 사회 각 분야에서 지도적 역할을 담당할 인재를 길러내는 배움의 터전입니다. 따라서 정부는 대학에서 연구하고 공부하는 자유는 최대한 보장하겠습니다. 그러나 대학인들이 현실 정치에 뛰어들거나 사회 질서를 파괴하는 행위로 나올 때 이것은 안보적 차원에서도 결코 용납될 수 없다는 사실을 명백히 밝혀두고자 합니다.

문화 발전을 위해서는 우리의 전통적 문화 유산을 보존, 계승, 발전시키는 데 힘쓰는 한편, 문화 예술인들의 자주적이며 창의적인 활동을 적극 뒷받침하겠습니다.

국민 여러분!

민주 복지 국가를 건설하려는 우리의 의지는 궁극적으로 조국의 평화 통일로 이어지는 것입니다. 정부는 이 민족적 지상 과제를 달성하기 위해서 앞으로도 남북 대화를 끈기 있게 추진할 것이며, 쉬운 문제부터 점진적으로 풀어나가는 노력을 기울일 것입니다.

남북한 문제에 대해서는 추후에 다시 언급할 기회가 있을 것으로 믿고 있습니다만, 한반도에서 전쟁은 방지되어야 하고 민족과 국토의 통일은 반드시 평화적인 방법에 의해 달성되어야 한다는 것이 본인의 소신입니다.

한편, 민주 복지 국가 건설은 국제 사회에서 우리나라의 지위를 더욱 높이는 길이기도 합니다. 정부는 한미 상호방위 협력 체제를 더욱 공고히 다지는 동시에, 교육 국가로서 우리나라의 비중이 국제 사회에서 증대되는 추세에 맞추어 특히 우리의 주요 우방인 미국·일본을 비롯하여 모든 우방들과 긴

밀한 우호 협력 관계를 계속 유지 발전시켜나갈 것입니다. 그리고 우리와 이념과 체제를 달리하는 국가들에 대하여도 상호주의 원칙에 입각하여 문호 개방 정책을 유지할 것이며 비동맹국과의 실질적인 협력 관계도 계속 증진해나가겠습니다.

친애하는 국민 여러분!

본인은 오늘 제11대 대통령에 취임하면서 지금 밝힌 국정 운영의 포부와 계획을 성실히 실천할 것을 국민 여러분에게 다짐합니다. 새 역사 새 시대를 창조하려는 우리의 국민적 의지와 민족사의 진운은 그 누구도 막을 수 없을 것입니다. 우리에게는 오직 결단과 참여와 영광이 있을 것입니다.

우리 모두 국가 속에 내가 있고 나와 함께 국가가 있다는 것을 명심하여 조국과 민족을 위해 무엇을 할 것인가를 겸허한 마음으로 생각하면서, 우리 국민 모두가 다함께 손을 마주잡고 새로운 광명의 시대를 향하여 힘찬 전진을 계속합시다. 이 국민적 결의야말로 바로 오늘과 내일의 새 민족사의 장을 여는 원동력이 되어야 할 것입니다.

끝으로 국내외에 계시는 국민 여러분의 가정마다 고루 행복과 번영, 그리고 거룩하신 하느님의 축복이 항상 함께하시기를 기원합니다.

감사합니다.

1980년 9월 1일 대통령 전두환

다음 날 전두환 대통령은 국무총리 남덕우를 비롯한 장관 명단을 발표했고, 그 다음 날엔 전국 대학이 일제히 교문을 열고 109일 만에 정상수업에 들어갔다는 뉴스가 나왔다. 며칠 후엔 서울고등법원 형사 2부 항소심 선고 공판에서 남민전 중앙위원장 이재문, 신향식에게 사형을 선고하고 안재구 등 다섯 명에게 무기 징역을 선고했다는 뉴스가 떴고,

열흘 후엔 육군본부 계엄보통군법회의는 김대중에게 '내란음모' '국가보안법' '반공법' '계엄법' '외환죄' 등을 적용하여 사형을 선고했다.

여전히 계엄하였고, 사형이 밥 먹듯 내려지던 시절이라 놀랍지는 않았다. 신문과 방송에서는 김대중 사형 소식을 대문짝만 하게 보도했으나 학교는 시월 초에 개최되는 제5회 정선아리랑제 축제 준비로 바빴다. 개막식 행사로 차전놀이를 맡은 1학년 학생들은 오전 수업만 끝내고 동부야! 서부야! 하면서 연습에 들어갔고, 2, 3학년 학생들은 전야제 행사인 가장 행렬을 배정받았다. 며칠 머리를 맞댄 민철과 주기동은 인민군 차림으로 행사에 참여하기로 했다. 둘은 스케치북을 펼쳐놓고 인민군 복장을 그리기 시작했다. 스케치가 완성되면 그에 따른 소품을 찾고 만들자는 계획이었다.

"민철아, 인민군 머리에 뿔을 하날 달까? 두 갤 달까?"

인민군을 그리던 주기동이 물었다.

"국민학생도 아니고 고등학생이나 되어서 촌스럽게 뿔은 무슨. 난 신성일같이 잘생긴 인민군 만들란다."

"그래? 그럼 난 정윤희같이 섹시하고 예쁜 인민군 만들어야겠다."

"그 몸으로 정윤희를 소화한다니 볼만하겠다."

주기동의 말에 민철이 낄낄 웃었다.

1학년 학생들이 먼지를 일으키며 연습에 들어간 지 나흘째 되던 날이었다. 신문과 방송은 '북한 조국통일 민주주의전선 중앙위원회와 조국평화통일위원회 연합회의에서 김대중 사형 선고에 대한 규탄 성명을 냈다'는 사실을 대대적으로 보도했고, 사흘 후엔 '김대중 사형 선고를 비난하기 위한 대규모 군중대회가 평양에서 개최되었다'는 뉴스까지 이어졌다. 마침 추석 연휴 시작이라 기차역과 터미널엔 귀향길에 나선 사람들로 붐볐고, 뉴스와 신문을 본 사람들은 '빨갱이'를 떠올리면서 북한의 지령을 받은 김대중이 광주에서 폭동을 일으킨 게 분명하다고 믿기 시작했다.

나흘간의 추석 연휴가 끝나자 학교는 다시 일상으로 돌아왔다. 1학년 학생들은 이어지는 차전놀이 연습으로 진이 빠져 있었고, 민철과 주기동은 인민군 소품을 만들기 시작했다.

그렇게 이틀이 지나갔고, 주말을 앞둔 금요일이었다. 오전 시간 경찰차 한 대가 먼지를 일으키며 연병장을 가로질러 왔다. 경찰차는 2학년 교실 앞에 멈추었고, 차에서 내린 사복 경찰 둘이 건물 안으로 들어갔다. 사복 경찰은 곧장 2층 건물로 올라가더니 수업 중인 교실 문을 왈칵 열었다.

"주기동 나와!"

주기동이 움찔하면서 상황을 살피고 있는데, 칠판에 문제 풀이를 적던 수학 선생이 깜짝 놀라며 "무슨 일이십니까?" 했다.

"주기동 나오라니까!"

경찰이 다시 한 번 소리쳤다. 주기동이 드디어 올 것이 왔다는 표정을 지으며 일어났고, 수학 선생은 무슨 영문인지 몰라 하는 표정으로 경찰을 바라보았다.

"기동아, 무슨 일이냐?"

민철이 주기동의 팔을 잡으며 물었다.

"시발, 학폭으로 걸린 거 같다. 민철아, 내 민식이 형 만나면 군바리 새끼들이 아무리 지랄해도 한잔하련다. 잘 다녀올 테니 정선을 부탁한다!"

주기동이 입술을 질끈 깨물며 앞으로 걸어 나갔다. 그러자 반 친구들이 "우우!" 하며 손으로 책상을 두드렸다.

"시끄러 새끼들아!"

경찰이 주기동의 팔을 끼며 소리쳤다. 경찰이 주기동을 데리고 교실을 나서자 반 친구들이 복도까지 나가 "우우!" 하고 소리를 질렀다. 건물을 나선 경찰은 주기동을 경찰차에 태우고 연병장을 가로질러 교문을 빠져나갔다. 민철은 그 길로 학교를 나와 경찰서로 뛰어갔고, 미친소 삼촌은 마침 자리에 있었다.

"삼촌! 기동이는 왜요?"

"아, 기동이. 그렇게 됐다."

삼촌은 서류를 뒤적이며 고개도 들지 않았다.

"광우처럼 할 수도 있잖아요!"

민철이 삼촌을 향해 소리쳤다.

"그렇게 됐다니까."

"그게 말이 돼요!"

"허, 이놈 보게. 너도 잡혀가고 싶어? 괜히 사무실에서 소란 피우지 말고 당장 학교로 돌아가!"

"싫어요!"

삼촌이 서류를 텅, 하고 던지더니 민철을 건물 밖으로 끌어냈다.

"이놈아, 지금이 어떤 세상인 줄 아나? 나 같은 놈도 하루아침에 모가지 날아가는 세상이야. 그러니 어서 돌아가. 알았어!"

삼촌이 답답하다는 듯 말하고는 사무실로 들어갔다. 민철의 눈엔 눈물이 핑 돌았고, 푸른 하늘이 갑자기 검게 보였다.

"아, 시팔! 대체 어쩌라고!"

민철이 주먹으로 자신의 가슴을 치며 소리쳤다.

경찰서 마당에서 한참을 울던 민철은 집으로 갔다. 방으로 들어간 민철은 다시 한참을 울었고, 블루 드래곤의 「내 단 하나의 소원」을 부르기 시작했다.

내 단 하나의 소원
저녁녘 고요 속 바닷가로
돌아가고파 숲 가까이서 조용히 잠들고 싶어
가없는 바다 위엔 맑디맑은 하늘
난 화려한 깃발도 소용없어
훌륭한 집도 필요 없어
다만 젊은 나뭇가지로
내 잠자릴 엮어다오
내 베게 밑에서 슬퍼할 자는 아무도 없고
마른 잎 위를 스쳐가는 가을바람 소리뿐······.

〈끝〉

작가후기

내가 고등학교에 입학하던 1979년 무렵이었다. 아버지께 "8.15 해방 때 정선은 어땠어요? 정선에서도 태극기를 든 사람들이 거리로 쏟아져 나왔나요? 대한독립만세를 외쳤나요? 그때 아버지는 뭐하셨고요?" 등 등의 질문을 한 적 있었다. 아버지는 당시 이야기를 나름 하셨지만 고등학교 1학년생인 내가 이해하기엔 너무도 먼 이야기 같았다. 그것은 내가 해방을 경험한 세대가 아니었던 탓이기도 했지만, 학교에서 배운 것도 없는데다 그 시기를 조명한 책이나 자료를 본 적 없는 탓이기도 했다. 서북청년단에게 고생했다는 이야기를 들으면서는 "아버지, 서북청년단은 대체 뭐하는 단체이고 군인도 아닌 그들이 총은 왜 들고 있었어요?" 하는 것들이 더 궁금했으나 아버지는 그 질문엔 답을 하지 않았다.

아버지의 젊은 시절이 궁금했던 내가 어른이 되어 40년 전의 이야기를 소설로 썼다. 강원도에서도 최고 오지 마을인 정선의 고등학교 1학년생으로서 겪고 경험한 이야기를 도시가 아닌 '정선의 시간'으로 썼다. 세월이 더 흐르면 기억조차 희미해질 것이라 생각했고, 올해는 사북

항쟁 40주년인데다 광주민주항쟁 또한 40주년을 맞았기에 작가적 입장에서도 정리가 필요했다. 하지만 기우였다. 막상 집필에 들어가자 40년 전의 일들이 마치 어제 있었던 일들처럼 떠오르기 시작하는데, 들뜬 기분에 정신이 다 아득할 지경이었다. 아버지께서 34년 전 해방 시기 정선에서 있었던 기억을 생생하게 길어 올렸듯 내가 경험한 40년 전의 일도 그렇게 살아서 심장보다 더 뜨겁게 펄떡거렸다.

소설의 시작은 1979년 10월 26일이었고, 집필을 시작한 건 2019년 7월 5일이었다. 오랫동안 내재된 이야기라 소설은 술술 써졌다. 내가 태어나고 숨 쉬며 살았던 정선 이야기라 막힘도 없었다.

소설은 10.26이 터진 날 포고된 계엄령과 함께 출발했다. 10.26 이후 나라는 혼란의 도가니에 빠져있었는데, 정선도 예외는 아니었다. 박정희의 죽음과 함께 혜성처럼 등장한 전두환은 정의의 사도인 양 당당했고, 로봇 태권 브이처럼 강했다. 대통령이 죽자 군인들은 권력 쟁탈전을 벌였고, 12.12 쿠데타도 생겼다. 해가 바뀌어 1980년 봄엔 사북항쟁에 이어 5.18 광주항쟁이 일어났고, 광주는 핏빛으로 물들었다. 이어 삼청교육대로 이어진 검거령 하에선 모두가 숨죽였고, 강토는 두려움에 떨었다.

권력자들이 기획한 시나리오를 알 턱이 없는 시골 사람들에게 정보를 제공하는 건 신문과 방송뿐이었다. 장꾼들이나 바람이 전해오는 소문이 없진 않았지만 늘 늦었고, 그 소문이 당도할 즈음이면 새로운 사건이 나타나 뜬소문을 덮었다.

고등학교 1학년과 2학년 시기를 그렇게 보냈다. 청춘의 시기이고 반항의 시기이고 학업에 열중할 시기를 전쟁통처럼 지냈다. 쌕쌕이가 무시로 날고 먼데서 포 떨어지는 소리를 들으며 살았던 사람들 마냥 공포를 느끼며 그렇게 살았다. 주인공 민철을 비롯해 송희, 미친소, 주기동, 처남, 왕창, 정님, 국어 선생 윤미옥, 막스, 미친소 삼촌 등 소설에 등장한 인물들은 모두가 불행의 길을 걸은 듯 보이나 그 시절엔 누구나 그렇게 살았다. 지금 생각해도 독한 시절이었다.

지금으로부터 40년 전은 죽음과 저항의 시대였다. 그 시절을 별 일 없이 살아낸 사람들은 꽃길만 걷거나 용하거나 운이 좋거나 착하다 못해 순진한 사람이거나 지나치게 행복한 사람들이었다.

1980년 우리는 이렇게 살아남았다

이번 청춘은 망했다

1판 1쇄 발행	2020년 10월 30일
1판 4쇄 발행	2022년 12월 25일
지은이	강기희
발행인	윤미소
발행처	(주)달아실출판사
책임편집	박제영
디자인	전형근
법률자문	김용진
주소	강원도 춘천시 춘천로 257, 2층
전화	033-241-7661
팩스	033-241-7662
이메일	dalasilmoongo@naver.com
출판등록	2016년 12월 30일 제494호

ⓒ 강기희, 2020
ISBN 979-11-88710-80-5 03810